ERIN
McCARTHY

Dans la chaleur des tropiques

ROMAN

Traduit de l'américain
par Agathe Nabet

Titre original :
THE PREGNANCY TEST

Éditeur original :
A Brava Book, published by Kensington Publishing Corp.,
New York

Dans la chaleur des tropiques

Pour Meaghan et Connor, ma fierté et ma joie

Prologue

— L'avenir te réserve bien des douceurs, ma belle.

— Vraiment ?

Fascinée, Mandy Keeling écoutait les prédictions d'un diseur de bonne aventure habillé en femme et chaussé d'escarpins Prada.

Beckwith Tripp lui avait prédit qu'elle vivrait très longtemps et que sa situation évoluerait de façon positive. Quant aux douceurs que l'avenir était censé lui réserver, cela pouvait tout aussi bien signifier qu'elle allait recevoir une jolie carte de vœux ou qu'elle allait hériter de la confiserie d'une vieille tante dont elle aurait jusqu'alors ignoré l'existence.

— Qu'est-ce que tu entends au juste par « douceurs » ?

Elle avait beau affirmer qu'elle ne croyait pas à ce genre de salades, cela ne l'empêchait pas de laisser Beckwith lui caresser la paume de ses immenses paluches ni de boire ses paroles. Après tout, il y avait pire façon de passer le temps dans cet appartement de Greenwich Village qu'elle partageait avec trois colocataires. Surtout un triste jour de février.

En fait, c'était même hautement divertissant.

— C'est vrai que ce n'est pas très précis, intervint Allison Parker d'un ton sceptique. Si tu as juste besoin d'entendre de vagues propos rassurants, Mandy, moi aussi, je peux te prédire ton avenir. Ou alors, je descends acheter un paquet de biscuits avec un petit message à l'intérieur chez l'épicier chinois.

Beckwith, qui avait miraculeusement réussi à glisser sa carcasse de catcheur dans un tailleur Chanel, haussa les épaules.

— Je possède un don exceptionnel, et je me contrefiche que tu le croies ou non.

Le plus incroyable de tout, c'était que Mandy n'aurait jamais rêvé porter un Chanel avec autant de classe que Beckwith. Côté mode, elle avait l'impression d'être systématiquement à côté de la plaque, larguée même, et ne possédait pas une once d'élégance, comme sa mère ne s'était jamais privée de lui faire remarquer. Alors que Beckwith faisait penser à une sorte de Jackie Onassis sous traitement hormonal.

— Tu peux me donner un peu plus de détails, Beckwith ? demanda-t-elle.

— Je peux te fournir autant de précisions que tu le souhaites. Tu es anglaise, de naissance et d'éducation.

Allison émit un reniflement méprisant.

— Qu'est-ce qui a bien pu la trahir ? Pas son accent, tout de même ?

Jamie Peters, qui croyait aux boules de cristal, au karma et à toutes les sciences ésotériques, la fit taire. C'était elle qui avait invité Beckwith.

Assise sur le sol, Mandy changea de position, car l'ourlet de son jean menaçait de s'incruster dans son mollet. Peu lui importait que Beckwith fût ou non un charlatan. Se faire prédire l'avenir, même de façon floue, lui plaisait énormément. Elle avait vingt-six ans, et elle éprouvait depuis quelque temps le désagréable sentiment d'avoir gâché les plus belles années de sa vie, d'avoir en quelque sorte vécu au jour le jour, aux crochets de ses parents.

L'heure de changer avait sonné, elle le savait, mais elle préférait éviter d'y penser sérieusement. La visite de

Beckwith tombait à pic, et ses prédictions lui permettraient peut-être de trouver sa voie.

Les sourcils de Caroline Davidson touchèrent presque la racine de ses cheveux blonds avant de regagner leur place habituelle.

— Où est-ce que tu es allée le pêcher, celui-là, Jamie ? lança-t-elle.

Jamie tripota son pendentif – un idéogramme chinois qui signifiait *bonheur* – et fit la moue.

— Laissez-lui une chance, les filles. Je vous dis qu'il *sait* vraiment des trucs.

La façon dont elle tapota le bras de Beckwith eût mieux convenu à un gamin de cinq ans qu'à un trentenaire velu en tailleur Chanel.

Le cynisme d'Allison et de Caroline ne semblait pas le perturber le moins du monde. Il sourit d'un air confiant à Mandy dont il n'avait pas cessé de caresser la main.

— Née et élevée sur les terres familiales, belle aisance financière, papa très pris par ses affaires, jamais à la maison, maman s'occupe de ses chevaux... et je vois des femmes, beaucoup de femmes qui parlent, rient, prennent le thé – et toi, Mandy, les jambes serrées l'une contre l'autre, toute droite sur ta chaise, les mains à plat sur les genoux.

Mandy sentit sa gorge s'assécher d'un coup et réprima un frisson. Beckwith la regardait droit dans les yeux. Ses lèvres fardées formaient un doux sourire, qu'encadrait l'ombre d'une barbe de cinq heures de l'après-midi.

D'une seule phrase, il venait de résumer toute son enfance. À la tête d'un groupe bancaire international, son père passait sa vie à Londres, perpétuant ainsi la tradition des Keeling. Sa mère partageait son temps entre son élevage de chevaux et ses bonnes œuvres. La maison, *The Acres*, était toujours remplie de femmes. L'ambiance y était feutrée, suave, policée, et on attendait de Mandy qu'elle se tienne sagement assise quand on ne lui demandait pas de régaler les invités de ses talents de pianiste – pour le moins discutables.

— Oui, bien des douceurs sur ta route… Ta vie va évoluer de façon positive. Moins centrée sur toi. Plus riche. Aux côtés d'un homme qui te fait fondre.

Mandy s'interrogea ; Beckwith faisait-il allusion à Ben, l'homme avec qui elle sortait depuis six mois ? Elle ne pensait pas à lui comme à un petit ami, parce qu'elle trouvait ridicule d'appeler ainsi un homme de quarante ans, mais c'était pourtant la fonction qu'il remplissait. Et peut-être lui demanderait-il un jour de l'épouser…

Elle envisageait sereinement cette éventualité. Ben était gentil, stable, quoiqu'un peu distrait par moments. Une caricature d'Anglais à New York. Ponctuel. Respectueux. Intelligent. Elle ressentait de l'affection pour lui. Mais de là à la faire fondre… Il l'attendrissait, tout au plus.

— Des pâtisseries…

Mandy cligna des yeux.

— Pardon ?

Quel rapport y avait-il entre Ben et des pâtisseries ? Nul chou à la crème, aucune tartelette ne surgissait dans son esprit quand elle pensait à lui. Ben évoquait plutôt un biscuit sec.

Beckwith ferma les yeux.

— Je vois des pâtisseries… Quelque chose qui cuit dans un four. C'est aligné devant toi.

Il secoua la tête et croisa son regard.

— Tu n'as jamais envisagé d'ouvrir une boutique ?

— Elle en a déjà une, intervint Allison en repliant ses longues jambes sous elle.

— C'est vrai, confirma Mandy d'un ton presque coupable – Beckwith s'en était tellement bien sorti, jusque-là –, je tiens un magasin de jouets.

Elle l'avait ouverte trois ans auparavant, grâce à l'argent de ses parents, et l'affaire n'avait toujours pas démarré.

— Pas de pâtisserie ? demanda Beckwith en se mordillant la lèvre.

— Non. Cela dit, à l'époque où je réfléchissais au type de commerce que je voulais ouvrir, j'avoue avoir hésité entre un magasin de jouets et une pâtisserie. Mais la pâtisserie impliquait l'embauche d'un personnel qualifié…

Depuis quelque temps, cependant, cette boutique ne l'amusait plus. La clientèle était composée de touristes et de clients exigeants qui cherchaient des produits d'une qualité supérieure à ceux que fournissaient en masse des enseignes comme *Toys "R" Us*. Elle avait vaguement projeté de se reconvertir dans une autre branche. Un salon de thé, par exemple, qui aurait proposé des scones et des sandwiches pour accompagner un large assortiment de thés.

S'il y avait une chose qu'elle maîtrisait parfaitement, c'était bien l'art de servir le thé.

Beckwith venait peut-être de mettre le doigt sur quelque chose d'important. L'heure était venue de changer, d'arrêter de se laisser vivre pour embrasser une véritable passion.

— C'est étrange. Je vois vraiment un truc collant et sucré…

— Givré, peut-être ? suggéra Allison d'un ton innocent que démentait la lueur moqueuse dans son regard.

— Allison ! s'exclama Jamie, horrifiée.

Mais Beckwith se contenta de cligner des yeux, solennel et mystérieux. Un authentique prophète autoproclamé en chaussures de luxe.

— Attends un peu que je m'occupe de toi, Allison Agnès Parker, on verra si tu ris toujours autant, siffla-t-il.

Les pieds d'Allison retombèrent lourdement sur le parquet, et la mâchoire de Jamie dégringola dans la foulée.

— Agnès est vraiment ton deuxième prénom ? lui demanda-t-elle.

— Non, répondit Allison en rejetant ses cheveux en arrière. Mon deuxième prénom est Elizabeth.

— C'est cela, oui, commenta dubitativement Beckwith qui leva les yeux au ciel en se grattant le menton.

Mandy éclata de rire, et dégagea sa main.

— Merci, Beckwith. Tu m'as vraiment donné de quoi réfléchir. Je crois que Jamie a raison. Tu as un don pour orienter les gens dans la bonne direction.

— Je ne me suis encore jamais trompé, déclara-t-il en la dévisageant intensément entre ses cils enduits de mascara. Fais-moi confiance, Mandy : des pâtisseries. Cela signifie quelque chose.

1

Mandy plaqua la main sur son estomac douloureux, et réfléchit à l'ironie de sa situation.

Beckwith Tripp avait vu juste.

Mais ce qu'il avait vu n'était pas une pâtisserie au sens propre. Il aurait même pu se cantonner au registre des jouets pour énoncer sa prédiction. Ce qu'il avait vu, c'était un polichinelle. Un polichinelle dans son tiroir.

Mandy était enceinte.

— Ça va ? s'enquit Caroline tandis qu'elles traversaient le hall d'entrée des bureaux de *NY Computing*.

Mandy trottinait péniblement derrière elle. Elle aurait donné cher pour pouvoir s'accrocher à un mur.

— Très bien, je t'assure. Je suis malade toutes les trois minutes, mais sinon ça va.

Caroline pila sur place et pivota d'un bloc. Les semelles compensées de ses chaussures crissèrent sur le revêtement de sol. Son tailleur gris anthracite n'accusait pas un faux pli, et pas une mèche de cheveux ne s'échappait de la torsion à laquelle elle les avait expertement soumis. Son maquillage était impeccable, rehaussant un discret bronzage d'après sports d'hiver.

— Tu ne vas pas te trouver mal pendant l'entretien, j'espère ?

— Non, bien sûr que non.

Elle l'espérait en tout cas, et priait pour que cela ne se produise pas.

— Je disais ça pour faire de l'humour.

Une attitude qu'elle adoptait spontanément depuis un mois, date à laquelle une certaine languette de papier avait viré au rose, bouleversant toute sa vie au passage. Avant cet événement, Mandy avait joyeusement envisagé de vendre sa boutique et de réfléchir à ses sentiments vis-à-vis de Ben. Elle s'était dit qu'il était peut-être temps d'apprendre à marcher sans le soutien de ses parents et de grandir un peu.

C'était un mois auparavant.

Aujourd'hui, elle était une future mère.

Et Ben avait disparu dans la nature.

Grandir n'était plus un choix parmi d'autres, mais une nécessité.

Elle avait vendu sa boutique bien plus rapidement que prévu, et même si ses parents lui avaient assuré qu'elle pourrait garder les bénéfices une fois la vente bouclée, il fallait absolument qu'elle dégote un emploi à plein temps. Un emploi qui lui garantirait une couverture sociale.

Même si son arrivée était inattendue, elle avait vraiment envie d'avoir ce bébé. Elle voulait l'élever toute seule, sans l'aide de ses parents. Elle voulait qu'il ait une mère autonome et responsable avec des revenus réguliers.

— Bien. Vomi formellement interdit. Et garde l'humour pour plus tard. Pour l'instant, tu dois offrir l'image d'une femme intelligente et sûre d'elle. Rappelle-toi ce que je t'ai dit : Damien Sharpton est un grand nerveux, un vrai bourreau de travail. Il ne supporte pas les petites femmes fragiles.

Mandy s'en souvenait fort bien. Elle se souvenait de toutes les choses épouvantables que Caroline lui avait racontées au sujet de cet homme, de la grimace qui déformait son visage chaque fois qu'elle prononçait son nom, et du fait qu'il avait renvoyé quatre assistantes l'année passée.

— Il a fait pleurer sa dernière assistante tous les jours pendant deux semaines avant qu'elle finisse par donner sa démission.

— Charmant personnage.

Mandy s'efforçait de respirer par à-coups avant de déglutir lentement. Ses mains tremblèrent lorsque la nausée atteignit son point culminant, avant de disparaître.

— J'ai hâte de faire sa connaissance.

— Et n'oublie pas, dit Caroline en époussetant d'un revers de main la veste noire de Mandy, tu n'es pas enceinte.

Concevoir qu'elle pût être enceinte était tellement ahurissant en soi que ce ne serait pas le plus difficile. Elle ne parvenait pas à imaginer qu'un enfant était en train de grandir dans son ventre, et avait plutôt l'impression d'avoir contracté un virus grippal bizarroïde. Elle toucha son estomac, puis caressa du plat de la main les boutons de son corsage.

Elle était à la fois surexcitée et terrifiée.

Les lèvres serrées, elle s'appliqua à respirer par le nez.

— M. Sharpton ne t'embauchera pas s'il se doute que tu es enceinte. Si tu passes l'épreuve et intègre l'entreprise, tu continueras à dissimuler ton état jusqu'à ce qu'il devienne évident. À ce stade, il ne pourra pas te renvoyer sous peine d'être accusé de discrimination. Vu qu'il ne supporte pas que le moindre détail échappe à son intelligence supérieure, il se fera hacher menu plutôt que de reconnaître qu'il ignorait que tu étais enceinte quand il t'a embauchée.

Mandy, qui luttait de toutes ses forces pour conserver la station debout, trouvait tout cela affreusement compliqué. Elle n'avait jamais été aussi fatiguée de sa vie. La victime d'un vampire avait sans doute plus d'énergie qu'elle.

— Il ne risque pas de se mettre en colère quand il découvrira le pot aux roses ?

Les colères de ce Sharpton devaient être effroyables.

— Nous ferons comme si nous lui avions tout dit dès le début. Ne t'inquiète pas, il ne voudra jamais admettre qu'il ne savait rien.

Mandy suivit Caroline vers les ascenseurs en traînant des pieds. Elle avait une paire d'escarpins dans son sac, mais elle avait préféré enfiler des bottes pour affronter la neige à moitié fondue qui recouvrait encore les trottoirs de New York en ce mois de mars. Les deux pâtés de maisons qui séparaient les bureaux du métro n'avaient en rien altéré la tenue irréprochable de Caroline, alors que Mandy se sentait mal fagotée, boutonneuse et ballonnée. Elle avait l'impression de revivre les premiers temps de son adolescence, et de sentir à nouveau le regard de sa mère peser sur elle.

Comment t'es-tu débrouillée pour froisser ton corsage le temps d'aller de la salle de bains au salon ?

— Merci de m'avoir obtenu cet entretien, Caroline. Si j'avais dû compter sur mes seules compétences professionnelles, je n'aurais jamais réussi à le décrocher.

Caroline eut l'air profondément choqué.

— Débarrasse-toi immédiatement de cette attitude défaitiste, Mandy ! Tu as géré ta propre entreprise pendant trois ans. Cela te permettra de répondre à pratiquement toutes les questions que va te poser M. Sharpton. Tu as une expérience solide en matière d'informatique et de gestion ; tu as l'habitude de traiter avec les fournisseurs et de monter des opérations de marketing. Tu es surqualifiée pour ce poste. D'autre part, si je t'ai effectivement permis de décrocher un entretien avec le responsable des Ressources humaines, tu as obtenu toute seule cet entretien avec Sharpton.

Mandy se força à sourire. Caroline, Allison et Jamie, en véritables amies qu'elles étaient, lui avaient apporté tout leur soutien. Allison et Jamie lui avaient assuré qu'elle pourrait rester dans l'appartement après la naissance du bébé, puisque Caroline, dont Mandy partageait la chambre, devait se marier en juillet et déménager.

En lui permettant de rencontrer le responsable des Ressources humaines, Caroline était même allée jusqu'à mettre en jeu sa réputation de responsable du marketing à *NY Computing*. Qu'on surnomme son futur patron Démon Sharpton, en référence au film d'horreur *Damien, la malédiction*, était sans importance. C'était à peu près aussi effrayant que de se retrouver sous les sabots d'un cheval en furie, mais sans importance. C'était son avenir qui était en jeu, et elle était déterminée à le prendre en main.

— Tu as tout à fait raison. Je vais rayonner d'assurance. Je ne sortirai pas de son bureau en hurlant, je ne fondrai pas en larmes. Après, je serai tirée d'affaire.

Caroline rit tandis qu'elles pénétraient dans l'ascenseur.

— N'oublie pas : dix-huitième étage. Moi, je descends au douzième. La comptabilité s'est encore plantée sur le montant de mon prélèvement fiscal.

Elle secoua la tête.

— Je n'ose pas imaginer combien de temps il va leur falloir pour enregistrer mon changement de nom, après mon mariage.

— Je suis tellement heureuse pour toi, Caroline. Je n'arrive pas à croire que tu te maries dans quelques mois à peine.

— Seize semaines, à un ou deux jours près, répondit son amie, tout sourires. Demain, on s'occupe des réservations pour notre lune de miel à Paris.

— Paris en été, c'est formidable. Je n'y suis pas retournée depuis mes seize ans. J'étais tombée follement amoureuse d'un Parisien. Il avait dix-huit ans et jouait dans des boîtes de nuit... Il composait de la musique avec des fournitures de bureau. Je trouvais ça hypercréatif.

Elle avait toujours été attirée par les types planants – artistes, musiciens, Einstein des temps modernes en tout genre. C'est pourquoi Ben lui avait semblé un choix d'une plus grande maturité, une alternative stable à la passion et à la poésie.

La passion n'était certes pas au rendez-vous lorsque Ben l'avait regardée droit dans les yeux, lui avait proposé cinq mille dollars en espèces pour compenser leur erreur mutuelle et lui avait interdit de chercher à le revoir.

Les portes de l'ascenseur s'ouvrirent au douzième étage, et Caroline sortit en même temps qu'un autre occupant de la cabine.

— N'oublie pas de changer de chaussures, souffla-t-elle. Et bonne chance !

Elle lui adressa un sourire et un signe de la main avant de s'éloigner dans le couloir d'une démarche pleine d'assurance.

Mandy baissa les yeux sur ses bottes à revers de fourrure.

— Changer de chaussures… Ça, je m'en souvenais !

Non, en fait, elle ne s'en serait pas souvenue. Elle oubliait sa tête partout où elle allait, en ce moment. Elle sortit ses escarpins de son sac quand l'ascenseur s'arrêta au quatorzième étage pour laisser descendre les trois autres occupants de la cabine. L'espace d'une exaltante seconde, elle crut pouvoir bénéficier d'une véritable intimité pour sautiller en paix le temps d'ôter ses bottes, mais un homme introduisit le pied entre les portes juste avant qu'elles se referment et pénétra dans la cabine.

Zut !

Il était plutôt bel homme.

Brun. Coupe de cheveux irréprochable. Coûteux complet classique. Chaussures rutilantes. Le *Wall Street Journal* coincé sous le bras et un gobelet de café à la main.

Le genre d'homme avec qui travaillait son père, et qui lui donnait toujours l'impression de faire tache dans le décor. D'être rejetée. Un sentiment que son propre père faisait naître en elle.

Cet homme-là ne la rejetait pas. Il ne se rendait tout simplement pas compte de sa présence. Il jeta un coup d'œil aux boutons des étages et appuya fermement sur la touche dix-huit dont le voyant était déjà allumé.

Comme si la précédente pression n'était pas suffisante. Comme si sa façon d'appuyer l'amènerait plus rapidement à destination.

Le genre de type hyper pédant.

Mandy posa son sac par terre, et s'accrocha d'une main la barre d'appui. Elle leva un pied, retira sa botte et la laissa retomber sur son sac. Elle glissa les orteils dans un escarpin, puis sauta sur place pour conserver l'équilibre le temps de caler le talon à l'intérieur de la chaussure. Ce mouvement lui souleva l'estomac.

Le simple fait de remuer les orteils lui soulevait l'estomac, ces derniers temps. Inutile de décrire ce que des manœuvres complexes comme le fait de loucher ou d'atteindre ses pieds du bout des doigts provoquaient.

Ou d'enfiler des escarpins à talons dans un ascenseur.

Elle perdit l'équilibre et son épaule alla cogner contre la paroi de la cabine.

— Zut !

L'homme coula un rapide coup d'œil dans sa direction, mais ne tourna pas suffisamment la tête pour la voir vraiment. Son pied battait la mesure de son impatience. Il leva les yeux vers l'indicateur lumineux des étages, les baissa vers sa montre et tapota la poche de sa veste, sans doute pour vérifier que son téléphone portable s'y trouvait bien.

Elle avait partiellement enfilé l'un de ses escarpins tandis que son autre pied se trouvait toujours engoncé dans sa botte, et cette situation menaçait de durer si personne ne lui portait secours. Elle reposa le pied sur le sol et tenta d'introduire de force son talon dans sa chaussure. N'y parvenant pas, elle lâcha la barre d'appui, se pencha et se servit de ses deux mains pour glisser le talon récalcitrant à sa place. Ce mouvement précipita brutalement le sang qui circulait dans la partie supérieure de son corps vers sa tête.

— Oh, non.

Elle allait se trouver mal.

Les rutilantes chaussures noires pointèrent dans sa direction.

Elle n'osait plus bouger. Si elle s'y risquait, son petit-déjeuner entier avait toutes les chances d'atterrir sur sa chaussure, son sac et la moquette mauve de l'ascenseur.

— Quelque chose ne va pas ?

Il avait une voix dure, sèche, distante. Il était clair qu'il n'appréciait pas d'avoir été tenu de poser cette question.

La sonnerie de l'ascenseur retentit, et les portes s'écartèrent.

— Je crois que je vais avoir un malaise.

Mandy se demanda s'il lui était possible de clopiner hors de l'ascenseur tout en demeurant pliée en deux. Elle aurait pu y parvenir si son sac ne s'était trouvé à cinquante centimètres d'elle, de même que ses chaussures. Son portefeuille se trouvait dans son sac, hors de portée.

— Le mieux serait de sortir de l'ascenseur, en ce cas, répondit-il d'un ton d'évidence qui eût été de mise si elle avait été en mesure de bouger.

Les mèches de cheveux qui lui tombaient devant les yeux ne l'empêchaient pas de voir les chaussures noires qui maintenaient la porte ouverte.

— Je ne peux pas. Si je reste immobile, ça ira. Mais si je bouge, je crois que je vais être… malade.

La décence lui interdisait d'utiliser le mot « gerber » en présence de cet homme d'affaires glacial. Ou plutôt de ses pieds. Le terme eût cependant mieux convenu pour exprimer ce qui risquait de se produire.

— Vous n'envisagez tout de même pas de passer la journée ici ? dit-il avec une pointe d'incrédulité.

« Je ne risque pas, gros malin ! »

La porte commença de se refermer, mais il enclencha la réouverture.

— Non, ça ne fait pas partie de mes projets, répondit Mandy en se redressant d'un centimètre.

Il y eut un fort mouvement sous son crâne, mais son estomac se contenta de tanguer.

— J'ai rendez-vous à 8 heures – un entretien d'embauche – et j'ai des malaises le matin – la grippe...

Chaussures nickel demeura parfaitement muet.

L'épisode était en train de virer au cauchemar. Elle n'arrivait plus à penser ni à bouger. Elle était coincée dans un maudit ascenseur, la tête sur les chevilles et les fesses en l'air !

Et doutait d'offrir l'image d'une femme sûre d'elle telle que Caroline le lui avait conseillé.

2

D'ordinaire, Damien Sharpton savait comment réagir et ce, quelle que soit la situation.

Cette femme pliée en deux, les fesses en l'air, la tête en bas dans une cabine d'ascenseur le laissait cependant perplexe.

Sa première impulsion fut de s'engager dans le couloir et de laisser les portes se refermer sur elle.

Mais en dépit des rumeurs qui circulaient sur son compte, Damien Sharpton n'était pas dénué de cœur.

Il était impatient. Calculateur. Agressif. Consumé par son ardeur à la tâche et totalement dépourvu de vie personnelle.

Un état de fait qui lui convenait parfaitement. Si on faisait abstraction des trois dernières années de sa vie, et de ce qu'il avait enduré, il n'avait rien d'inhumain.

Il maintint donc les portes ouvertes tout en se demandant ce qu'il était censé faire.

— Voulez-vous que j'appelle quelqu'un ?

Il tendit la main vers son téléphone portable, ravi d'avoir pensé à l'aiguiller vers quelqu'un d'autre. L'un de ses employés allait se charger d'elle jusqu'à ce que son mari, son petit ami ou n'importe qui d'autre vienne à son secours. Il ne pouvait pas s'en remettre à son assistante, cependant. Il n'en avait plus.

Cette écervelée de Lanie, qu'il avait embauchée faute de mieux, n'avait vraiment pas fait l'affaire. Elle n'était même pas fichue d'utiliser correctement la photocopieuse, et quand il lui avait expliqué comment augmenter son efficacité, elle avait fondu en larmes.

Il pouvait appeler Terri, l'assistante de Jim. C'était une femme douce et maternelle qui saurait comment gérer une situation de malaise potentiel.

— Non, non, je vais bien, je vous assure. Je dois impérativement me présenter à cet entretien. J'ai désespérément besoin d'une couverture sociale.

Cela ne faisait aucun doute, vu qu'elle était malade comme un chien. Damien tenta de se souvenir à quoi elle ressemblait avant que ses cheveux masquent son visage, mais il n'avait pas vraiment fait attention à elle quand il était entré dans l'ascenseur. Il songea à sa conférence téléphonique avec l'équipe d'Atlanta. Pourvu que son entretien de 8 heures lui permette de recruter une assistante capable d'utiliser une messagerie instantanée sans recourir à des smileys idiots tous les trois mots.

Lanie en collait partout.

Il se racla la gorge et déplia son téléphone portable tout en essayant de se remémorer le numéro du poste de Terri.

— Vous voulez bien me passer votre gobelet de café ?

— Pour quoi faire ?

Mais il s'était déjà penché et glissait son gobelet sous ses cheveux, en direction de ses mains. Inutile de la contrarier. La porte faillit à nouveau se refermer, mais il la bloqua de la hanche, en espérant que cela ne froisserait pas son costume.

— Je vais me redresser, mais je préfère avoir un récipient, au cas où je vomirais.

Il aurait mieux fait de se taire. Quand il avait commandé un gobelet grand format, il n'avait pas imaginé qu'il connaîtrait une fin aussi tragique. D'autant qu'il était encore à moitié plein.

Une légère nausée lui crispa l'estomac, et il détacha les yeux de la tête de Mandy pour les poser un peu plus haut. Sous l'effet de la gravité, sa veste avait glissé en avant, révélant une bande de chair nue juste au-dessus de la taille. Il eut envie de caresser cette peau lisse et légèrement rosée…

Enfer et damnation.

Damien faillit se flanquer une claque sur le front.

Qu'est-ce qu'il lui prenait ?

Cela faisait trois ans qu'il n'avait pas ressenti la moindre attirance pour une femme, et voilà qu'il trouvait sexy la première venue. Une femme sans visage, grippée qui plus est. C'était ridicule.

— Merci, je vous suis très reconnaissante. Il paraît que la personne que je dois rencontrer est un monstre qui terrorise toutes ses assistantes. Je m'en moque parce que j'ai vraiment besoin de ce travail, mais je ne peux pas me permettre d'annuler à la dernière minute avec un individu de ce genre. Je dois y aller coûte que coûte.

Elle se redressa d'un coup et son regard rencontra celui de Damien, qui réalisa subitement qu'il se trouvait en présence de son rendez-vous de 8 heures.

Le monstre épouvantable, c'était lui.

Elle voulait devenir son assistante.

Et elle était superbe.

Un visage en forme de cœur, des cheveux ondulés qui lui arrivaient au niveau du menton, légèrement ébouriffés par sa précédente posture. D'immenses yeux bruns, un regard doux, vulnérable, des pommettes saillantes et des lèvres bien dessinées. Elle était empourprée, et haletait légèrement. Des cernes sombres soulignaient ses yeux, et ses joues semblaient un peu creuses, comme si la maladie contre laquelle elle luttait lui avait fait perdre du poids. Elle devait être pleine de microbes, mais il ne battit pas en retraite vers le couloir. Au contraire. Il pénétra à l'intérieur de la cabine et se pencha pour ramasser son sac et ses chaussures, qu'il lui fourra dans les mains.

— C'était à parier, grommela-t-il comme les portes de l'ascenseur se refermaient sur eux et que la cabine redescendait.

— Merci.

Elle repoussa sa frange, puis lui rendit son gobelet de café avant de se débarrasser de sa botte d'esquimau.

— Vous pouvez le reprendre, je ne pense pas en avoir besoin, finalement.

Damien s'empara du gobelet en réprimant une expression de dégoût. Il ne regarderait plus jamais un gobelet de café grand format avec les mêmes yeux. Il avait du mal à croire que cette femme ait entendu dire qu'il était un véritable monstre avant même d'avoir été embauchée.

Elle émit un bref gémissement quand elle se pencha pour enfiler son second escarpin. Craignant qu'elle ne s'affale sur le sol, voire pire, Damien lui saisit vivement le bras.

— Ça va, assura-t-elle. Ça va

Il admira sa ténacité. Il aurait sans doute été plus simple pour elle de déplacer son rendez-vous, mais elle avait décidé de faire face. Elle avait dû se dire qu'il la prendrait pour une irresponsable si elle annulait, et qu'il refuserait de lui accorder un autre entretien.

Ce en quoi elle se trompait. Probablement. Il feuilleta mentalement son agenda plein à craquer. Il n'avait pas une patience d'ange, et avait eu son content d'assistantes molles et incompétentes, ces derniers temps. Pour être parfaitement honnête avec lui-même, il ne lui aurait sans doute pas accordé d'autre rendez-vous.

Ce qui l'ennuyait le plus, c'était que cette réputation de monstre risquait de reposer sur une base réelle.

L'ascenseur s'arrêta au quatorzième étage, livrant passage à un vieux monsieur.

Damien appuya sur la touche dix-huit. Il n'était pas nécessaire qu'il accompagnât cette chose jusqu'au rez-de-chaussée.

Plissant les yeux, il observa la femme qui rangeait ses bottes dans son sac. Et éprouva un mélange d'irritation, d'attirance et d'admiration.

Autant couper court.

— Mandy Keeling ?

Elle leva vers lui un regard surpris.

— Oui. Comment connaissez-vous…

Son visage refléta soudain la plus parfaite horreur, et elle porta la main à sa gorge.

— Oh, non. Non, non, non, vous ne pouvez pas être…

— Damien Sharpton. Le monstre en personne.

Les portes de l'ascenseur s'ouvrirent.

— Dix-huitième étage, annonça le vieux monsieur comme ils ne bougeaient ni l'un ni l'autre.

Damien tendit poliment la main en direction des portes pour l'inviter à sortir, mais le ton qu'il employa était celui qu'il utilisait en réunion. Un ton dix fois plus glacial que celui qui avait fait fondre Lanie en larmes.

— Après vous, mademoiselle Keeling. Mon bureau est au bout du couloir, dernière porte à gauche. Je tâcherai d'être bref.

Il s'était attendu qu'elle se ratatine, qu'elle bafouille, crie, batte en retraite, secoue la tête d'un air affolé tandis que les portes de l'ascenseur se seraient refermées sur elle, emportant son organisme infesté de microbes hors de sa vie à tout jamais.

Mais elle ne fit rien de tout cela.

— Merci, se contenta-t-elle de répondre, les lèvres pincées, avant de s'engager dans le couloir en tanguant légèrement vers la droite comme si elle se trouvait à bord d'un bateau.

Son intérêt et son respect grimpèrent d'un ou deux crans, et il en conçut une certaine irritation.

Mandy réprima un gémissement et s'accrocha d'une main à son sac, de l'autre à son estomac.

Flûte, zut, crotte. Combien de chances sur mille avait-elle de tomber sur Damien Sharpton dans l'ascenseur ? Et d'en venir à lui révéler qu'il avait la réputation d'un monstre ? La situation était si épouvantable qu'elle en devenait presque drôle.

La grimace qui déforma son visage n'était en rien liée à son estomac ou à ses orteils douloureux.

Adieu, boulot à plein temps ! Adieu, couverture sociale ! Il était évident que le poste lui avait d'ores et déjà échappé, mais il fallait qu'elle se soumette à cet entretien et tente de se racheter, ne serait-ce que vis-à-vis de Caroline.

Ce qui signifiait qu'elle ne devrait pas s'adresser à Damien en l'appelant Démon Sharpton.

Dès qu'il était entré dans l'ascenseur, elle avait perçu la tension, l'énergie impatiente qui bouillonnait sous la surface. Elle sentait à présent sa présence menaçante dans son dos. Son regard qui l'évaluait impitoyablement, son pas ferme, le bruissement de son costume tandis qu'il ralentissait l'allure pour se plier à son rythme d'escargot. Les soupirs exaspérés qu'il s'efforçait de dissimuler derrière des quintes de toux.

Elle connaissait ce genre d'hommes. Son père était ainsi. Un homme impatient, qui ne s'intéressait à rien d'autre que son travail. Un homme qui ne comprenait pas pourquoi le monde entier ne tournait pas au rythme frénétique et obsessionnel qu'il cherchait à lui imprimer.

Il la contourna pour ouvrir la porte, pénétra dans la pièce et posa son téléphone sur son bureau avant de jeter son gobelet de café dans la corbeille. Il lissa sa cravate du plat de la main, ouvrit son ordinateur portable et attrapa un dossier avant même d'être complètement assis.

— Asseyez-vous, mademoiselle Keeling.

Volontiers. Mandy prit place dans un fauteuil de cuir et inspira à fond.

— Vous pouvez m'appeler Mandy, monsieur Sharpton.

— Bien. Dites-moi ce qui vous fait croire que vous êtes qualifiée pour devenir mon assistante.

Il ne lui avait pas proposé de l'appeler Damien. N'avait fait aucun commentaire sur l'incident de l'ascenseur, et abordait l'entretien de façon abrupte. Elle aurait dû laisser de côté cette histoire de monstre. Mais elle s'en sentait incapable. Non pas à cause de son éventuelle embauche, mais à cause de la réputation de Caroline, et parce qu'il lui semblait que si quelqu'un s'était permis un commentaire désagréable à son sujet, elle aurait apprécié des excuses.

— Monsieur Sharpton, je vous dois des excuses pour mon commentaire malheureux dans l'ascenseur.

Il l'épingla du regard.

— Ce n'est pas nécessaire. Vraiment.

Mandy sentit le besoin presque palpable qu'il avait d'abréger cet entretien pour aborder au plus tôt le point suivant de son emploi du temps, mais elle sentit aussi qu'il y avait plus chez Damien Sharpton que ce qu'il offrait au regard.

Il était incroyablement séduisant. Des cheveux bruns coupés très court, des traits au dessin ferme et des yeux du bleu le plus pâle qu'elle ait jamais vu. Ils étaient parfaitement assortis à la couleur de sa cravate, et elle sentit son cœur s'emballer d'une façon qui n'avait rien de maternelle.

Mais, après tout, même une future mère avait le droit d'être troublée par de beaux yeux bleus. Elle n'était pas mariée et n'avait pas de petit ami régulier. L'étrange fascination qu'elle éprouvait n'avait donc rien de répréhensible.

Du reste, c'était sans importance. Elle n'était pas venue là pour trouver un mari, ni un amant. Son histoire avec Ben lui avait suffi. Il était temps qu'elle se concentre sur son enfant et sur son rôle de mère.

N'empêche qu'il avait vraiment de très beaux yeux.

Et derrière son impatience, il y avait un petit quelque chose qui lui donnait envie de mieux le connaître. Au-delà de son apparente dureté, derrière le masque de l'efficacité, elle décelait de la souffrance.

— Si, il est nécessaire que je vous fasse des excuses, car je n'avais pas à parler de vous ainsi. Je ne vous connais pas, je n'ai donc aucune raison d'accorder le moindre crédit à des rumeurs, c'était mesquin de ma part. Je suis désolée. Ma seule excuse, c'est que j'étais nerveuse et pas tout à fait dans mon assiette, comme vous avez pu le constater. J'ai tendance à parler à tort et à travers quand je suis nerveuse.

C'était d'ailleurs précisément ce qu'elle était en train de faire. Mandy sentit ses joues s'empourprer.

Damien avait haussé les sourcils, et sa main restait figée sur la souris de son ordinateur. La vivante allégorie qu'il incarnait aurait pu s'intituler *Le Dédain*.

— Bien. Je vous remercie. Continuons, voulez-vous ? Pourquoi souhaitez-vous occuper un poste au sein de notre société ?

Fort bien. M. Heureux n'aimait pas bavarder. Elle saurait s'en souvenir. Mandy croisa les jambes, posa son sac par terre et formula d'un ton parfaitement maîtrisé la réponse convenue à cette question.

Vingt minutes plus tard, ses réponses étaient plus brèves, un peu moins convenues, et son estomac se livrait à une imitation d'acrobates chinois. Damien était impitoyable. Il la bombardait de questions, n'attendait même pas cinq secondes avant de passer à la suivante.

Et chacune de ces questions semblait destinée à lui arracher une confession.

Pourquoi voulez-vous quitter votre propre entreprise et venir travailler ici ?

Accepteriez-vous d'effectuer des voyages dans le cadre de votre travail ?

Où vous voyez-vous d'ici cinq ans ?

Elle eut soudain l'impression que l'enfant qu'elle portait se voyait autant qu'un éléphant blanc sous sa jupe. Elle n'avait pas envie de mentir, n'avait pas envie de nier l'existence de son enfant avant même qu'il ait atteint la taille d'un grain de raisin.

Elle savait qu'elle devait dissimuler son état, mais elle avait cependant envie de grimper sur sa chaise et de s'écrier : « Je vais avoir un enfant ! Je vais assumer la responsabilité d'un autre être humain ! »

Mais d'abord, il fallait qu'elle vomisse.

— Excusez-moi, monsieur Sharpton, où se trouve votre corbeille à papier ?

— Pardon ? répondit-il en levant la tête.

Mandy n'attendit pas sa réponse. Elle tomba à genoux et se glissa sous son bureau. Tandis qu'elle régurgitait son petit-déjeuner sur le gobelet de café de Damien, elle songea qu'elle avait parfaitement suivi les conseils de Caroline. Celle-ci lui avait recommandé de produire une impression durable, et de ce point de vue, elle s'en tirait admirablement.

Affaiblie et horrifiée, elle releva la tête, et ses yeux se retrouvèrent au niveau de l'entrejambe de Damien Sharpton.

— Ô mon Dieu, souffla-t-elle.

3

Il ne savait pas exactement pourquoi il l'avait embauchée.

Par désespoir, peut-être, aucune autre candidate n'ayant fait preuve des qualités requises.

Ou peut-être par admiration. Elle avait tenu le coup jusqu'au bout, et n'avait mis un terme à l'entretien que lorsqu'elle n'avait pu faire autrement que de vomir dans sa corbeille à papier, juste entre ses jambes. Elle avait du cran, ce qu'il respectait.

De plus, avant cet incident, elle avait répondu brillamment à ses questions.

Et puis, elle était très agréable à regarder quand elle n'était pas en train de vomir. Non pas que son apparence eût en rien influencé sa décision.

Ces considérations mises à part, elle travaillait fort bien. C'était une assistante hors pair, même si elle était aussi insaisissable qu'un taxi sous la pluie.

Il avait dû la voir à peu près quatre fois en deux mois.

Cela n'affectait apparemment pas son travail. Elle était d'une redoutable efficacité quand il s'agissait de traiter les mails et la messagerie instantanée, et mettait parfois moins d'une minute à répondre aux messages qu'il lui adressait. Elle accomplissait correctement et dans les délais impartis toutes les tâches qu'il lui confiait, et en était même arrivée à anticiper ses besoins.

Comme c'était le cas en ce moment. Il était assis à son bureau quand un vendeur de l'épicerie voisine avait frappé à sa porte pour lui remettre un sandwich au pain complet et à la dinde.

Il lui avait envoyé un message.

Ce sandwich à la dinde m'est-il destiné ?

Il n'avait pas eu le temps de le déballer, qu'elle avait répondu.

Absolument. Bon appétit !

Il n'aurait pas dû s'en tenir là. C'était sans importance. L'essentiel, c'était qu'il ait un sandwich. Le manger maintenant lui permettrait de zapper la pause pendant sa visioconférence de la mi-journée sur les mises à jour du dernier-né de *First Financial*. Une conférence qui se prolongea cependant trois fois plus longtemps que nécessaire. Il ne put résister à l'envie d'envoyer un autre message à Mandy.

Comment avez-vous deviné que je voulais de la dinde ?

Vous commandez toujours de la dinde le mardi.

Ce qu'il ressentait s'apparentait-il à de la satisfaction ou à de l'irritation ? Plutôt à de l'irritation. Elle s'appliquait tellement à le fuir qu'il gaspillait un temps fou à penser à elle.

Ce qui l'avait d'abord intrigué l'agaçait à présent prodigieusement.

Je prendrai peut-être du pastrami, mardi prochain.

Vous n'aimez pas le pastrami.

Comment pouvait-elle savoir s'il aimait ou non le pastrami ? Elle ne lui adressait jamais directement la parole, et demeurait perpétuellement cachée dans son petit bureau, comme si elle avait peur d'affronter le monstre. Peut-être qu'il adorait le pastrami.

En fait, il avait horreur de cela. Mais là n'était pas le problème.

Il croqua trop fort dans son sandwich et faillit se mordre la langue.

Comment savez-vous que je n'aime pas le pastrami ?

Vous avez dit que le pastrami dégageait une odeur d'aisselles mal lavées quand je commandais le buffet pour la réunion du groupe d'usagers.

Comment pouvait-elle se souvenir d'un détail aussi insignifiant ? Cela dépassait l'entendement. Il venait de passer deux ans avec des assistantes qui ne se rappelaient même pas à quel étage elles travaillaient, et voilà qu'il se retrouvait tout à coup en présence d'un phénomène doté d'une mémoire d'éléphant.

Il aurait dû être fou de joie. C'était l'assistante dont tout le monde rêvait.

Il l'aurait peut-être été si elle ne l'avait pas fui comme un vieux poisson puant.

Cela n'aurait pourtant pas dû le déranger. N'était-il pas le plus heureux des hommes quand on lui fichait la paix ? N'avait-il pas réorganisé sa vie entière de façon à éviter toute interaction avec d'autres êtres humains en dehors du travail ? Elle faisait son boulot tout en se débrouillant pour limiter leurs rencontres au strict minimum. Un arrangement parfait.

Alors pourquoi se torturait-il les méninges afin de trouver un prétexte pour l'obliger à venir dans son bureau ? Parce qu'il voulait comprendre pourquoi il pensait tout le temps à elle.

Voulez-vous que je commande du pastrami la semaine prochaine ?

Tiens, tiens... Elle jouait la maligne. Le sarcasme pointait furieusement derrière les mots qui venaient d'apparaître à l'écran. Il réprima un sourire.

Non.

Alors que voulez-vous, monsieur Sharpton ?

Il voulait que Mandy Keeling cesse de hanter ses pensées. En dehors de cela, il ne savait pas ce qu'il voulait. Il savait seulement qu'il ne voulait pas de pastrami.

Je veux passer ma commande moi-même.

Damien mâcha une bouchée de sandwich et relut ce qu'il venait d'écrire. C'était idiot. Digne d'un enfant de trois ans. De plus, il n'avait pas envie de passer sa commande lui-même – l'intérêt d'avoir une assistante, c'était qu'elle effectuait les basses besognes à votre place. Qu'est-ce qu'il fabriquait ?

C'est faisable.

Il éclata de rire. Chose qu'il ne s'autorisait jamais. Absolument jamais. Il n'avait pas souvent eu l'occasion de rire au cours des trois dernières années.

— C'est ainsi qu'elle s'y prend pour faire son travail, murmura-t-il face à l'écran tandis que son éclat de rire se muait en gloussement. Elle me le refile.

— Je n'ai pas compris ce que vous venez de dire, Damien.

Fichtre ! Il avait oublié qu'il était en pleine conférence.

— Heu, je n'ai rien dit, désolé.

Le véritable abruti. Mais aussi, depuis quand oubliait-il ce qu'il était en train de faire ?

Il composa le code étoile-six pour couper le son de sa visioconférence, et décrocha le téléphone. Il fallait qu'il voie Mandy. Qu'il vérifie qu'il ne ressentait aucune attirance pour son invisible assistante. Qu'il constate qu'elle était semblable à toutes les femmes qu'il avait rencontrées depuis Jessica. Qu'il la regarde droit dans les yeux sans ressentir la moindre émotion.

Elle répondit à son appel avec son délicieux accent britannique.

— *NY Computing*, Mandy Keeling à l'appareil.

— Venez dans mon bureau. Immédiatement.

Il y eut un silence.

— Je m'apprêtais à sortir déjeuner. J'ai un rendez-vous.

Cette réponse agaça Damien. Cette histoire de rendez-vous était trop commode. Et comme c'était curieux qu'elle ne soit jamais à son bureau quand il passait devant !

— Venez me voir à votre retour, en ce cas.

— Monsieur Sharpton… commença-t-elle.

Elle semblait nerveuse, comme si elle cherchait une excuse plausible pour ne pas le voir.

— J'ai un après-midi très chargé.

Il était soupçonneux. Cynique. Enclin à considérer les choses sous leur aspect le plus noir. Il n'avait pas toujours été ainsi, mais la vie peut cruellement entamer la confiance d'un homme, et considérer que le comportement de son assistante était étrange ne lui semblait pas dénué de fondement.

Elle faisait tout pour l'éviter. Il ne savait pas pourquoi il y attachait de l'importance, mais il avait besoin de s'assurer qu'elle ne le prenait pas pour un monstre.

Il n'était pas particulièrement tendre, mais il n'était pas totalement inhumain non plus.

S'il lui était arrivé de faire pleurer quelques-unes de ses assistantes, ce n'était pas volontaire.

— Je suis bien placé pour savoir que votre après-midi sera chargé : vous travaillez pour moi.

— Eh bien, oui.

Elle semblait moins sûre d'elle et efficace par téléphone qu'à la lecture de ses messages. Damien pouvait pratiquement l'entendre se tortiller sur son siège. Ce qui ne lui était d'aucun réconfort. Cela prouvait juste qu'elle n'avait aucune envie de l'approcher.

Elle était peut-être gênée d'avoir vomi sous son bureau. Leur première entrevue avait été embarrassante, c'était peu dire. À moins qu'elle ne souffre d'une phobie quelconque. Cela n'expliquait cependant pas qu'elle pique un sprint dès qu'il apparaissait au détour d'un couloir. Or, il aurait juré l'avoir vue agir ainsi deux jours plus tôt. Les cadres supérieurs lui inspiraient-ils une terreur sans nom ?

— Vu que vous êtes à mon service, je vous informe que vous êtes autorisée à prendre cinq minutes sur votre emploi du temps pour venir dans mon bureau.

— Monsieur Sharpton, si je ne pars pas à l'instant même, je serai en retard à mon rendez-vous.

Elle venait d'employer le ton qu'il attendait d'elle, même s'il ne l'avait jamais entendue s'exprimer de la sorte. Un ton de douce réprimande très collet monté.

Il adorait ça.

Damien écarta le sandwich qui se trouvait sur son bureau, et posa le menton au creux de sa main. Aïe ! Il perdait l'esprit. Il avait cru tenir la folie à distance, mais elle avait apparemment profité de ce qu'il regardait ailleurs pour s'emparer de lui.

— Très bien. Je vais vous faire part de ce que je désire par téléphone, en ce cas. Je pars aux Caraïbes la semaine prochaine.

— Oui, j'ai pris votre billet la semaine dernière.

— Décrochez votre téléphone et prenez également un billet pour vous. Vous m'accompagnez.

Il n'avait pas besoin d'elle. Il ne savait pas où il était allé pêcher cette idée, mais elle était excellente. Quel que soit le secret que Mandy essayait de lui dissimuler, un séjour de cinq jours aux Caraïbes lui permettrait de le découvrir. Elle ne pourrait pas le fuir. Il ne serait plus question d'ADSL et de messagerie instantanée. Plus de bureaux paysagers labyrinthiques au milieu desquels se perdre quand elle le verrait approcher.

Rien que le soleil, le sable et le ressac. Et Mandy en Bikini.

Damien tenta de l'imaginer dans cette tenue, mais il la voyait si peu qu'il ne disposait pas des éléments nécessaires pour se faire une idée satisfaisante. Il se souvenait seulement d'un charmant petit nez retroussé, de cheveux bruns ondulés et de bottes à revers de fourrure.

— Pardon ? s'exclama-t-elle d'une voix suraiguë. Je croyais que vous aviez gagné ce séjour en récompense de votre taux de productivité. C'est censé être un séjour d'agrément.

Il deviendrait complètement dingue s'il devait passer cinq jours dans une chaise longue, sans travailler. Son corps ne savait pas se reposer, quant à son esprit... s'il consacrait trop de temps à la réflexion, le souvenir de Jessica risquait de l'assaillir.

Il ne pouvait prendre un tel risque.

— Je n'ai pas besoin de vacances, bien que je sois en mesure d'apprécier le soleil et de piquer une tête dans l'océan. J'ai l'intention de travailler durant ce séjour. À un rythme un peu moins intensif. J'aurai donc besoin de votre présence.

— Non, c'est impossible.

Ce qu'il lui proposait était-il donc si épouvantable ? N'importe quel employé aurait sauté de joie à l'idée de passer cinq jours de vacances aux Caraïbes tous frais payés. Il eut du mal à dissimuler son irritation lorsqu'il déclara :

— Ce n'était pas vraiment une question.

— Je vois.

De nouveau ce ton désapprobateur d'institutrice.

Il se laissa aller contre le dossier de son fauteuil, ravi d'avoir de nouveau le dessus.

— Avez-vous l'impression que notre relation professionnelle fonctionne, Mandy ?

— Je n'ai aucune plainte à formuler, monsieur Sharpton. En avez-vous ?

Une seule.

— Je pense qu'elle fonctionne bien dans l'ensemble. J'aimerais cependant lui apporter quelques améliorations si nous devons envisager de la faire durer.

C'était réellement une excellente assistante. Tout ce qu'il voulait, c'était la voir plus souvent.

Un besoin qui s'apparentait à celui d'une mère qui s'estime négligée par ses enfants une fois qu'ils ont quitté le nid. D'où lui venait cette comparaison morbide ?

— Nous profiterons de ce voyage pour en discuter.

Il venait de perdre une demi-heure à la contraindre de partager cinq jours de rêve avec lui.

— Avec joie, lâcha-t-elle d'un ton si lugubre qu'il se dépêcha de raccrocher afin qu'elle ne l'entende pas glousser.

Mandy gravit péniblement les deux volées de marches qui menaient à son appartement en se demandant si son corps était au courant que, selon *Tout sur la grossesse*, elle était censée avoir franchi le cap de la fatigue du premier trimestre. Ses neurones ne devaient pas tous avoir capté le message, car elle se sentait fourbue.

Le stress de son nouveau job, probablement. Elle avait travaillé d'arrache-pied pour produire une bonne impression sur Damien Sharpton, craignant à chaque instant qu'il ne la licencie sans motif. En outre, elle était obligée de déployer une énergie incroyable à l'éviter, se précipitant dans les toilettes ou derrière la paroi d'un bureau quand il quittait le sien pour éviter de se retrouver nez à nez avec lui.

Cela faisait à présent huit semaines qu'elle jouait ainsi à cache-cache avec lui. Ces derniers temps, cependant, elle avait réalisé que les raisons qui motivaient ce jeu avaient évolué. Elle s'y était d'abord livrée parce qu'elle le voyait comme un monstre qui risquait de transformer sa vie professionnelle en enfer, et parce qu'elle avait jugé plus sage de lui dissimuler sa grossesse le plus longtemps possible. Mais elle avait découvert peu à peu que sous son masque d'arrogance, Damien n'était pas si méchant que ça.

Il était exigeant, mais il avait l'esprit vif, et son intelligence la stupéfiait. S'il excellait dans son job, c'étaient pour des raisons évidentes – il était agressif et perfectionniste, ce qui ne l'avait nullement étonnée. Elle ne s'était en revanche pas doutée qu'un extraordinaire sens de l'humour pût être tapi derrière la façade revêche. Il se faisait jour dans ses messages au moment où elle s'y attendait le moins, et cela l'intriguait.

La vérité, c'était qu'elle prenait grand plaisir à dialoguer virtuellement avec lui.

Elle avait également été horrifiée de découvrir qu'elle faisait des rêves extrêmement réalistes dans lesquels les yeux bleus de Damien plongeaient au fond des siens tandis qu'il accomplissait toutes sortes d'actes sexuels. Avec elle. Sous elle. Sur elle. En elle.

Elle avait lu dans *Tout sur la grossesse* que les rêves intenses étaient fréquents chez la femme enceinte – des rêves de bébé et des rêves d'ordre sexuel. Elle avait une ou deux fois rêvé qu'elle tenait un bébé dont elle avait eu l'impression de sentir effectivement le poids dans ses bras. Mais perverse comme elle était, elle avait surtout rêvé de son patron en train de lui faire des choses.

C'était épouvantablement gênant.

Et cela justifiait pleinement qu'elle se tienne aussi loin que possible de lui. Sa présence risquait d'alimenter sa libido ou de la faire bégayer, persuadée qu'il pouvait lire dans ses pensées.

Ou, pire encore, l'inciter à penser à lui au cours de ses heures de veille.

Ce voyage aux Caraïbes constituait donc une catastrophe d'ordre majeur.

Mandy s'agrippa à la rampe et reprit son souffle en souhaitant qu'un courant d'air vienne balayer le palier. Elle étouffait.

— Plus que deux marches, et j'y suis. Je peux y arriver.

Elle se traîna jusqu'à la porte d'entrée et s'accorda une minute de pause pour chercher ses clés.

Il était peut-être temps qu'elle se plonge dans la lecture de *Yoga pour les futures mamans* que Jamie lui avait refourgué cinq minutes après que la languette de papier eut viré au rose. Elle avait l'impression d'être dans la peau d'une grosse tortue anémique.

La porte s'ouvrit, et Allison se matérialisa devant elle, vêtue d'une robe bain de soleil rose fuchsia, et juchée sur des talons qui donnaient l'impression qu'elle mesurait deux mètres. Elle avait attaché ses longs cheveux bruns en queue-de-cheval, et apparaissait détendue, classe, posée.

Mandy se souvint qu'elle s'était sentie ainsi, il y avait bien longtemps. Bon, elle n'avait jamais eu l'allure de top model d'Allison, mais elle était mignonne dans le genre jean-baskets. Un teint lumineux, et un métabolisme à toute épreuve. À présent, elle avait des boutons et des poches sous les yeux.

Allison sursauta.

— Qu'est-ce que tu fais là, affalée contre le mur ? Si tu as perdu ta clé, tu aurais dû sonner.

— Je m'accordais un instant de repos. Je crois que je vais avoir des triplés, ce n'est pas possible autrement. Je ne comprends pas pourquoi je suis à ce point fatiguée.

Elle n'en était qu'à quinze semaines d'aménorrhée, et elle n'en pouvait déjà plus. À ce stade, les autres femmes affichaient toutes des mines superbes : joues roses, cheveux brillants, exhibant leur petit bidon en jean taille basse.

Mandy, quant à elle, dissimulait son corps sous d'amples vêtements informes depuis l'apparition de ses violentes nausées matinales.

— Tu n'as vraiment pas l'air dans ton assiette, déclara Allison en l'inspectant de la tête aux pieds. Tu devrais peut-être faire la sieste. Enfin bon, tu n'es plus tout le temps en train de vomir, c'est déjà ça.

— Youpi ! J'ai vraiment trop de chance.

Mandy essaya de se décoller du mur, mais une vague d'émotivité irrationnelle l'assaillit soudain. C'était sans doute lié à la perspective de partir pour les Caraïbes avec Damien Sharpton, d'avoir à passer plusieurs jours d'affilée en sa compagnie au soleil, sous le ciel bleu, bercée par le bruit des vagues. Et des efforts qu'elle devrait déployer pour dissimuler sa grossesse et son immense sentiment d'abandon.

— Rappelle-moi de ne jamais tomber enceinte, lâcha Allison en faisant passer son sac d'une main dans l'autre.

Mandy sentit les larmes lui monter aux yeux.

— Je n'ai pas fait exprès, tu sais ! Ben se protégeait. Et maintenant, ce pauvre bébé se retrouve avec une mère qui ne sait plus ce qu'elle fait et qui n'est même pas fichue de monter un escalier !

Sur ce, elle éclata en sanglots sous le regard effaré d'Allison. Elle ne savait pas exactement pourquoi elle pleurait. Elle avait l'impression d'avoir raté tellement de choses dans sa vie qu'elle trouvait injuste de se retrouver mère célibataire par-dessus le marché.

— Oh, Mandy, je suis désolée, je ne voulais pas…

Allison passa la tête dans l'entrebâillement de la porte d'entrée.

— Jamie ! Viens vite, j'ai fait pleurer Mandy !

— Ça va aller, marmonna celle-ci, les yeux gonflés et les joues trempées de larmes.

Mais elle ne protesta pas lorsque Jamie passa le bras autour de ses épaules et la guida dans l'appartement.

— Qu'est-ce qui t'arrive, ma belle ? C'est ton méchant patron qui t'a fait des misères ?

Elle hocha la tête, et Jamie n'eut qu'à lui appliquer une légère poussée pour qu'elle se laisse choir sur le canapé. Elle attrapa un coussin de velours vert sauge qu'elle serra contre elle en avouant :

— Il veut que je l'accompagne une semaine aux Caraïbes !

— Oh ! C'est très méchant de sa part, en effet ! s'esclaffa Allison avant de pincer les lèvres comme Jamie lui décochait un regard noir. Qu'est-ce qu'il y a ? Je serais prête à tuer, moi, pour aller à la plage en vrai plutôt que de me ruiner en sprays autobronzants. Je ne vois pas ce qu'il y a d'horrible dans un voyage aux Caraïbes. On a eu un printemps pourri jusqu'ici. On est déjà en mai, et il fait à peine quinze degrés.

— Ce qui ne t'empêche pas de porter des robes bain de soleil, lui fit remarquer Jamie que son survêtement couleur chocolat boudinait légèrement.

— Il faut bien que j'exhibe mon faux bronzage.

Mandy cala son coussin sous le menton.

— Je sais que ça paraît idiot, mais il ignore que je suis enceinte, et je ne suis pas sûre d'être capable de le lui dissimuler toute une semaine.

— Attends, ça se voit à peine ! Un homme ne fait pas attention à ces choses-là. D'autant que tu ne vomis plus, dit Allison en haussant les épaules. Profites-en donc pour te reposer, prendre le soleil et te baigner. Te bichonner un peu, quoi ! Tu le mérites amplement.

— Tu crois ? Je veux dire, je sais qu'il finira bien par découvrir que je suis enceinte, mais je préférerais que ce soit le plus tard possible.

Une fois que le bébé serait né, par exemple, et qu'elle serait à l'hôpital.

— J'aime bien travailler pour lui, en fait. Mais garder ainsi le secret sur mon état me stresse complètement.

— C'est mauvais pour le bébé, lui rappela Jamie en lui massant les épaules.

Mandy laissa échapper un gémissement de bien-être sous la pression de ses doigts légers.

— Je me sens complètement dépassée par les événements. Je suis censée connaître tellement de choses. Le développement fœtal, les questions que je dois poser au médecin, quel type de nourriture je dois éviter, à quel moment les contractions se déclenchent... Je ne suis plus !

— Emmène tous tes bouquins sur le sujet en vacances, et potasse-les. Il y a des tas de trucs à apprendre, mais la plupart relèvent du simple bon sens. L'important, c'est d'être détendue, pas de savoir quel flacon il faut acheter.

— Jamie a raison, renchérit Allison en s'asseyant sur la table basse. C'est la seule d'entre nous qui s'y connaisse un peu dans ces fichues histoires de bébés.

— Je sais par exemple qu'on doit s'exprimer correctement en présence d'un bébé, dit Jamie.

— Il n'est même pas né ! Et « fichu » n'a rien d'incorrect.

Les yeux mi-clos, Mandy essuya ses dernières larmes. Le massage doux et régulier de Jamie commençait à faire effet. Peut-être qu'elle y arriverait, après tout.

La maternité était en effet une simple question de bon sens. Elle savait qu'il fallait s'exprimer correctement en présence d'un bébé et qu'ils pouvaient se noyer dans dix centimètres d'eau. Elle savait qu'il fallait leur talquer les fesses pour qu'ils n'aient pas de rougeurs et consulter le pédiatre en cas de fièvre. Elle s'en sortirait, petit à petit, une couche jetable après l'autre.

Elle voulait si farouchement cet enfant qu'elle en était la première surprise. Elle voulait l'aimer inconditionnellement, l'aider à devenir un être responsable et autonome.

C'était à la fois effrayant et enthousiasmant.

Si elle parvenait à cesser de rêver de Damien Sharpton en train de la régaler d'orgasmes multiples, elle maîtriserait parfaitement la situation.

4

— Écoute, maman, je suis en train de faire mes bagages pour un déplacement professionnel, tu veux bien rappeler un peu plus tard ?

Mandy écarta un pantalon kaki qu'elle n'arriverait jamais à boutonner.

— Quel déplacement professionnel ? Qu'est-ce que c'est que cette histoire ?

— Je ne t'en ai pas parlé ? Mon patron va à Punta Cana, et il veut que je l'accompagne.

Des chemises en lin seraient parfaites : amples et agréables à porter. Elle en glissa deux dans sa valise ouverte.

— Punta Cana ? C'est aux Caraïbes, ça, non ? Je ne sais pas si c'est raisonnable dans ton état. Ils ne lavent pas les fruits et les légumes, là-bas, tu sais. Ils n'ont pas l'air conditionné, les routes sont en très mauvais état, ils vivent dans des espèces de cabanes et…

Mandy leva les yeux au ciel, ravie que sa mère ne puisse pas la voir.

— Je ne vais pas vivre dans une cabane, maman. Je vais séjourner dans un complexe hôtelier réservé aux touristes américains et canadiens.

— Ça ne vaut guère mieux. J'ai déjà vu de ces Franco-Canadiennes se promener en string…

Cette fois, Mandy ne put réprimer un éclat de rire tandis qu'elle glissait son sèche-cheveux dans sa valise.

— Je ne vois pas ce que le port du string a de répréhensible. Ça prouve simplement que les filles qui en portent sont à l'aise avec leur corps. Ça doit être très libérateur. J'essaierais bien moi-même… J'en offrirai un à papa pour Noël, tiens, il pourrait l'utiliser quand il se baigne dans le lac.

Elle savait qu'elle n'aurait pas dû asticoter sa mère ainsi, mais le plaisir qu'elle en tirait avait quelque chose de vertigineux. À l'instant où elle avait entamé sa seizième semaine de grossesse, le voile de fatigue qui la recouvrait s'était miraculeusement envolé, et son ventre s'était mis à gonfler comme une gaufre. Elle se frotta la taille. La ceinture de son pantalon corsaire mordait douloureusement dans sa chair.

— Tu as perdu l'esprit, Mandy !

— C'est fort possible. Tu crois que je pourrai enlever mon soutien-gorge, sur la plage ? Mes seins ont tellement grossi qu'ils sont enfin dignes d'être exhibés.

Elle ne l'aurait pas fait pour tout l'or du monde, mais choquer sa mère lui procurait une joie malsaine.

— Dans le cadre d'un voyage d'affaires ! Seigneur, tu délires, ma pauvre enfant. Voilà ce qui arrive quand on sort avec un goujat qui n'est même pas capable d'assumer ses responsabilités. Tu n'aurais jamais dû lui céder, il était bien trop vieux pour toi. Je ne suis pas surprise qu'il se soit enfui à toutes jambes. Encore une victime de la crise de la quarantaine…

La conversation prenait un tour glauque.

Mais avant que Mandy ait eu le temps de l'envoyer paître, sa mère lui envoya une dernière pique :

— Enfin, à quelque chose malheur est bon. Au moins, tu as un vrai travail, désormais. Je sais que tu as toujours aimé t'adonner à tes hobbies, ma chérie, mais il était grand temps que tu deviennes raisonnable.

Mandy se sentait d'autant plus minable qu'il lui était difficile de se défendre sur ce point. Elle n'avait pas eu l'impression de s'adonner à un hobby quand elle s'occupait de son magasin, mais les trois années qu'elle y avait consacrées n'avaient pas généré de bénéfices, et elle ne pouvait pas vraiment dire qu'elle s'était démenée pour y parvenir. Cela avait bel et bien été un hobby.

— Je persiste à penser que tu devrais rentrer à la maison, et nous laisser t'aider, ton père et moi…

Cette perspective lui paraissait aussi alléchante que de s'auto mutiler avec un couteau rouillé. Non, merci, sans façon.

— Tout va bien, maman, et même si vous me manquez beaucoup, papa et toi – il lui arrivait effectivement de se sentir un poil nostalgique et de penser à eux quand elle avait un coup dans l'aile –, il faut que j'apprenne à me débrouiller seule.

Sa mère renifla.

— Je suis fière de toi et du mal que tu te donnes, mais je ne peux m'empêcher de me faire du souci.

— Tu n'as aucun souci à te faire.

— Promets-moi de ne rien manger pendant ton séjour.

Était-elle censée vivre de l'air du temps cinq jours durant ? Mandy réprima un fou rire.

— D'accord. Je te promets de ne rien manger.

— Où logeras-tu ? J'aimerais pouvoir te joindre.

Mandy s'empara du dossier posé sur sa table de chevet et lui communiqua les coordonnées de son hôtel. Si sa mère pointait le nez aux Caraïbes, elle la renierait.

Après tout, pourquoi les enfants ne pourraient-ils pas renier leurs parents quand ceux-ci en avaient la possibilité ?

— Et méfie-toi de ton patron. Il n'est pas rare que les hommes d'affaires voient dans ces escapades des occasions de distraction sexuelle.

D'où sa mère tenait-elle ces informations concernant les habitudes sexuelles des hommes d'affaires, voilà qui était un mystère.

— De distraction sexuelle ? répéta Mandy. Tu regardes beaucoup la télévision, ces temps-ci, maman ?

Sa mère avait tort de s'inquiéter ; elle ne courait pas de grands risques de ce côté-là.

Damien Sharpton, en revanche… Bien qu'elle ne l'eût pas cru possible, les rêves de Mandy s'étaient intensifiés, et la perspective d'un buffet sexuel avec Damien en guise de plat principal la faisait frissonner d'excitation.

Si elle parvenait à ses fins, elle mangerait à ce buffet jusqu'à plus faim.

La valise de Damien attendait dans un coin de son bureau, et il dépouillait ses derniers mails avant de sauter dans un taxi pour l'aéroport quand Rob Turner passa la tête dans l'entrebâillement de la porte.

— Je peux te dire deux mots, Damien ?

— Je suis sur le point de partir. Que puis-je pour toi ?

Damien éteignit son ordinateur tout en se levant. Il était bien plus impatient de faire ce voyage que le jour où on lui avait annoncé qu'il l'avait gagné.

Jusqu'à présent, ce genre de séjours avait toujours été synonyme de profond ennui, et il passait son temps à se languir de New York. Mais les choses étaient différentes, cette fois-ci. Il avait vraiment envie de partir.

— Alors c'est vrai ? Tu emmènes ton assistante ? demanda Rob en s'installant dans le fauteuil qui faisait face au bureau de Damien comme s'il avait l'intention de bavarder longuement.

— Oui. Pourquoi ?

Le ton dégagé de Rob avait éveillé les soupçons de Damien. Il croisa les bras, prêt à réagir à la moindre manifestation d'antagonisme.

Rob haussa les épaules. Son sourire affable incitait les gens à se confier à lui. Qu'il soit en costume cravate ou en T-shirt, il semblait à l'aise en toutes circonstances.

Le genre d'homme qui boit toujours la même chose que ceux qui l'entourent.

— C'est une prime que tu as gagnée. On emmène sa femme, sa petite amie ou même son frère pour un voyage de ce genre. Pas sa secrétaire ! À moins que la dite secrétaire ne soit aussi une petite amie...

— Ce n'est pas le cas.

Damien se rendit compte qu'il venait de répondre sèchement, et se sentit gagné tout à la fois par l'embarras et la colère. Que Mandy l'accompagne devait paraître curieux, il le savait. Mais il n'avait pas pu résister à l'envie de passer du temps avec elle afin de s'assurer qu'elle ne le considérait pas comme un monstre.

Il ne s'était jusqu'alors jamais soucié de ce que les autres pensaient de lui. Mais avec Mandy, c'était différent. Bien entendu, il aurait préféré jeter son ordinateur portable dans l'East River plutôt que de le reconnaître.

— Tu me connais, je ne supporte pas d'arrêter de travailler. J'ai l'intention de prendre un peu d'avance sur les dossiers du mois prochain.

— Tu es sérieux ? Alors tu n'as pas l'intention de te la faire ? s'exclama Rob, éberlué.

— Je suis mortellement sérieux.

Damien ne s'était jamais « fait » aucune femme. Et Rob, qui l'avait connu à l'époque où il vivait à Chicago avec Jessica, était bien placé pour le savoir.

Ce qui n'empêchait pas une partie de son corps d'avoir repris vie depuis qu'il avait embauché Mandy Keeling. Il n'irait pas jusqu'à dire qu'il avait envie de coucher avec elle, mais elle lui plaisait.

Ce qui en soi tenait déjà du miracle, car il était persuadé qu'il n'éprouverait plus jamais le moindre intérêt sur le plan physique ou affectif pour qui que ce soit.

— Peut-être que tu devrais.

— Peut-être que je devrais quoi ? demanda Damien qui avait perdu le fil.

— Coucher avec ta secrétaire. Une petite aventure ni vu ni connu, à l'abri d'une paillote.

— Ce serait très professionnel, en effet.

Rob posa les pieds sur le bureau, et Damien, qui avait un sens aigu de l'ordre et de la propreté, dut se retenir pour ne pas les repousser.

— Elle est sexy.

— Pardon ?

Damien fixa Rob du regard. Il n'était pas certain d'avoir compris. Son pied se mit à marteler le sol avec impatience et sa main secoua les pièces de monnaie dans la poche de son pantalon. Il était temps qu'il se mette en route pour l'aéroport.

— Mandy. Ton assistante. Elle est hypersexy.

— Ah bon ? Je n'ai pas remarqué.

Et il était sincère. Il se souvenait qu'il l'avait trouvée jolie lors de leur premier entretien, mais il était à présent incapable de se souvenir avec précision de ses traits. L'attirance qu'il ressentait pour elle était plutôt d'ordre intellectuel. Il appréciait son esprit, son intelligence, son sens de l'humour.

Rob laissa retomber ses pieds par terre, au vif soulagement de Damien.

— Je l'imagine très bien en train de faire le mur d'un pensionnat huppé pour aller retrouver des garçons sans que personne se doute de rien…

— Je constate que les aventures de jeunesse de mon assistante semblent avoir occupé une place de choix dans tes réflexions, fit remarquer Damien.

Et ça l'agaçait prodigieusement Un sentiment qu'il n'avait aucun droit d'éprouver. D'autant que Rob était bien plus susceptible que lui de plaire à Mandy.

— J'essaie d'alimenter tes fantasmes, car je doute que tu sois capable de t'en charger tout seul.

— Il y a peut-être une raison à cela. Il se peut que je ne sois pas intéressé.

— Damien, commença Rob d'un ton grave, ta façon de vivre n'est pas saine... Il faut aller de l'avant, arrêter de bosser sept jours sur sept, vingt-quatre heures sur vingt-quatre. C'est elle qui est morte, pas toi !

Comme si Damien ne le savait pas. La culpabilité le taraudait sans relâche. Elle avait définitivement supprimé une partie de son âme.

Il se contenta de hausser les sourcils et de dévisager Rob d'un œil froid. Il ne prononça pas une parole, ne cilla même pas. Mal à l'aise, Rob se tortilla en tripotant le nœud de sa cravate.

— Je pense simplement que tu travailles trop. La vie ne se limite pas à ça.

Il souleva sa valise, et faillit assener une réplique cinglante à Rob. Quelque chose à propos du besoin sexuel masculin. Mais la compassion sincère qu'il lut sur le visage de son ami – le seul qu'il eût encore – le retint. Tous les autres l'avaient laissé tomber au cours de l'enquête, et il ne s'était pas donné la peine de s'en faire de nouveaux depuis son arrivée à New York.

— Je vais bien. Ma vie me convient telle qu'elle est.

Si c'était vrai, pourquoi ce frisson d'anticipation pour la première fois depuis trois ans ?

5

Mandy se lava les mains dans le minuscule lavabo puis se lissa les cheveux. Tout s'était merveilleusement bien passé. Jusqu'à ce que l'avion décolle. Là, son estomac était resté coincé au niveau du sol tandis qu'ils s'élevaient à six mille mètres d'altitude.

Elle n'avait pu attendre que le voyant lumineux autorisant les passagers à déboucler leur ceinture de sécurité s'éteigne pour se précipiter aux toilettes où elle s'était engagée dans un face-à-face avec la cuvette d'acier chromé.

Comme elle ouvrait la porte pour regagner sa place, elle découvrit Damien, le poing levé, qui s'apprêtait à frapper au battant.

— Ça va ? demanda-t-il en la dévisageant avec inquiétude.

Son regard scrutateur la mit mal à l'aise. Le reflet que venait de lui renvoyer le miroir n'était pas éblouissant. Ses cheveux pendouillaient lamentablement, et elle était d'une pâleur spectrale. Elle était tellement indignée de se retrouver confrontée aux nausées matinales qu'elle en oublia la plus élémentaire des politesses. C'était lui qui avait eu l'idée de l'embarquer dans ce stupide voyage, c'était donc sa faute si elle avait l'impression de sortir d'un séchoir à linge.

— Non, ça ne va pas du tout. Je viens de vomir dans les toilettes d'un avion, ce qui signifie que j'ai approché le visage d'une cuvette où l'humanité entière déverse des germes répugnants. C'est affreux.

— Je suis désolé, dit-il en laissant retomber le bras le long de son corps. Mais vous commencez à m'inquiéter… J'ai l'impression que vous avez un malaise chaque fois que nous sommes ensemble. J'en viens à me demander si ce n'est pas ma présence qui vous rend malade…

Il avait dit cela sur le mode humoristique, mais Mandy n'était pas d'humeur à plaisanter.

— Ne vous inquiétez pas, ce n'est pas vous en particulier. Tous les hommes me donnent la nausée.

Damien en demeura bouche bée, et Mandy soupçonna que c'était la première fois de sa vie qu'il se trouvait à court de mots.

Génial. Il allait la prendre pour une lesbienne.

— Je plaisante. Je ne me sens pas bien, c'est tout. Je suis sujette au mal de l'air.

— Vous auriez dû me le dire.

— Qu'est-ce que ça aurait changé ? Vous m'auriez autorisée à rester chez moi ? On aurait pris le bateau ?

L'avion tangua légèrement.

— Il faut que j'aille m'asseoir.

— Bien sûr.

Damien lui saisit le coude et tous deux se figèrent. Elle s'immobilisa la première, et il l'imita, s'interrogeant visiblement sur la raison de cet arrêt brutal.

Ce contact, pourtant anodin, l'avait traversée de part en part, allumant un début d'incendie au creux de son ventre. Elle était pourtant presque parvenue à se convaincre que ses rêves lui faisaient exagérer l'attirance qu'elle ressentait à son égard. Déjà, quand elle l'avait retrouvé au comptoir d'embarquement, elle avait eu la preuve que ses rêves n'embellissaient en rien la réalité. Il était superbe. La perfection faite homme.

Un petit bruit gêné lui échappa. Elle menaçait sérieusement de tourner à l'obsédée sexuelle. De son côté,

Damien se concentrait sur les moyens d'endiguer un éventuel malaise.

— Tout va bien, le rassura-t-elle. J'ai juste perdu l'équilibre.

Elle réussit à le conserver le temps d'atteindre son siège. Ils étaient fort heureusement en première classe, et elle put étendre confortablement ses jambes. L'inconvénient, c'était qu'elle était assise juste à côté de Damien, ce qui était tout à la fois embarrassant et perturbant.

Au moment de l'embarquement, il avait choisi le siège situé à côté du hublot, elle fut donc contrainte de s'asseoir de biais pour lui faciliter l'accès. Quand ses jambes frôlèrent les siennes, elle ne put réprimer un frisson.

— La climatisation est trop forte, mentit-elle pour justifier ce dernier.

Il jeta un coup d'œil à sa robe sans manches, et fronça les sourcils. Elle l'avait choisie parce qu'elle ne marquait pas la taille, ce qui lui permettait de se sentir à l'aise tout en dissimulant son état.

— Vous n'avez pas un gilet ou quelque chose pour couvrir vos épaules ?

Elle secoua la tête tandis qu'il bouclait sa ceinture de sécurité. Il portait un pantalon noir, des sandales et un T-shirt blanc barré d'une bande noire. Celui-ci était suffisamment moulant pour que Mandy puisse constater qu'il arrivait à trouver le temps d'aller au gymnase en dépit de son emploi du temps surchargé.

Se retrouver en compagnie d'un homme aussi sexy alors qu'elle ne pouvait rien entreprendre lui semblait particulièrement injuste.

Les pointes de ses seins s'insurgèrent.

Mandy releva les yeux après avoir bouclé sa propre ceinture, et réalisa que Damien avait les yeux rivés sur sa poitrine.

Son visage était indéchiffrable.

— Il vous faut une couverture, dit-il cependant en appuyant sur le bouton d'appel de l'hôtesse.

Ô, Seigneur !

Elle était mortifiée.

D'autant que son corps se montrait particulièrement peu coopératif, et affichait une subite hausse de température, probablement liée à la proximité de ce spécimen mâle particulièrement désirable.

Désirable ? Où était-elle allée chercher ce terme-là ? Mandy serra les jambes. Elle était enceinte ! Laisser parler ses désirs était bien la dernière des bêtises à commettre. Elle allait finir par donner naissance à des quadruplés.

L'hôtesse de l'air se présenta, tout sourires.

— En quoi puis-je vous être utile ?

— Nous aurions besoin d'une couverture.

Pourquoi parlait-il à la première personne du pluriel ? Tandis que l'hôtesse cherchait une couverture dans le compartiment au-dessus de leurs têtes, Mandy se ratatina sur son siège du côté de l'allée de façon à dissimuler sa poitrine au regard de Damien. Son odeur lui parvenait, cependant. Un mélange d'eau de Cologne et d'assouplissant textile.

C'était le genre d'homme à faire un usage intensif d'assouplissant textile. Il aimait que tout soit impeccable, et sa maniaquerie était légendaire au bureau. Il faisait même disparaître les miettes de son déjeuner à l'aide d'un petit aspirateur à piles.

— Merci.

Mandy prit la couverture que lui tendait l'hôtesse, et la sortit de sa protection plastifiée.

L'hôtesse, jolie et *impeccable*, sourit à Damien.

— Il n'y a pas de quoi. C'est la première fois que vous allez à Punta Cana ?

— Oui, répondit-il en lui retournant son sourire.

Il venait de se fendre d'un vrai sourire. Une première ! songea Mandy. Il est vrai qu'elle ne le voyait pas souvent à force de passer son temps à jouer au chat et à la souris avec lui dès qu'elle entendait sa voix. Elle savait cependant qu'il ne jouissait pas vraiment d'une réputation de boute-en-train, et trouva d'autant plus surprenant qu'il gratifiât d'un sourire cette blonde bien pourvue côté seins.

Il devait préférer les blondes, décréta-t-elle en ouvrant le sac plastique d'un geste brusque. Non pas que ça l'ennuie, du reste. Il se trouvait juste qu'elle souffrait d'un désordre hormonal, qu'elle était célibataire, et en proie à des rêves insensés inspirés par ces satanés yeux bleus.

— C'est un véritable paradis. Vous allez adorer.

— J'en suis certain. Nous sommes impatients d'arriver.

À la fois satisfaite et embarrassée par ce nouvel emploi du « nous », Mandy replia les jambes sous elle, et se pelotonna sous sa couverture. Saisissant le sous-entendu, l'hôtesse s'éloigna dans l'allée.

Incapable de s'en empêcher, Mandy demanda au bout d'une minute :

— Vous avez remarqué qu'elle flirtait avec vous ?

Damien leva les yeux de son magazine d'informatique.

— Vraiment ?

La question était purement rhétorique – il avait parfaitement repéré les signaux envoyés par l'hôtesse.

— Oui. Je ne voudrais pas que ma présence vous empêche de répondre aux avances qu'on peut vous faire.

Était-il possible qu'elle ait dit une chose pareille ?

Damien tourna la page de son magazine, et lui lança un coup d'œil.

— Votre présence n'a aucune incidence sur mon comportement. Si j'avais souhaité répondre aux avances de cette personne, je l'aurais fait. Je vous remercie cependant de m'accorder votre permission.

Elle résista à l'envie d'enfouir la tête sous la couverture.

— Vous vous sentez mieux ? enchaîna-t-il, la main à proximité du filet qui se trouvait devant lui, prêt à attraper un sac vomitoire. Je vous trouve encore un peu… pâle.

— Je suis anglaise. J'ai le teint naturellement pâle.

Elle se rendit compte qu'elle lui avait répondu un peu trop sèchement alors qu'il ne cessait de se montrer plein de sollicitude.

— Je vous remercie de vous soucier de moi. Je me sens mieux, à présent.

Il hocha la tête et referma son magazine. Sa jambe se mit à s'agiter impatiemment.

— L'annonce autorisant l'usage des ordinateurs portables a-t-elle été faite ?

Ils n'avaient pas décollé depuis vingt minutes qu'il ne tenait déjà plus en place.

— Non, pas encore. Je ne pense pas que nous ayons atteint l'altitude de croisière.

Plus que trois heures à tenir à côté de l'objet de ses fantasmes.

Le temps passerait peut-être plus vite si elle se concentrait sur le travail.

— À quoi exactement avez-vous l'intention de consacrer ce voyage, monsieur Sharpton ?

— Vous pouvez m'appeler Damien, Mandy, et me tutoyer. Nous allons aux Caraïbes. Autant adopter une attitude décontractée.

Elle s'agrippa à l'accoudoir de crainte de glisser à terre. Il voulait qu'elle l'appelle Damien et qu'ils se tutoient ! La variation de pression atmosphérique devait avoir affecté sa santé mentale.

Cela dit, elle s'était toujours doutée qu'il avait des côtés humains malgré son addiction au travail.

— Je ne pourrai pas en faire autant que je le souhaiterais parce que la connexion Internet sera lente et ne me permettra pas de me raccorder au serveur. Mais j'ai prévu d'étudier les demandes de promotion et les plans de carrière du personnel.

— Que suis-je censée faire ?

Et à quelle distance de lui se trouverait-elle ? Elle frémissait à l'idée de se retrouver enfermée dans une chambre d'hôtel en sa compagnie.

— Tu t'occuperas de mes mails et tu mettras de l'ordre dans mes notes de frais des trois dernières semaines.

— Cela ne prendra pas longtemps. Une journée, tout au plus.

— Dans ce cas, tu pourras profiter de la plage une fois que tu auras terminé.

Cette perspective n'avait rien de déplaisant. Le printemps avait été particulièrement gris et froid à New York, et des siestes de douze heures d'affilée sur une chaise longue seraient les bienvenues.

— Ma présence n'était pas vraiment nécessaire, non ?

Mandy se demandait pourquoi il s'embarrassait d'une secrétaire dont il n'avait pas besoin au lieu de partir avec une petite amie ou un copain. Ou même sa mère, bien qu'elle eût du mal à imaginer une quelconque influence maternelle sur Damien.

Il haussa les épaules.

— Peut-être pas. Considère ce voyage comme une récompense pour avoir travaillé sous mes ordres deux mois d'affilée sans avoir versé une seule larme.

Mandy rit.

— J'ai du mal à t'imaginer en train de faire pleurer quelqu'un. La fille en question devait être particulièrement sensible.

— Je ne te fais pas peur ? demanda-t-il avec un sourire en coin.

— Absolument pas.

« Tu m'intrigues. Tu me stimules. Tu m'excites. »

— C'est un vrai plaisir de travailler pour toi.

Il la regarda droit dans les yeux, et il sembla soudain à Mandy qu'il y avait quelque chose de vaguement suggestif dans ses paroles. Elle eut tout à coup une conscience si aiguë de leur proximité physique qu'elle en eut le souffle coupé. Ses seins gonflés devinrent douloureux, et une vague de désir coula depuis son ventre jusqu'au creux de ses cuisses.

— Le plaisir est partagé.

Il porta la main à sa bouche pour se ronger l'ongle, avant de l'écarter d'un geste brusque et de le contempler d'un air dégoûté.

— Je n'avais pas fait ça depuis...

Il s'agita sur son siège et l'espèce d'intimité qui régnait entre eux s'évanouit brutalement. Ses épaules se raidirent et son expression redevint impénétrable tandis qu'il reprenait d'une voix neutre :

— J'aurais sans doute dû te demander si rien ne t'empêchait de faire ce voyage. Un mari ou un compagnon qui se serait montré réticent à te laisser partir...

Mandy ne chercha pas à réprimer le rire amer qui jaillit de ses lèvres.

— Non. Rien de ce genre dans ma vie.

Elle ne s'en plaignait d'ailleurs pas. Le soutien peu enthousiaste de Ben n'aurait été qu'un fardeau supplémentaire. Une rupture nette et franche lui permettait de savoir où elle en était. L'enfant qu'elle portait était à elle et rien qu'à elle.

— Tant mieux, dit-il avant de froncer les sourcils. Je veux dire, tant mieux que ce voyage ne t'ait pas posé de problème.

Elle sourit et ajusta sa couverture de façon à recouvrir complètement son corps.

— Absolument aucun problème.

— J'avoue que je n'avais pas pensé à la façon dont ce serait perçu, et je suis désolé des rumeurs qui circulent au bureau.

— Des rumeurs ?

Saisie de panique, elle posa la main sur son ventre.

— Quel genre de rumeurs ?

— Certaines personnes semblent croire que je t'ai invitée parce qu'il y avait quelque chose entre nous.

Damien n'avait pas eu l'intention d'aborder ce sujet. L'idée ne l'avait même pas effleuré.

Il le regretta d'autant plus que Mandy n'y avait visiblement pas songé. C'est du moins la conclusion qu'il tira de sa moue horrifiée.

— Qui pense cela ?

— Un ami à moi s'est contenté de m'en faire part.

Et Damien aurait mieux fait de s'abstenir de le lui répéter.

— Ça n'a rien de tragique, ajouta-t-il, pour tenter de la rassurer.

Mandy constituait une énigme à ses yeux, un mélange d'efficacité guindée, d'humour ravageur et d'intense vulnérabilité. Il n'était pas mécontent que cette couverture dissimule son corps depuis le cou jusqu'aux chevilles, car l'effet que le froid avait eu sur sa poitrine ne lui avait pas échappé. La concupiscence avec laquelle il avait lorgné ses seins était digne d'un adolescent boutonneux devant un catalogue de lingerie féminine.

La sensation embarrassante qu'il avait ressentie à ce moment-là le titilla de nouveau. Quelque chose qu'il avait cru mort à jamais renaissait à la vie.

Il éprouvait du désir.

Pour Mandy.

Elle s'humecta nerveusement les lèvres.

— C'est assez gênant.

— Je suis désolé. Je n'avais pas l'intention de te mettre dans l'embarras au bureau.

Non, il n'avait pas souhaité qu'une telle chose se produise. Il avait seulement cherché à acculer Mandy pour l'obliger à le regarder dans les yeux.

Il ne savait toujours pas exactement pourquoi.

Maintenant qu'elle se trouvait près de lui, il était attiré par elle, tant physiquement qu'intellectuellement. Il aurait aimé approfondir la question sur les deux plans, mais son passé l'en empêcherait.

Au fond, il n'était parvenu qu'à s'acculer lui-même.

Les paillettes ambrées qui miroitaient au fond des beaux yeux bruns de Mandy leur conféraient une expression à la fois douce et expressive.

— C'est sans importance, lui assura-t-elle en le gratifiant d'un sourire qui le chamboula complètement. Du reste, ce pourrait être bien pire, et j'ai toujours préféré faire envie que pitié.

— Qu'est-ce qui te fait croire qu'une liaison avec Démon Sharpton pourrait susciter l'envie ?

Il avait un jour entendu le surnom dont on l'affublait en passant devant les toilettes. Sur le coup, cela l'avait agacé, mais à présent, il s'en moquait. La seule chose qui l'intéressait, c'était de savoir ce que Mandy pensait de lui.

Elle émit un délicieux rire de gorge, inclina la tête vers lui si bien que sa couverture glissa, découvrant le renflement de sa poitrine.

— Allons, Damien ! Tu sais bien que si on te surnomme ainsi, c'est parce que tu es intransigeant, certes, mais aussi parce que tu ne t'intéresses à aucune femme. Ça les contrarie énormément.

Il aimait la façon dont elle prononçait son prénom. Son accent lui conférait une sophistication nouvelle.

— J'inclinerais à penser qu'on me surnomme Démon parce qu'un autre sobriquet ne collerait pas avec Sharpton. Ogre ou monstre, par exemple…

Un rire surpris jaillit de ses lèvres, et elle lui adressa un grand sourire franc.

— Je ne crois pas que ce soit pour ça.

Elle l'étudia avec curiosité, les doigts agrippant le bord pelucheux de sa couverture.

— Pourquoi les laisses-tu croire ça de toi ? Je ne pense pas que tu mérites aucun de ces surnoms.

Comment expliquer à cette femme au regard si direct qu'il était plus simple de laisser les gens penser qu'il était un monstre sans cœur ? Que c'était un excellent moyen de les tenir à distance, d'éviter de leur consacrer du temps, de partager ses émotions avec eux, bref, d'entretenir des relations qu'il n'avait plus la force d'affronter. Comment lui dire qu'il revenait d'un voyage au bout de l'enfer, et qu'interdire à quiconque d'être trop proche de lui était la seule façon qu'il avait trouvée pour tenir la peur en respect et protéger sa santé mentale ?

Quand Jessica avait été assassinée, il s'était retranché derrière les murs d'un château de cartes élaboré avec soin. S'il laissait les gens tripoter ces fragiles parois, c'était tout l'édifice qui risquait de s'effondrer.

Il se contenta de hausser les épaules.

— Ce que les gens pensent m'indiffère.

Deux mois auparavant, il était sincère. Il avait à présent l'impression d'être à la limite de la vérité. Ce que la femme assise près de lui pensait avait de l'importance. Sans l'ombre d'un doute.

— Tant mieux pour toi, répondit doucement Mandy en reposant la tête contre le dossier du siège. Si tout le monde faisait preuve d'autant de maturité, il y aurait moins de problèmes.

En se tournant vers elle, il déplaça légèrement sa couverture. Il la remonta aussitôt en prenant soin de ne pas toucher son bras nu.

— Ce n'est peut-être pas de la maturité, mais de l'arrogance, tout simplement. Je suis bel et bien le monstre qu'on décrit.

Si elle croyait à ses paroles, elle battrait en retraite sans attendre, et le laisserait seul dans sa bulle d'amertume. Parce que si elle commençait à poser sur lui ce merveilleux regard plein de douceur, il n'était pas certain d'être capable de résister.

Or il n'avait rien à offrir à une femme telle que celle-là.

Mais elle lui faisait déjà la grâce de lui sourire, et la compréhension illuminait ses yeux.

— Je ne crois pas, Damien Sharpton. Je pense qu'il y a bien plus chez toi que ce que tu veux bien laisser voir.

Elle ferma les yeux, et sa respiration se fit régulière, indiquant qu'elle s'était assoupie.

L'attirance et l'intérêt qu'elle lui inspirait augmentèrent de manière exponentielle.

Damien se pencha pour attraper son ordinateur portable et le posa sur ses genoux en prenant garde de ne pas la réveiller. Déterminé à travailler et à la chasser de ses pensées, il relut le rapport qu'il était en train de rédiger.

Mais son regard revenait toutes les trente secondes sur le visage de Mandy, sur ses lèvres roses entrouvertes, sur sa frange qui rejoignait presque ses sourcils.

Il referma le couvercle de son portable d'un geste sec. Impossible de taper sur le clavier d'une machine dangereusement déstabilisée par une érection massive. Il rabattit la tablette qui se trouvait devant lui, posa son portable dessus, mais ne parvint pas à faire grand-chose de bon.

Excepté contempler Mandy toutes les cinq secondes.

Ce voyage était une erreur monumentale. S'il la voyait en Bikini, toute tentative de résistance serait inutile.

Cette évocation lui échauffa tant l'esprit que la tablette qui supportait son portable se souleva avec enthousiasme.

6

Allongée sur une chaise longue, Mandy feuilletait *Babymag*, un magazine consacré à l'éducation des enfants auquel elle était abonnée depuis deux mois.

Tout sur la grossesse se trouvait également dans son sac de plage. Elle devrait le lire tôt ou tard si elle voulait être en mesure de reconnaître les contractions quand elles surviendraient. Mais elle venait de se découvrir un nouveau trait de caractère : elle était monstrueusement paresseuse. La seule chose qu'elle avait envie de faire, c'était de rester assise à savourer son état. Elle n'avait aucune envie de mémoriser des termes tels que *bouchon muqueux* ou *effacement du col*, ni d'établir le formulaire d'action juridique post-natale que Jamie estimait indispensable.

Trop d'informations encombraient ses neurones, et elle avait décidé d'envisager les événements mois par mois. Elle lirait les chapitres concernant la phase de grossesse qu'elle traversait sans chercher à aller plus loin. Jeter un petit coup d'œil à son magazine, rempli de photos d'adorables bébés joufflus et d'articles sympas sur l'éducation des enfants, ne lui ferait cependant pas de mal.

D'autant qu'elle s'ennuyait ferme.

Punta Cana était magnifique, le climat paradisiaque, le ciel d'un bleu immaculé, le soleil resplendissant… Mais elle avait l'impression que Damien l'évitait. Elle ne l'avait pas revu depuis leur arrivée, quarante-huit heures auparavant. Elle avait pris ses repas en compagnie de gens qu'elle ne connaissait pas, et un couple de retraités anglais avait fini par l'adopter, visiblement désolés pour elle.

Ils étaient absolument charmants, et elle s'était régalée aux somptueux buffets que l'hôtel mettait à la disposition des clients, mais ce n'était pas aussi agréable que d'être en compagnie d'amis ou de sa famille.

Elle ne savait pas trop si elle pouvait se risquer à faire du parachute ascensionnel, du hors-bord, du ski nautique ou de la plongée dans son état. Elle s'était un peu baignée, avait fait trois parties de volley et une autre de palet. Elle avait participé à une course où il fallait tenir entre ses dents une cuillère garnie d'un œuf sans le faire tomber, avait caressé un petit singe, perché un perroquet sur son épaule et avait grimpé sur un âne.

Tout cela était fort divertissant, mais elle avait l'habitude d'être entourée d'amis et de collègues. De gens à qui parler. Malgré ses efforts, le perroquet n'avait pas pipé mot. Mandy sirota son daïquiri sans alcool en se demandant pour la centième fois pourquoi Damien lui avait proposé de l'accompagner. Il était évident qu'il n'avait pas besoin d'elle.

Ne trouvant aucune réponse satisfaisante, elle se rabattit sur la lecture d'un article sur les risques de grossesse liés à l'usage du préservatif.

Beaucoup de grossesses résultent d'une déchirure ou d'un trou dans le latex, tout autant que d'une mauvaise utilisation du préservatif.

En quoi consistait une « mauvaise utilisation » ? À l'enfiler sur l'oreille ?

Beaucoup d'hommes commencent par mettre le préservatif à l'envers puis, s'en apercevant, le retournent, recouvrant ainsi de liquide séminal la paroi du préservatif directement en contact avec le vagin.

« Oh, non ! »

Ben commettait presque toujours cette erreur.

— Voilà qui expliquerait pas mal de choses… dit-elle à voix haute, presque tentée de faxer l'article à Ben. À son bureau.

— Ça expliquerait quoi ? s'enquit la voix de Damien juste derrière son épaule.

Mandy sursauta, et referma précipitamment sa revue. Argh ! La tête d'un gros bébé hilare s'étalait sur la couverture. Elle la retourna et découvrit un bébé en train de contempler le fouillis répandu autour de lui.

Elle s'empressa de glisser la revue dans son sac… révélant ainsi son ventre. Son ventre nu de femme enceinte. Elle plia les genoux pour dissimuler le renflement de son ventre à partir du nombril.

— Rien, je parlais toute seule.

Elle plaça la main en visière au-dessus de ses yeux et se retourna pour le regarder.

— Tu t'es enfin décidé à sortir de ta chambre ?

La femme compliquée et mystérieuse qu'elle était se surprit à être à la fois ravie et horrifiée de le voir. À moins qu'il ne se fût agi de la sombre idiote qui ne faisait pas que sommeiller en elle.

Damien se laissa tomber dans la chaise longue à côté de la sienne et se débarrassa de ses sandales.

— Je me suis dit que les collègues allaient me faire passer un sale quart d'heure si je suis aussi blanc au retour qu'au départ.

— Certes.

Mandy s'efforça de ne pas regarder le corps de Damien, mais ce fut plus fort qu'elle. Elle ne put s'empêcher de le dévorer des yeux telle une gréviste de la faim devant un festin. Ou plus simplement, telle une femme enceinte dont les rêves étaient peuplés de scènes d'un érotisme torride avec son patron pour partenaire.

Il était monstrueusement parfait. Le torse large, un léger duvet recouvrant ses pectoraux bien dessinés, l'estomac en tablette de chocolat... Quand il s'étendit sur la chaise, il leva les bras pour glisser les mains sous sa tête, et Mandy soupira.

Toutes les femmes rêvaient d'être enlacées par de tels bras.

Du moins, celles qui n'étaient pas enceintes à l'insu de leur patron.

— N'oublie pas la crème solaire, l'avertit-elle. Je m'en suis enduite, et j'ai quand même attrapé un coup de soleil sur les parties que je ne pouvais pas atteindre : les épaules et le dos.

Le soleil tapait tellement fort que Mandy s'était demandé si son bébé n'était pas en train de cuire dans son ventre.

Dans le doute, elle avait placé sa chaise à l'ombre d'une paillote, avait veillé à boire beaucoup d'eau et observé régulièrement des pauses dans sa chambre. Ça devait donc aller, il faudrait cependant qu'elle vérifie dans *Tout sur la grossesse*. Dès que Damien serait parti.

— Passe-moi ton écran solaire, dit-il en tendant la main. Je vais t'en mettre dans le dos.

Non. Il ne pouvait pas avoir dit cela. Mandy se mordit la lèvre. Il était hors de question qu'elle l'autorise à étaler de la crème sur son dos nu.

— Oh ! Ce n'est pas la peine... À l'ombre, je ne risque rien.

— Tu ne voudrais pas que ta peau d'Anglaise brûle, tout de même, riposta Damien en se penchant pour attraper son sac de plage. Ton tube est là-dedans ?

Depuis quand les hommes d'affaires se permettaient-ils de fouiller dans le sac d'une femme ?

— Non, vraiment je t'assure...

Elle laissa sa phrase en suspens comme Damien sortait l'exemplaire de *Babymag*.

— Qu'est-ce que c'est ? demanda-t-il en jetant un coup d'œil intrigué à la couverture.

Elle lui prit la revue des mains.

— Oh ! Un magazine que j'ai ramassé dans le hall accidentellement.

Mais bien sûr ! On pouvait si facilement confondre la bouille d'un bébé avec les silhouettes de femmes à moitié nues qui figurent en couverture de *Cosmo*...

Elle n'eut cependant pas le temps de réfléchir plus longuement au ridicule de son mensonge. Si elle ne voulait pas qu'il découvre *Tout sur la grossesse* dans les trois secondes, il fallait agir vite. Elle tendit le bras et lui arracha presque son sac.

— Laisse-moi faire, c'est un tel fouillis là-dedans.

Tandis qu'elle plongeait les mains dans les profondeurs du sac, elle sentit ses joues s'empourprer. Des verres fumés dissimulaient les yeux de Damien, mais il eut cependant l'air perplexe. Suspicieux, même.

Elle sortit le tube de crème et le lui remit avec un sourire éblouissant destiné à le distraire.

— Tu as profité du buffet qu'ils proposent le soir ? Il est absolument divin !

Damien fronça les sourcils, et en dépit des lunettes de soleil, Mandy fut certaine que son regard s'était posé sur son ventre. Était-il en train d'additionner un et un : *Babymag* plus gros ventre... Son cœur se mit à battre à coups redoublés, ses mains devinrent moites et ses joues plus rouges encore.

— Je ne l'ai pas encore testé, mais je suis content qu'il t'ait plu. Il y a un beau choix de desserts ? s'enquit-il d'un ton détaché en faisant passer le tube de crème d'une main dans l'autre.

Mandy comprit avec horreur ce que sous-entendait cette question.

Génial ! Il la trouvait grosse ! L'opération qu'il venait d'effectuer ne l'avait pas poussé à conclure qu'elle était enceinte, mais bien plutôt qu'elle avait abusé des desserts. Allison avait raison : les hommes ne remarquaient *rien*.

Hormis les pointes de seins.

— Tourne-toi, dit-il, sans se douter une seconde qu'il l'avait vexée.

L'imbécile.

Elle s'exécuta.

— Oui, les desserts sont sublimes. Il faudra me faire rouler pour me remonter dans l'avion.

Une petite brise plaqua une mèche de cheveux sur sa bouche. Elle l'écarta d'un revers de main et entendit Damien verser de la crème solaire dans le creux de sa main.

Sa chaise grinça quand il se pencha en avant.

— Tant mieux. Tu as l'air mieux que la première fois que je t'ai vue. C'était sans doute à cause de la grippe, mais tu ne me paraissais pas épaisse. Tu es en pleine forme, maintenant.

Tu as grossi. C'était ce que ça signifiait.

Mandy leva les yeux au ciel derrière ses lunettes de soleil, puis se raidit au contact frais des mains de Damien sur ses épaules. Il avait de grandes mains assurées, qui glissaient sur sa peau sans marquer la moindre hésitation.

Il s'était penché au-dessus d'elle, tout près – elle entendait son souffle, et détecta l'odeur de son dentifrice malgré le parfum à la noix de coco de la crème solaire.

— Et on me dit que je suis tendu ! Détends-toi, Mandy !

Il n'avait pas idée de ce qu'il lui demandait. Si elle se laissait aller à se détendre vraiment, ses caresses lui tireraient des soupirs et des gémissements d'extase.

Demeurer stoïque était un véritable enfer, et elle ne s'en tirait pas si bien que ça. Damien était tellement beau, efficace, large d'épaules et ses yeux bleus étaient tellement craquants.

La grande main frôla sa colonne vertébrale. Un frisson traversa le corps de Mandy, et elle eut l'impression que ses cuisses prenaient feu.

Elle ne put réprimer un long gémissement d'abandon.

Damien savait qu'il s'aventurait sur un terrain dangereux. Il était même sur le point de sauter à pieds joints dans un volcan.

Son projet d'éviter Mandy avait échoué.

Après avoir passé deux jours cloîtré dans sa chambre à travailler comme un forcené en ne s'interrompant de temps à autre que pour se demander ce que Mandy était en train de faire, et surtout comment elle était habillée, il avait ressenti le besoin urgent de prendre l'air. Il avait fait à peine dix pas sur la plage qu'il était tombé sur la femme de ses pensées en train de feuilleter une revue dans une chaise longue.

Il ne pouvait pas vraiment considérer cette rencontre comme fortuite, car il savait pertinemment qu'il aurait arpenté la plage avec la détermination d'un père à la recherche de son enfant jusqu'à ce qu'il l'ait trouvée.

Il n'avait cependant pas envisagé de poser les mains sur elle. Il avait proposé cela sans réfléchir. Sous le coup d'une impulsion stupide.

Mais elle était si jolie.

Ses visions de Mandy en maillot de bain ne l'avaient nullement préparé à la vue de son corps découvert, plutôt que recouvert, par un Bikini kaki aussi minimaliste. Il se l'était toujours représentée comme une créature fluette et gracile, probablement parce qu'elle était malade lors de leur première rencontre.

Mais elle n'avait rien d'anguleux ni d'osseux. Elle était pulpeuse, tout en courbes, et l'opulence de ses seins que de minuscules triangles de tissu élastique contenaient difficilement lui avait mis l'eau à la bouche. Il avait donc tout naturellement trouvé un prétexte pour lui toucher le dos et les épaules.

Et elle gémissait.

Il eut envie d'en faire autant.

— Tu veux qu'on aille ensemble au buffet, ce soir ? demanda-t-il à la place. Le service en chambre est vraiment lent, et j'ai besoin de me changer les idées.

Elle pencha la tête en avant.

— Avec plaisir. Le couple de retraités qui m'a complaisamment supportée jusqu'ici sera certainement ravi de retrouver un peu d'intimité. Même si je leur rappelle leur fille Annie, celle qui est à l'université, et dont j'ai cru comprendre qu'elle était du genre paumée.

Damien gloussa et reprit de la lotion solaire.

— Relève tes cheveux que je te fasse la nuque.

Il était si près que sa bouche lui effleurait presque l'oreille. Ses doigts coururent le long de sa clavicule.

— Je te dois des excuses. Je t'ai proposé de m'accompagner ici sous le coup d'une impulsion sans même chercher à savoir si cela te convenait.

C'était sans doute la première fois de sa vie qu'il admettait une erreur devant une assistante. Mais il savait que c'était vrai. Il lui arrivait parfois de se montrer dur, inflexible et de ne penser qu'à lui.

Mandy avait levé les bras pour maintenir ses cheveux sur sa tête, et il avait le visage juste au-dessus de son épaule. S'il l'avait déplacé de quelques centimètres, il aurait pu faire glisser ses lèvres le long de sa mâchoire et embrasser la fossette qui venait creuser sa joue quand elle souriait.

— J'accepte tes excuses, mais je dois avouer que ce séjour est très relaxant, et que j'avais vraiment besoin de me détendre. J'ai subi pas mal de stress ces derniers temps.

— Il paraît que ton patron est un vrai tyran.

Elle rit.

— Ce n'est pas ce que je voulais dire. Crois-le ou non, mais j'aime bien travailler pour toi. Non, j'ai eu des petits problèmes… d'ordre personnel.

Dieu savait qu'il était bien placé pour comprendre. Mais elle lui avait dit qu'elle n'avait pas de compagnon, aussi, avant que des considérations rationnelles l'en empêchent, il dénoua le lien de son soutien-gorge.

Elle plaqua les mains sur sa poitrine pour l'empêcher de glisser et poussa un petit cri de détresse.

— Qu'est-ce que tu fais ?

Il testait la température du volcan du bout de l'orteil.

— Je ne peux pas étaler de lotion sous le lien.

Ce qui était vrai. Mais il voulait surtout voir son dos entièrement nu, la caresser en imaginant qu'elle était sa maîtresse, qu'il la déshabillait en haletant à la perspective d'une étreinte.

Il haletait d'ailleurs déjà plus ou moins. Il déplaça les mains le long de son dos, enfonçant les pouces dans sa chair ferme.

— Ah, d'accord, fit-elle d'une voix légèrement crispée. Mais méfie-toi. Je n'ai pas le sang-froid de ces filles qui se promènent sur la plage les seins à l'air. Je préfère que mes seins conservent un attrait mystérieux.

Elle y parvenait à la perfection.

À court de prétexte pour prolonger l'instant, il renoua le lien de ses doigts gluants de crème.

— Voilà, tu es prête à dorer.

Mandy se retourna, et tendit la main.

— À ton tour.

Il se rallongea dans sa chaise longue.

— À mon tour de quoi ?

— De te faire tartiner le dos et les épaules de crème. Tourne-toi.

Quoi ? Il était hors de question qu'elle pose la main sur lui. Il aurait fallu déverser un seau de glaçons dans son short avant cela.

— Non, non, c'est bon. Je n'ai pas besoin de protection solaire.

Elle lui décocha un regard incrédule.

— Tu es vraiment du genre compliqué, tu sais.

Le scoop du siècle.

— Je sais.

— Tu n'es pas censé l'admettre.

— Pourquoi ?

— Parce que c'est mal élevé. Ou un truc dans ce goût-là.

Mandy posa les pieds sur le sol et se pencha pour ramasser le tube de crème qu'il avait posé sur son drap de plage.

— Je pensais que reconnaître ses défauts était une preuve de maturité.

— Pas quand on est pénible.

Elle fit couler un filet de lotion dans le creux de sa main.

— Tourne-toi, insista-t-elle.

— C'est inutile. Je peux le faire moi-même.

La seule idée de sentir sa main sur lui l'angoissait. Il n'avait pas sollicité les inexplicables sensations qu'elle éveillait en lui, mais elles existaient bel et bien. Il savait qu'il ne maîtrisait pas son corps autant qu'il l'eût souhaité et craignait qu'elle ne comprenne à quel point elle lui plaisait.

Une situation qui s'apparentait selon ses critères à la fin du monde.

— Tourne-toi, j'ai dit. Même les démons s'enduisent de crème solaire aux Caraïbes.

Sur ce, elle le saisit par les épaules pour tenter de le faire pivoter.

Leurs genoux se heurtèrent, ses seins frôlèrent dangereusement son torse, et Damien hésita entre rire et pleurer. La désirer et savoir qu'il ne pourrait pas satisfaire son désir était une véritable torture.

Jusqu'à leur rencontre, son corps avait été plongé dans une sorte de léthargie, mais le regain d'activité qui se manifestait était la seule modification notable. Son cœur, lui, était toujours gelé.

— D'accord, d'accord, fit-il en se soumettant.

Il s'attendait qu'elle le touche avec douceur, mais une fois de plus, il s'était trompé. Elle étala la crème avec une hardiesse non dépourvue de sensualité, en grands gestes méthodiques.

— J'ai bien fait d'insister, tes épaules sont déjà roses.

— Il n'y a même pas dix minutes que je suis dehors.

Damien lutta contre l'envie de fermer les yeux et de soupirer. Il avait oublié à quel point la proximité d'un corps féminin tiède et vivant était délicieuse. De même que son parfum et la caresse de ses cheveux sur sa peau.

— Mais que vois-je ? Un tatouage ! Eh, bien, monsieur Sharpton, je suis très choquée ! commenta-t-elle sur le ton de la plaisanterie.

Damien se raidit instantanément. Il n'avait qu'un seul tatouage et n'avait pas du tout envie d'en parler.

— Jess ? Qui est cette Jess ?

Un éclair de douleur le traversa, fulgurant. Une douleur qu'il pensait avoir profondément enfouie sous une montagne de labeur acharné. Que pouvait-il dire ? Que Jess avait été sa femme. Une femme belle et talentueuse qui était morte assassinée. Quel sujet de conversation idéal sur une plage des Caraïbes !

Il avait rarement l'occasion de regarder le tatouage, situé en haut de son bras, et pouvait ainsi ignorer que le nom de Jessica s'étalait sur sa peau. Qu'il le liait éternellement à elle, manifestation physique de ce qui était tissé dans son âme. Jessica avait ri quand il était rentré avec ce tatouage, et ses cheveux blonds avaient frôlé son torse quand elle s'était penchée pour l'observer de près. Cette façon ostentatoire d'afficher les sentiments qu'elle lui inspirait lui avait plu.

Ce que j'aime en toi, Damien, c'est la façon que tu as de m'aimer.

Combien de fois avait-elle dit cela ?

Il s'était perdu en elle tant d'années auparavant, et n'avait jamais trouvé le moyen de ressortir.

— Une femme, répondit-il. C'était une femme.

Les mains de Mandy ralentirent leur caresse, et sa voix se fit plus froide tandis qu'elle demandait :

— Une femme qui fait toujours partie de ta vie ?

Seigneur, si elle savait à quel point elle faisait toujours partie de sa vie ! Damien enfonça les orteils dans le sable.

— Non. Plus depuis longtemps.

— Alors tu devrais transformer son nom en autre chose. Une croix celtique ou des fleurs. Non, des fleurs, ça ferait efféminé... Du fil barbelé, peut-être. Ou bien transformer Jess en Jésus.

Damien sentit le nœud dans sa poitrine se desserrer à mesure que Mandy parlait. Elle était en train de réussir l'inimaginable – elle évoquait Jess d'un ton détaché, presque irrévérencieux. Mais elle ne connaissait pas toute la vérité, et ses plaisanteries étaient parvenues à déloger la petite boule de chagrin qu'il avait dans la gorge.

— Quelque chose du genre « Jésus est mon berger ».

L'éclat de rire qui jaillit de ses lèvres le surprit lui-même.

— Ce n'est pas trop mon style...

L'accent britannique de Mandy donnait un tour particulièrement cocasse à son propos. Ses doigts frôlèrent son estomac comme elle les essuyait d'un mouvement rapide.

— Je me débarrasse du surplus de crème, expliqua-t-elle.

Les muscles de Damien se contractèrent, et une bouffée de pur désir le transperça.

Mais Mandy s'était redressée.

— Regarde ! Ils commencent une partie de bingo sur la plage. Viens, on va jouer !

Elle lui tapota l'épaule et se mit en route.

Il n'essaya même pas de protester.

7

Damien se lâchait complètement au bingo. Mandy l'observait avec un amusement croissant. Elle avait posé son carton sur ses genoux, et les haricots secs qui servaient de pions n'arrêtaient pas de rouler, désertant les cases portant un numéro déjà appelé.

La première fois que cela s'était produit, elle avait demandé à Damien de lui lire les numéros qu'il avait. Ce qui l'avait cruellement désavantagé, car il n'avait pu entendre les nouveaux numéros.

La deuxième fois, elle s'était contentée de se pencher pour regarder son carton. Mais sa tête lui avait bouché la vue, et il avait fait bingo quelques secondes après un autre joueur.

Cela l'avait visiblement agacé. Mandy ne comprenait pas bien pourquoi, vu qu'il avait déjà gagné plusieurs fois, mais Damien prenait cette compétition très au sérieux. Il avait fini par poser son carton par terre en le calant avec ses pieds pour que le vent ne le soulève pas. Son genou tremblait d'excitation, et il promenait un haricot au-dessus du carton pour être fin prêt à le placer.

Mandy regrettait de ne pas posséder un peu de cet esprit de compétition qui pouvait se révéler fort utile. Elle aimait avant tout prendre plaisir à ce qu'elle faisait et se souciait peu du résultat tant qu'elle s'amusait. Ce qui expliquait probablement que son magasin de jouets n'ait jamais été rentable.

L'animateur qui annonçait les numéros sortit la boule suivante en souriant.

— Huit. *Eight. Ocho.*

Il n'avait pas eu le temps d'annoncer la traduction espagnole que Damien avait déjà bondi sur ses pieds.

— Bingo !

Un grommellement dépité émana d'un petit groupe de joueuses du troisième âge tandis que Damien allait chercher son prix. Il avait déjà gagné trois bouteilles de rhum, deux T-shirts, une jolie pièce d'artisanat dominicain, une maquette de bateau et un collier de coquillages. Elle ne parvenait pas à comprendre ce qui le poussait à continuer.

Heureusement, l'animateur avait annoncé que c'était la dernière partie. Certes, Mandy s'amusait, mais elle commençait à avoir faim. Le buffet du dîner devait déjà être prêt, et puisque Damien était persuadé qu'elle était boulimique, elle pourrait donner libre cours à son appétit.

Damien récupéra ses prix et, au grand étonnement de Mandy, remit deux bouteilles de rhum et un T-shirt au groupe des vieilles dames. Il ramassa ses autres prix et les distribua alentour jusqu'à ce que chacun ait eu le sien.

Les mamies gloussèrent, ravies, et lui firent la bise en s'extasiant sur ses yeux.

Il ne conserva qu'une bouteille de rhum et le collier de coquillages dont il défit le fermoir.

— Relève tes cheveux, Mandy.

Elle obéit. Il mit le collier autour de son cou, l'attacha et recula pour la contempler.

— Merci, Damien, dit-elle, tout à la fois surprise, touchée et inquiète.

Le sérieux le disputait à la gaieté dans le regard de Damien, et Mandy eut soudain peur que les rêves à venir ne soient plus de nature strictement sexuelle.

— Parfait, déclara-t-il, les yeux rivés aux siens. Superbe.

Elle avait noué un paréo autour de sa taille, mais n'avait pas enfilé de T-shirt et le collier, dont le contact était frais sur sa peau, s'arrêtait juste au-dessus de son soutien-gorge. Elle le caressa du bout des doigts sans quitter Damien des yeux, incapable de trouver ses mots.

Un problème qui n'affectait visiblement pas les petites mamies joueuses de bingo.

— Surveillez-le bien, ma belle ! Un homme comme ça vaut de l'or !

— Regarde de quel œil brûlant il la couve !

— Ah ! Si j'avais trente ans de moins !

— Tu serais toujours assez vieille pour être sa mère !

La femme à qui s'adressait cette dernière remarque avait dépassé les quatre-vingts ans, et le chapeau de paille qui se trouvait sur sa tête devait peser plus lourd qu'elle. Mandy et Damien éclatèrent de rire, rompant la magie de l'instant.

Mandy savait cependant que quelque chose était en train de se produire. Quelque chose qui n'aurait pas dû se produire. Quelque chose qui n'avait aucune place dans sa vie de future mère.

Elle était en train de tomber amoureuse de Damien.

Cela signifiait qu'elle devait s'empresser de battre en retraite, de dîner seule dans sa chambre et de prier pour que Dieu lui accorde un sommeil sans rêves.

Damien sourit et lui tendit la main.

— Prête pour aller dîner ?

— Tout à fait. Allons-y.

Quelle preuve éclatante de volonté ! Bravo, ma fille !

Damien aurait voulu pouvoir mettre cela sur le compte du rhum, mais il n'en avait pas bu une goutte. Il s'était contenté d'eau fraîche pour accompagner son dîner et avait mangé comme quatre.

Alors pourquoi se sentait-il si détendu ? Pourquoi avait-il retiré ses sandales et remonté le bas de son pantalon ? Pourquoi s'amusait-il à laisser le sable couler entre ses orteils ?

— Quelle superbe soirée, déclara Mandy en contemplant les vagues qui venaient lécher le rivage.

C'était *elle* qui était superbe. Après le bingo, ils s'étaient séparés pour se changer avant d'aller dîner. Mandy avait relevé ses cheveux en un chignon lâche, et des petites mèches encadraient délicatement son visage. Elle portait une robe bain de soleil couleur corail, et l'absurde collier de coquillages qu'il avait gagné parait toujours son décolleté.

New York semblait à des années-lumière. Il n'y avait rien d'autre que la musique aux accents exotiques, le bruit du ressac, la légère brise parfumée, et Mandy.

— Je n'arrive toujours pas à croire qu'ils aient réussi à transporter cet énorme buffet sur la plage. C'est incroyable !

C'était elle qui était incroyable. Elle avait bavardé avec lui tout au long de cet agréable dîner. Ils avaient parlé de son enfance à elle, de son père trop distant et de sa mère dominatrice, et Damien avait deviné que si elle n'avait jamais manqué de rien sur le plan matériel, elle avait en revanche cruellement souffert de la froideur de ses parents. Il les aurait volontiers appelés en Angleterre pour les traiter d'imbéciles. Comment avaient-ils pu priver d'affection une fille aussi intelligente et sensible ?

— Ma mère serait horrifiée à la seule idée de manger sur la plage. Elle dirait : « Tu es folle ! C'est plein d'insectes ! de microbes ! de sable ! » Ce n'est pas assez civilisé pour elle.

— Elle n'aime pas la nature ?

— Elle ne l'apprécie que sous contrôle. Dans le cadre d'un jardin à l'anglaise, par exemple.

Damien avala une gorgée d'eau.

— Ma mère se plairait beaucoup ici. Elle a horreur de l'hiver à Chicago. Ils envisagent d'aller vivre en Floride quand mon père prendra sa retraite, l'année prochaine.

Il aurait dû passer un coup de fil à ses parents pour prendre de leurs nouvelles. Il ne l'avait pas fait depuis Noël. Il ne pouvait pourtant pas leur reprocher de s'être montrés négligents, loin de là. Leur maison avait toujours été pleine de rires et de bonne humeur.

— Tu es de Chicago ?

Il hocha la tête, en proie soudain à un mal du pays qui le prit de court. Il n'y était pas retourné depuis... depuis qu'il était parti, en fait.

— J'y suis né et j'y ai grandi. Une enfance ordinaire, dans une banlieue de la classe moyenne. Mon père est ingénieur et ma mère, femme au foyer. J'avais un frère, un chien, et j'étais passionné de base-ball.

Mandy lui sourit et ramassa du bout de l'index une traînée de crème Chantilly sur son assiette.

— Qu'est-il arrivé à cet enfant ordinaire ? À son frère, à son chien, à sa passion pour le base-ball ?

Il souhaitait devenir le lanceur des White Sox, épouser une jolie fille, emménager avec elle dans un pavillon tout près de chez ses parents et avoir deux enfants. Damien se souvenait de ses rêves, mais il ne savait plus trop ce qu'ils signifiaient pour lui, à présent. Il n'était plus le même. Il avait trente-trois ans, et la vie l'avait conduit à New York, où il faisait une très belle carrière. Il occupait un appartement chic dans un immeuble de standing avec portier en uniforme, et travaillait vingt heures par jour.

Il avait très peu d'amis, ne voyait jamais sa famille, et avait depuis longtemps abandonné tout espoir d'avoir des enfants.

Voilà pourquoi il ne se livrait jamais à des séances d'introspection. C'était trop déprimant.

— Mon frère vit à Seattle, et je ne le vois jamais. Le chien ne fait plus partie du paysage depuis longtemps, et mon emploi du temps ne me permet plus de jouer au base-ball.

Au lieu de le contempler d'un air dégoûté et de se mettre en quête d'une meilleure compagnie, Mandy lécha la crème Chantilly sur son doigt et lui décocha un regard malicieux.

— C'est moi qui organise ton planning. Tu auras peut-être la surprise de découvrir qu'un match de base-ball y figure, samedi prochain. Les Yankees doivent jouer.

— Tu ferais ça, pas vrai ?

Il devait reconnaître que son assistante était redoutablement efficace.

— Oui. Je connais le code de ta carte de crédit.

Il éclata de rire.

— Prends deux tickets, alors. Un pour toi et un pour moi.

— C'est comme si c'était fait !

Il se rendit soudain compte qu'il était adossé à sa chaise, parfaitement détendu, et qu'il n'avait pas accordé une seule pensée à son ordinateur portable depuis qu'il avait quitté sa chambre.

Il était en vacances et n'en souffrait pas.

Il allait d'émerveillement en émerveillement.

— Marchons un peu, tu veux bien ?

Il se leva et jeta sa serviette sur la table. Autour d'eux, une centaine de personnes dansaient au son d'un orchestre ou bien dînaient, assis aux tables éclairées de bougies disposées sur la plage. D'ordinaire, la foule ne le dérangeait pas – il aimait se fondre au milieu d'anonymes –, mais ce soir, il avait envie de se retrouver seul avec Mandy.

Il avait changé d'avis à son sujet. Il ne voulait plus l'éviter. Il voulait l'embrasser.

Goûter ses lèvres pleines, la prendre dans ses bras, caresser ses cheveux soyeux. Presser son corps contre le sien, respirer son odeur, l'enlacer fougueusement et se souvenir de ce qu'était la passion, le pur plaisir des sens.

Damien enfila ses sandales, mais Mandy secoua le sable qui s'était glissé dans les siennes et les rangea dans son sac.

— Où veux-tu aller ?

— Nulle part. Simplement marcher, répondit-il en contemplant l'horizon. Je ne sais plus comment on fait ce genre de choses.

En temps normal, chacun de ses pas avait un but, chacune de ses pensées était orientée vers une tâche précise. Il ne marchait jamais pour le plaisir, ne se laissait jamais aller à rêvasser.

Mais tandis que le soleil décroissait lentement et que les branches des palmiers s'agitaient dans la brise, il avait envie de se promener au hasard, de n'être plus personne, de prétendre qu'il était normal, un véritable être humain qui avait le droit de marcher au côté d'une jolie femme.

Mandy glissa son bras sous le sien et s'appuya légèrement contre lui comme ils se mettaient en route. Cette sensation lui plut, comme si elle se sentait en confiance avec lui. Comme si elle avait envie de le toucher.

— Tu es heureux, Damien ?

Cette question le désarçonna complètement. Il n'était pas certain de savoir ce que signifiait le mot « heureux ». Il n'était même pas certain qu'il recouvre une réalité. Il croyait aux coups durs ; il croyait au travail acharné, mais le bonheur ? Cela évoquait un souvenir très lointain, très flou.

Ils passèrent devant des étalages qui proposaient des T-shirts, des bijoux et des objets artisanaux. L'un des vendeurs les interpella, évitant ainsi à Damien de répondre à la question de Mandy.

— *Hola, señorita !* Pas cher ! Regarde ! Joli bracelet pour madame.

Mandy secoua la tête.

— Non, merci, répondit-elle avec un sourire.

— *Marido* pas donner dollars pour cadeaux, hé ? dit-il en observant Damien avec un sourire en coin.

Mandy éclata de rire et agita la main tandis qu'ils s'éloignaient.

— Tu n'as même pas pris ma défense, feignit de s'indigner Damien. Je t'ai pourtant fait un beau cadeau, tout à l'heure ! Me trouverais-tu radin ?

— Non, mais je n'en suis pas sûre à cent pour cent vu que nous n'avons jamais fait de shopping ensemble... N'essaye pas de détourner la conversation : tu n'as pas répondu à ma question.

Elle lui pressa l'avant-bras.

— Es-tu heureux ?

Damien s'arrêta, et plongea son regard dans les beaux yeux bruns de Mandy. Il eut envie d'embrasser le semis de taches de rousseur qui recouvrait son nez.

— Pourquoi est-ce que ça t'importe de connaître la réponse, Mandy ?

— Parce que je t'aime bien.

Sa désarmante simplicité raviva des braises que Damien croyait depuis longtemps éteintes.

Il se remit à marcher pour s'éloigner des vendeurs et se rapprocher de l'endroit où il n'y aurait rien d'autre que la plage entre eux, le soleil et l'océan. Il avait mal au-dehors et au-dedans. Un violent désir de posséder Mandy s'était emparé de lui, de chercher le plaisir et l'oubli dans un tendre échange avec quelqu'un qu'il respectait, qu'il admirait, qui l'émerveillait.

— Je suis satisfait, répondit-il, ce qui lui semblait la réponse la plus proche de la vérité. Ou du moins je l'étais jusqu'à ce que je te rencontre.

— Qu'est-ce que j'ai fait ? murmura-t-elle.

— Tu m'as permis de mesurer l'ampleur de ma solitude…

Damien s'immobilisa, prit la main de Mandy et la fit pivoter vers lui. Le bruit et les rires des vendeurs étaient encore tout proches, mais il s'en fichait complètement.

— Je ne peux pas – je ne veux pas – avoir de relation stable. Mais je te trouve extrêmement désirable, Mandy, et j'aimerais t'embrasser. Là. Maintenant.

De toute évidence, il voulait l'attirer dans une des paillotes qui se trouvaient sur la plage pour coucher avec elle, et il tentait de la préparer à cette idée.

D'abord un baiser, puis une fougueuse partie de jambes en l'air sur la plage.

Mandy déglutit avec peine. Voilà qui était pour le moins inattendu.

Ou peut-être pas.

Ils avaient passé la soirée à bavarder, à rire, à se détendre, et elle avait ressenti chez Damien une peur et une solitude semblables à celles qui l'habitaient continuellement depuis que Ben l'avait laissée tomber.

Elle songea que sous ses dehors de monstre cruel et sans cœur, Damien Sharpton était peut-être tout simplement un homme blessé dont elle était la seule à voir les cicatrices.

Elle avait envie de le serrer dans ses bras, et qu'ils se réconfortent l'un l'autre.

Mais Damien était son patron, et elle lui dissimulait un énorme secret. Et sur cette plage de sable, à des années-lumière du monde réel, bien des erreurs fatales pouvaient être commises.

— Damien, je te trouve très attirant, moi aussi. À la fois physiquement et en tant que personne. C'est pourquoi je crains qu'un baiser nous entraîne plus loin, et je ne sais pas si ce serait une bonne…

Une étrange sensation au creux de son ventre lui fit perdre complètement le fil de son propos.

— Qu'est-ce qui m'arrive ?

Le cœur battant, elle posa les mains à plat sur son ventre. Cela recommença, tel un battement d'aile. C'était la toute première fois qu'elle sentait bouger son bébé.

C'était une sensation incroyable, inimaginable. Prise de vertige, elle s'agrippa d'une main à la chemise de Damien.

— Tu vas avoir un malaise ? s'inquiéta-t-il en la saisissant par les épaules avant de regarder autour de lui comme s'il cherchait de l'aide.

Mandy laissa fuser un petit rire. Elle allait être mère ! Un *enfant* grandissait à l'intérieur de son corps. Un enfant qui faisait des petits bonds en elle pour autant qu'elle puisse en juger. Elle éprouva un immense élan d'amour pour cet enfant, et eut envie de partager cet instant magique. Il fallait qu'elle explique à quelqu'un que son univers entier était en train de basculer, de changer de forme, et que ces changements la plongeaient dans un indescriptible ravissement.

— Je ne vais pas avoir de malaise, répondit-elle en saisissant la main de Damien pour la poser à plat contre son ventre. Tu le sens, Damien ? Le bébé est en train de bouger !

— Le bébé ? glapit-il, les yeux écarquillés de stupeur. Quel bébé ?

C'était lui qui semblait sur le point de se trouver mal, à présent.

— Mon bébé. Celui qui naîtra dans trente-trois semaines.

Les lèvres de Damien remuèrent, mais aucun son n'en sortit. Son regard se fixa sur l'endroit où sa main était plaquée. Mandy la recouvrit de la sienne pour l'empêcher de la retirer. Elle avait tellement envie de partager cette incroyable expérience. Il était peut-être trop tôt pour qu'une personne extérieure puisse percevoir quoi que ce soit, mais si jamais...

Il y eut une petite poussée, comme si le bébé venait de sauter d'un tremplin, et un radieux sourire illumina le visage de Mandy quand elle lut la compréhension sur celui de Damien.

— Nom de Dieu ! s'exclama-t-il.

Il donnait l'impression d'être entré en collision avec un mur après une sévère cuite au gin, mais son pouce remua doucement sur le ventre de Mandy en une sorte de caresse.

— C'est hallucinant !

Il croisa le regard de Mandy, et elle y lut un émerveillement identique au sien.

— Je l'ai vraiment senti bouger, souffla-t-il.

Des larmes de joie brouillèrent la vue de Mandy.

— Je crois que je viens de tomber follement amoureuse de mon bébé.

— Ton bébé, répéta-t-il doucement avant de retirer sa main pour se frotter le front. Ton bébé.

Il secoua la tête.

— Tu veux bien m'expliquer comment c'est arrivé ?

Il leva vivement la main.

— Non, attends ! Ce n'est pas ce que je voulais dire. Je ne te demande pas une description détaillée de la conception. Mais... puis-je me permettre de te demander... qui est le père ? Où est-il ?

Mandy essuya les larmes qui perlaient au bord de ses cils, et sut qu'il fallait qu'elle dise toute la vérité à Damien. Elle ne pouvait garder ce secret pour elle maintenant qu'elle le connaissait comme elle le connaissait. Leur indéniable attraction mutuelle empêchait tout mensonge.

— Je suis sortie avec un homme pendant six mois. Il n'utilisait pas correctement les préservatifs, et quand je suis tombée enceinte, il m'a proposé d'avorter. Comme j'ai refusé, il m'a offert cinq mille dollars pour ne plus jamais entendre parler de moi. Il a deux fils qui sont déjà grands et qui l'ont déçu. Il n'a pas envie d'élever un autre enfant qui risque de le décevoir une fois de plus.

A posteriori, la réaction de Ben l'horrifiait toujours autant. Elle avait cru bien le connaître, mais s'était visiblement trompée du tout au tout.

— Quelle ordure ! lâcha Damien avec véhémence.

— Oui, acquiesça-t-elle.

C'était effectivement le qualificatif approprié.

Damien fit un pas sur la droite, puis un autre en arrière, et mit ses poings sur ses hanches.

— Cette grippe que tu prétendais avoir... il s'agissait en fait de nausées matinales, n'est-ce pas ?

Elle hocha la tête. Elle n'était pas surprise qu'il ait compris aussi vite. Damien était intelligent et avait l'esprit vif. C'était la clef de sa réussite.

— Je comprends mieux pourquoi j'ai échappé à tes microbes... Je pouvais difficilement attraper ta maladie !

Il laissa échapper un rire ironique.

— C'est pour cela que tu m'évitais ? Tu ne voulais pas que je le sache ?

Il porta un doigt à ses lèvres pour se ronger l'ongle.

Mandy voulut s'expliquer, chasser cette dureté qui avait transformé son expression.

— J'ai besoin de ce travail. Il me faut une couverture sociale, et seul un emploi salarié à plein temps me permettra d'obtenir la prise en charge de mon hospitalisation. D'après ce que je savais de toi, tu n'étais pas le genre d'employeur susceptible d'embaucher une femme enceinte.

Elle en était à présent à souhaiter de toutes ses forces qu'il ne soit pas le genre d'employeur à licencier une femme enceinte.

Malgré la crispation de ses épaules, elle ne parvenait pas à croire qu'il en soit capable. Autrement, elle ne lui aurait pas avoué la vérité.

— Tu as sans doute raison.

Il regarda son doigt et le laissa retomber.

— Pourquoi diable est-ce que je n'arrête pas de me ronger les ongles ?

Mandy espéra qu'il s'agissait d'une question de pure rhétorique.

Il faisait presque nuit à présent, et le visage de Damien semblait pâle contre le ciel sombre.

— Pourquoi as-tu décidé de me le dire aujourd'hui, Mandy ? risqua-t-il en se radoucissant

— Parce que je préfère être honnête avec toi.

Elle fit un pas vers lui pour ramasser le sac qu'elle avait laissé tomber sur le sable.

— Et puis, quand j'ai senti le bébé bouger, j'ai eu besoin de partager l'instant avec quelqu'un, et j'ai pensé que tu pouvais être sensible à l'expérience que je traversais. Je me suis trompée ?

Elle espérait que non. Elle aurait été déçue de découvrir que son impulsion avait été stupide. Elle avait décidé de ne plus donner libre cours à ses impulsions maintenant qu'elle allait être mère. Mais quelque chose l'avait incitée à se montrer confiante, et elle n'avait pas envie de le regretter, pas après ce qu'ils venaient de partager.

— Tu aurais pu te tromper…

Damien regarda l'océan par-dessus son épaule et soupira.

— Des tas de raisons pourraient te donner tort…

Il baissa les yeux sur elle et franchit l'espace qui les séparait. Le cœur de Mandy s'emballa quand il posa la main sur sa joue.

— Mais tu ne t'es pas trompée.

Elle ferma les yeux, et tourna le visage contre sa main. Elle sentit l'odeur salée de sa peau, la callosité du pouce qui caressait sa joue. Sans réfléchir, elle lui embrassa la paume.

— Mandy.

Sa voix était rauque, calme. Intense.

— Oui ?

Il ne dit rien de plus, laissa retomber sa main. Mandy ouvrit les yeux et eut juste le temps de voir son visage se rapprocher, son nez à quelques centimètres du sien, ses lèvres à moins d'un souffle des siennes, ses épaules qui s'inclinaient vers elle.

Il l'embrassait. Il l'embrassait franchement, à pleine bouche, avec une ardeur telle qu'elle sentit ses genoux se dérober sous elle et une folle excitation gagner son cœur.

Elle inclina la tête en arrière, entrouvrit les lèvres, s'émerveillant du goût et de la texture de la bouche de Damien, si ferme, si avide, si différente et cependant tellement semblable à ce qu'elle avait imaginé dans ses rêves. Il se maîtrisait, mais derrière ce baiser, derrière l'impatience tenue en bride transparaissait une vulnérabilité aussi excitante que son assurance et son habileté.

Un doux gémissement lui échappa lorsque la bouche de Damien descendit vers sa gorge. Son corps réagissait différemment, il était plus sensible, plus prompt dans ses réponses, et elle n'aurait su dire si c'était lié à Damien, à sa grossesse ou à une merveilleuse combinaison des deux.

Il interrompit son gémissement d'un nouveau baiser qui l'incita à se cramponner à lui. Elle entendait leurs souffles haletants, leurs gémissements mêlés et le frottement de leurs corps, et trouvait cela terriblement excitant.

Elle se plaqua instinctivement contre lui, en fut choquée. Et plus encore lorsqu'elle constata l'état d'excitation de Damien.

— Ta bouche est un vrai délice, lui souffla-t-il à l'oreille en faisant glisser les bretelles de sa robe sur ses épaules.

— Damien ! Mais qu'est-ce que tu fais ?

Elle ne put réprimer un glapissement de surprise en sentant sa main effleurer sa poitrine.

Jamais ses pointes de seins n'avaient exprimé un tel enthousiasme. Comme si elle avait besoin de ça ! Elle était enceinte et ses pointes de seins s'étaient converties en garces hypersensibles qui mouraient d'envie de passer à l'action.

— Je suis en train de t'embrasser, et de te caresser, et nous allons regagner ta chambre ou la mienne, peu importe, pour faire passionnément l'amour.

8

Damien vit les yeux de Mandy s'arrondir de surprise tandis qu'elle laissait échapper un petit cri étranglé. Bon, il aurait peut-être pu formuler ça avec plus de délicatesse. Mais cela faisait trois ans qu'il n'avait pas eu de rapports sexuels, et il ressentait le besoin urgent de se replier à couvert de crainte de la renverser sur le sable illico.

Après la mort de Jessica, il avait cru qu'il n'éprouverait plus jamais le moindre désir physique. Et plus tard, quand son corps l'avait trahi en lui faisant part de ses besoins, il aurait pu être tenté de rechercher une satisfaction tarifée, mais le fait de se savoir surveillé en permanence l'avait retenu. Lever une fille pour une nuit risquait de le désavantager devant une cour de justice.

Finalement, ses besoins sexuels avaient décru au point qu'il en avait oublié qu'il avait un jour considéré l'amour charnel comme une expérience intime merveilleusement satisfaisante.

Il s'en souvenait, à présent.

Mandy avait ramené à la surface tous ses désirs enfouis, et il ne souhaitait plus qu'une seule chose : la posséder. S'il n'y parvenait pas, ce qui lui restait d'âme et de santé mentale volerait à coup sûr en éclats.

— Mais tu es mon patron, Damien, et je, eh bien, je suis enceinte !

La pénombre n'empêchait pas Damien de voir combien les pupilles de Mandy étaient dilatées par le désir. Elle se faisait cependant du souci, songeait à l'avenir.

Ce dont lui-même se contrefichait. Ils étaient là, tous les deux, et rien n'existait au-delà de l'instant.

— Corrige-moi si ce que je vais dire te paraît faux, d'accord ?

Elle hocha la tête sans hésiter.

— Tu m'attires et je t'attire. Nous nous sentons tous les deux un peu seuls, mais ni l'un ni l'autre n'envisageons de nous engager dans une relation durable pour le moment. Tu as besoin de moi. Tu me désires. Moi aussi, j'ai besoin de toi.

Peut-être même plus qu'il ne voulait bien l'admettre.

— Je te désire. Très fort. Vraiment très fort. Et nous venons de partager quelque chose de particulier.

Damien posa une main légère sur le renflement de son ventre. Il avait failli faire un bond de quinze mètres en percevant un mouvement à cet endroit, un instant auparavant. Une fois passé le premier choc, la révélation de Mandy avait expliqué bien des bizarreries, et ne l'avait rendue que plus désirable à ses yeux.

Elle voulait être une bonne mère. Elle aimait l'enfant qu'elle portait. Elle avait refusé l'argent de l'imbécile qui l'avait engrossée et se débrouillait seule. Elle était allée jusqu'à affronter l'effroyable Démon Sharpton pour assurer l'avenir de son enfant.

Il n'avait pas besoin d'en savoir plus à son sujet.

— Passe la nuit avec moi, Mandy. Pendant que nous sommes ici, à Punta Cana, et que rien n'a d'importance. Profitons l'un de l'autre. Profitons de la *vie*, tout simplement.

L'espace d'un long moment, elle demeura silencieuse, semblant peser le pour et le contre. S'attendant à essuyer un refus, un rejet ferme et définitif, Damien enfouit la tête au creux de son cou et frôla sa peau si douce de ses lèvres.

— Je passerai la nuit avec toi, Damien, déclara-t-elle calmement.

Un immense soulagement l'envahit, et il l'étreignit un instant, sans chercher à faire plus.

— J'accepte, à condition que tu n'estimes pas que c'est un comportement indigne de la part d'une future mère.

Elle avait dit cela sur le ton de la plaisanterie, mais le sérieux n'en était pas totalement exclu.

Damien se redressa et secoua la tête.

— Absolument pas. Je trouve cela très excitant. Je peux même t'en montrer la preuve palpable, si tu veux.

Mandy éclata de rire.

— Attendons d'être dans la chambre avant d'en arriver là !

— Il faudra d'abord passer par la boutique de l'hôtel. À moins que tu n'aies des préservatifs dans ta chambre.

Il ne voulait pas qu'elle s'inquiète à l'idée qu'il profite de son état pour éviter d'en utiliser. Pas question qu'elle se sente mal à l'aise.

Elle se cacha le visage derrière les mains.

— Non, je n'en ai pas. Mon Dieu, je crois que je rougis. C'est tellement incroyable !

— Et tellement agréable, aussi.

Damien posa la main au creux des reins de Mandy et la guida en direction de l'hôtel.

Heureusement qu'ils n'en étaient pas trop éloignés, car à présent qu'elle lui avait donné le feu vert, il était en feu.

Dans la boutique de l'hôtel, Mandy, rose de confusion, fit mine de s'intéresser aux magazines américains et latino-américains. Parfaitement décontracté, Damien se dirigea d'un pas résolu vers la caisse.

— Où sont rangés les préservatifs ? demanda-t-il au vendeur.

Pourquoi perdre cinq minutes à les chercher ?

Le vendeur désigna le présentoir qui se trouvait derrière lui avec un grand sourire.

— Sachet individuel ou boîte ?

— Boîte.

Inutile de renouveler cette expédition si les choses se déroulaient comme il l'espérait.

Le vendeur posa la boîte sur le comptoir, et Damien étudia la plantureuse créature en Bikini qui figurait sur l'emballage. Le carton était jaune vif, le Bikini orange fluo, et bien que le nom de la marque soit à consonance anglo-saxonne, les petits caractères étaient en espagnol. Il souhaita de toutes ses forces que ce ne soient pas des préservatifs fantaisie. Il se voyait mal enfiler un modèle avec des perroquets multicolores.

— Puis-je vous proposer un peu de *Mamajuana* ? Elle est d'excellente qualité, assura le vendeur en désignant une bouteille contenant un liquide qui ressemblait à de l'alcool.

— Qu'est-ce que c'est ?

Non pas qu'il eût la moindre envie de se saouler ; il voulait au contraire se souvenir de chacun des instants qu'il s'apprêtait à vivre.

— C'est une boisson. On appelle ça le Viagra dominicain, répondit le vendeur avec un clin d'œil. Ça permet de tenir plus longtemps, si vous voyez ce que je veux dire. Si ce truc-là n'a aucun effet sur vous, on dit qu'il ne vous reste plus qu'à vous suicider.

Donnait-il l'impression d'avoir besoin de Viagra ? Peu lui importait. Il était dans un tel état qu'il pourrait tenir toute la nuit. Il secoua la tête.

— Ce ne sera pas nécessaire, je vous remercie.

Il lui tendit six cents pesos, et glissa les préservatifs dans sa poche, avant de se tourner vers Mandy. Les bras croisés, elle se mordillait la lèvre en contemplant sans le voir le rayon des T-shirts.

— Amusez-vous bien ! leur lança le vendeur avec un sourire goguenard.

Et on prétendait que les New-Yorkais étaient grossiers !

Par chance, il avait oublié comment on rougissait. Mandy, en revanche, donnait l'impression d'avoir reçu un coup de soleil. Il lui prit la main et l'entraîna vers l'allée tranquille qui menait au bâtiment principal.

Là, il l'embrassa passionnément.

— Damien ! protesta-t-elle en essayant de le repousser. Il y a des gens autour de nous.

— C'est faux. Il n'y a personne. Absolument personne.

L'allée était effectivement déserte. Tout le monde était encore au buffet, dissimulé par un épais feuillage.

Mandy n'en scruta pas moins les alentours d'un œil inquiet, les mains plaquées contre la poitrine de Damien pour le tenir à distance. Il se contenta donc de déposer un baiser sur son front.

— Ma chambre se trouve dans le premier bâtiment sur la droite.

— Elle est plus proche que la mienne. Je suis à côté de la piscine réservée aux adultes.

Elle ne se dirigea cependant pas vers la direction qu'il venait d'indiquer. Elle avait recommencé à se mordiller la lèvre, et Damien attendit qu'elle avoue ce qui la tracassait.

— Je voudrais que tu saches que ce n'est pas mon genre de… Je ne couche pas avec le premier venu. Je croyais que Ben m'aimait vraiment et… les liaisons sans lendemain ne m'ont jamais fait fantasmer. Mais comme je n'ai pas l'intention de m'impliquer dans une relation durable avant d'y voir un peu plus clair dans ma vie, je ne m'attends pas à autre chose.

Damien écarta une mèche de cheveux du visage de Mandy.

— Ceci n'est pas une liaison sans lendemain. Ce n'est pas purement sexuel. Nous allons partager un moment agréable, nous faire du bien l'un à l'autre, même si ça ne doit pas durer.

Il voulait rompre les chaînes d'une solitude étouffante d'une manière simple, dénuée de toute complication.

— Je ne cherche pas plus que toi à m'impliquer dans une relation durable.

Il avait du mal à croire qu'il était sur le point de lui avouer ce qui allait suivre, mais il voulait qu'elle comprenne, qu'elle sache ce que cela – ce qu'*elle* – représentait pour lui.

— Je n'ai pas été avec une femme depuis trois ans.

— Tu veux dire que tu n'as pas eu de liaison durable depuis trois ans ?

— Je veux dire que je n'ai pas eu de relations sexuelles depuis trois ans.

Elle le regarda, effarée.

— Oh ! Ô mon Dieu, fit-elle en lui caressant doucement le bras. Depuis Jess ?

Il hocha la tête. Il n'avait pas envie d'en dire plus.

— Ça relevait d'un choix délibéré, et c'est tout aussi délibérément que je choisis de changer aujourd'hui. Laisse-moi partager cette nuit avec toi, Mandy.

Lui opposer un refus était impossible. Le regard de Mandy, sa façon de se pencher vers lui, et d'entrouvrir les lèvres furent une réponse suffisante. Il sentit sa poitrine se presser contre son torse tandis qu'elle inclinait la tête de côté et laissait échapper un petit soupir.

— Je ne suis pas complètement idiote, Damien. Je suis tout à fait partante pour vivre ça avec toi. Je veux seulement que les choses soient claires et que tu ne me prennes pas pour une Marie-couche-toi-là qui se fait sauter par son patron chaque fois qu'elle décroche un nouveau job.

Il haussa les sourcils.

— Cela ne figurait pas sur ton C.V., en tout cas.

Elle laissa fuser un petit rire avant de s'humecter les lèvres. Ce qui donna à Damien l'envie de lui sucer tour à tour les lèvres, puis la langue.

— Que se passera-t-il si je ne comble pas ton attente ? C'est long, trois ans. Je ne supporterai pas de te décevoir.

Elle plaisantait. Ce serait un véritable miracle s'il arrivait à tenir cinq secondes en elle avant d'exploser.

— Si tu n'as rien contre les pratiques orales, tout se passera très bien. J'ai dans l'idée que tu as très bon goût.

La respiration de Mandy s'accéléra.

— C'est amusant que tu dises cela, parce que j'en ai rêvé et que je me souviens d'avoir énormément apprécié ce que tu me faisais.

Damien eut l'impression que son pantalon rétrécissait brutalement au niveau de son entrejambe. Pourquoi diable étaient-ils encore là à traîner ?

— Tu es bien plus efficace, d'ordinaire, Mandy. Si tu ne te mets pas en route à l'instant même, je me verrai dans l'obligation de te déshabiller en pleine rue, la prévint-il en tendant la main vers la fermeture Éclair de sa robe.

Elle prit sa menace au sérieux, et moins de deux minutes plus tard, ils étaient dans la chambre de Damien. Son sac de plage atterrit sur le carrelage, et elle s'attaqua sans attendre aux boutons de sa chemise.

Elle avait eu un aperçu de son superbe torse à la plage, et elle mourait d'envie d'y promener les mains. Elle voulait le caresser, lui arracher des frissons de désir. Elle voulait vivre ces instants intensément, profiter de chaque seconde, car une longue période de célibat l'attendait ensuite.

De leur côté, les mains de Damien s'activaient sur sa fermeture Éclair. Tandis qu'elle tâtonnait maladroitement, lui se montrait calme, mesuré, efficace. Elle frémit lorsque ses doigts lui effleurèrent le dos. La chambre de Damien était à l'extrémité d'un couloir, si bien que les bruits alentour ne leur parvenaient qu'étouffés. Seul le ronronnement du ventilateur fixé au plafond et le rythme inégal de leurs respirations brisaient le silence.

Tous ses doutes, toutes ses craintes quant à la réaction de Damien quand il la verrait nue s'étaient envolées quand il lui avait avoué qu'il sortait de trois années d'abstinence. Elle avait compris ce qu'il cherchait à lui dire. Ils avaient besoin l'un de l'autre, là, tout de suite. De se sentir, de se toucher, de se donner du plaisir sans chercher à compliquer les choses.

Sa chemise enfin déboutonnée, elle l'écarta et laissa échapper un soupir quand ses paumes entrèrent en contact avec sa poitrine musclée.

— Tu as un buste superbe.

Les lèvres de Damien se retroussèrent.

— Quelle coïncidence ! Je me faisais exactement la même remarque à ton sujet.

Mandy baissa les yeux et constata que sa robe avait glissé, s'arrêtant juste au niveau de son opulente poitrine. Comprimés par le tissu, ses seins donnaient l'impression qu'ils allaient jaillir de son soutien-gorge sans bretelles.

— Ils ne sont pas aussi volumineux en temps normal, l'informa-t-elle en faisant glisser les manches de sa chemise le long de ses bras. Chaque matin, au réveil, j'ai l'impression qu'ils ont encore grossi.

Damien passa le pouce sur le doux renflement.

— Le résultat me plaît beaucoup.

— Facile à dire pour toi, répondit-elle en lui agrippant le poignet comme son pouce menaçait d'entrer en contact avec la pointe de ses seins. Mais au train où vont les choses, ils vont finir par cogner l'un contre l'autre en faisant flic-flac quand je roulerai sur le ventre.

Il rit, l'air détendu.

— J'adore ton sens de l'humour.

Elle s'apprêtait à lui avouer que ses talents de comédienne étaient très appréciés à l'époque où elle fréquentait la *Wycombe Abbey School for Girls*, en Angleterre, mais elle n'eut pas le temps d'ouvrir la bouche qu'il baissait sa robe jusqu'à la taille, du coup, elle en oublia ce qu'elle avait eu l'intention de dire.

Elle en oublia aussi de respirer quand Damien s'inclina sur elle, et que sa langue glissa le long de son soutien-gorge si bien rempli en un langoureux aller-retour. Mandy frissonna, ravie de découvrir à quel point ses seins étaient devenus sensibles. Déchirée entre l'envie de profiter de la douce excitation que lui prodiguait sa langue et celle de l'inciter à lui retirer son soutien-gorge pour s'occuper plus franchement de ses seins, elle lui saisit les poignets et les serra très fort.

Il releva la tête, et elle crut qu'il allait faire glisser sa robe sur ses chevilles et déboutonner son pantalon pour la prendre debout.

Le crut-elle ou le souhaita-t-elle ?

Elle s'était attendue que Damien se montre impatient, qu'il prenne les opérations en mains, et se hâte de leur procurer ce soulagement que tous deux recherchaient.

Il prenait les opérations en mains, certes, mais il ne semblait pas désireux de précipiter les choses. Ce qui était tout à la fois agréable et irritant.

Comme elle lui retirait sa chemise et la laissait tomber sur le sol, il défit la pince qui retenait ses cheveux. Il y enfouit les doigts et lui sourit.

— J'aime tes cheveux. Ils sont à ton image : libres et indisciplinés en apparence, mais en fait parfaitement maîtrisés.

C'était donc ainsi qu'il la voyait ? Cette définition plut à Mandy, même si elle estimait manquer cruellement de maîtrise de soi. Incapable de résister à la tentation, elle fit glisser ses doigts sur ses sourcils sombres, sur sa joue et sur ses lèvres en une caresse trop intime, et qui pourtant semblait aller tellement de soi, ici avec Damien. Il lui embrassa les doigts et elle sourit, consciente de se sentir aussi nue et vulnérable qu'il en avait l'air.

— Si tu penses que je maîtrise quoi que ce soit, je suis au regret de t'annoncer que tu es légèrement à côté de la plaque, lui chuchota-t-elle à l'oreille. Mais merci quand même.

Il prit le doigt de Mandy dans sa bouche, et une onde de chaleur se répandit dans tout son corps. Les pointes de ses seins se dressaient douloureusement contre son soutien-gorge, et elle se rapprocha de lui, humant au passage son parfum légèrement musqué.

— Je persiste, fit-il. D'ailleurs, tu es une assistante hors pair.

Elle retira son doigt, et les lèvres de Damien le suivirent jusqu'à ce qu'elles entrent en contact avec sa joue. Mandy ferma les paupières.

— C'est mon titre ? Assistante Hors Pair ? Je pourrais l'inscrire sur un badge.

Il déposa au coin de ses lèvres un baiser si léger, si doux qu'elle en eut le frisson.

— Que dirais-tu de « Assistante Racée et Féminine » ? Ou ARF, en abrégé ? C'est l'onomatopée qui me vient à la bouche quand je pense à toi.

Elle rit, et leurs souffles se mêlèrent tandis que la bouche de Damien demeurait à quelques millimètres de la sienne.

— Tu peux te vanter de bien cacher ton jeu : tu as beaucoup d'humour quand tu veux.

Si quelqu'un s'était avisé de lui dire deux mois auparavant qu'elle se sentirait complètement détendue et qu'elle plaisanterait aussi librement avec Damien, elle lui aurait ri au nez.

Mais elle se sentait tellement à l'aise, tellement bien avec lui. Il lui rendait tout ce qu'elle lui donnait. Il la faisait se sentir désirable, il la faisait rire. Ils étaient l'un pour l'autre ce qu'ils pouvaient espérer de mieux pour la nuit à venir.

En guise de réponse, il mit fin au supplice auquel ses lèvres la soumettaient et l'embrassa si passionnément qu'elle noua les bras autour de son cou pour être plus proche encore de lui. Mandy aimait sa façon d'embrasser, comme s'il n'avait rien à perdre, rien à prouver, comme s'il la désirait plus que tout au monde.

Leurs langues se trouvèrent, avides, humides, et Mandy en voulut plus. Elle pressa sa poitrine contre son torse nu, fit courir ses doigts dans ses cheveux courts, puis s'écarta légèrement pour reprendre son souffle. Cela ne lui suffisait pas ; elle le voulait tout entier, sur elle, en elle. Elle en avait besoin.

Son corps palpitait d'un désir douloureux, et ses baisers si prometteurs de félicités à venir ne parvenaient pas à satisfaire la faim dévorante qui l'avait saisie.

— Damien.

Ses mains n'exploraient même pas son corps. Elles reposaient au creux de ses reins tandis qu'il l'embrassait, alors que Mandy en voulait plus, beaucoup plus, avec une intensité qui la choquait et la laissait tremblante.

— Oui ?

Il interrompit son baiser, et recula pour la contempler d'un air interrogateur.

Elle fit glisser sa robe sur ses hanches et la laissa tomber par terre.

— Pour un homme qui a menacé de me déshabiller en pleine rue, tu n'as pas l'air pressé de me voir nue.

— Oh que si ! répondit-il.

Son regard bleu s'obscurcit, et la parcourut lentement de la tête aux pieds.

— Tu n'as pas idée… Mais je veux savourer l'instant.

Elle sentit la brise tiède du ventilateur sur son corps. Ses seins se tendirent et elle frotta ses cuisses l'une contre l'autre sous l'intensité de son regard.

— Ne le savoure pas trop longtemps.

Il continua de la contempler sans chercher à croiser son regard, visiblement intéressé par ce qu'il découvrait.

— L'éternité ne suffirait pas à te contempler. Tu es belle.

Le cœur de Mandy se serra, et elle cessa de respirer. En cet instant, elle lui aurait donné tout ce qu'il voulait, car elle devinait que des deux, c'était lui qui avait le plus besoin de cette étreinte.

Mais elle aussi en avait besoin. Désespérément même. Maintenant son soutien-gorge d'une main, elle le dégrafa de l'autre et l'envoya rejoindre sa robe sur le sol.

Les mâchoires de Damien se crispèrent.

Mandy attendit, les pointes de ses seins érigées, les mains sur les hanches. Elle s'offrit à son regard ardent, consciente que le miel commençait à couler entre ses cuisses. Ses doigts brûlaient de glisser vers son entrejambe, et ses seins réclamaient des caresses.

Finalement, alors qu'elle était sur le point de hurler, de pleurer, de gémir ou de se liquéfier sur place, il se décida à bouger.

Il prit ses seins en coupe, et ses lèvres se refermèrent sur l'un d'eux.

Cela valait la peine d'attendre.

— Oh ! souffla Mandy, incapable d'articuler un mot.

Il tourna la tête et se mit en devoir d'infliger le même traitement à l'autre sein, suçant et léchant, sans chercher à dissimuler le plaisir qu'il y prenait. Sa cuisse s'insinua entre les jambes de Mandy et entra en contact avec le petit bourgeon gonflé de désir, ce qu'elle trouva particulièrement cruel de sa part. Elle gémit doucement et ses doigts repoussèrent l'élastique de sa culotte. Elle voulait se retrouver nue, qu'ils se retrouvent nus tous les deux, ce qui était finalement la meilleure issue possible.

Mais il lui immobilisa les mains. Frustrée, elle les approcha du bouton de son pantalon, mais il les plaqua fermement contre son ventre, lui interdisant tout mouvement, tandis qu'il continuait à lui agacer les seins de la langue.

— Ça suffit, Damien ! Je veux qu'on se déshabille.

Elle essaya de se dégager, mais il était plus fort qu'elle.

— C'est trop tôt.

— Comment ça, trop tôt ?

Il voulait qu'elle meure de désir ? Mandy était une femme saine qui avait pleinement apprécié les relations qu'elle avait eues jusqu'alors. Elle pensait savoir à quoi s'en tenir sur la question. Savoir ce qu'était l'urgence du désir.

Mais elle avait encore bien des choses à apprendre.

L'état dans lequel Damien la mettait avec une remarquable économie de moyens faisait paraître ses expériences antérieures bien fades. Telle une sauce piquante sans piment *jalapeño*.

Il releva la tête.

— Il est temps que tu ailles t'allonger sur mon lit, afin que je puisse t'écarter les cuisses et goûter chaque centimètre carré de ton corps. Avant de tout recommencer. Depuis le début.

Mandy en saliva d'avance.

Si les choses se corsaient davantage, elle allait pleurer.

9

Damien ajusta son sexe en érection dans son pantalon pour se sentir plus à son aise, sans chercher cependant à le libérer.

Dieu sait ce qui se serait produit alors.

Tout son corps le suppliait de le faire, mais la raison lui dictait de garder son pantalon sous peine de terminer avant même d'avoir commencé.

Il n'avait pas complètement oublié à quoi ressemblait une femme nue. Mais il n'avait pas réalisé à quel point cela lui avait manqué – les baisers passionnés, les doigts fébriles, les frissons, les respirations haletantes.

Mandy se tenait devant lui uniquement vêtue de sa petite culotte blanche qui ne faisait qu'accroître son désir en soulignant le renflement de son mont de Vénus.

Damien lui caressa doucement les seins de ses pouces, et le soupir qu'elle laissa échapper lui plut. Sa poitrine était ferme et pleine, sa peau légèrement rosée. Son corps entier respirait la santé, la vie, l'érotisme.

— Va t'allonger, Mandy, répéta-t-il comme elle ne bougeait pas. Maintenant.

Sa main se referma sur celle de Damien pour l'écarter de sa poitrine, comme si ce contact lui était devenu insupportable.

— Bien, monsieur. Tout de suite, monsieur. Voulez-vous que je vous prépare une tasse de café ?

Elle pivota sur ses talons et lui lança un sourire pardessus son épaule avant de se diriger vers le lit en ondulant exagérément des hanches, sa petite culotte révélant la naissance de ses fesses.

Il ne put réprimer une sorte de reniflement. Cette façon qu'elle avait de le provoquer sans se soucier des conséquences le choquait toujours autant. Il avait dressé tant de remparts autour de lui, s'était fabriqué une telle réputation de froideur que personne ne se risquait à plaisanter à ses dépens. Il aimait que Mandy ne le traite ni comme un bourreau, ni comme une victime, ni comme un cynique, mais simplement comme un homme. Un ami. Un amant.

— Vous êtes très spirituelle, mademoiselle Keeling, mais si vous souhaitez avancer dans la vie, vous avez tout intérêt à conserver votre emploi.

Il la suivit vers le lit que Mandy entreprit d'escalader à quatre pattes, lui offrant une vue imprenable sur son postérieur.

— Je n'ai pas l'intention de quitter mon emploi. J'entretiens d'excellentes relations avec mon patron...

Elle s'allongea, roula sur le dos et étira les bras au-dessus de sa tête. Elle sourit, déplia les jambes et demeura étendue devant lui, dans une attitude délicieusement sensuelle.

Damien avala sa salive. Un filet de sueur roula le long de sa colonne vertébrale, ses doigts le démangeaient de passer à l'action, il avait la bouche sèche et les oreilles bourdonnantes.

— De retour à New York, les choses reprendront leur cours habituel, mais d'ici là, on va profiter l'un de l'autre.

Elle écarta les genoux.

— Profite, Damien, je t'en prie.

Avec plaisir. Il glissa les doigts sous l'élastique de sa culotte, de part et d'autre de ses hanches, et tira d'un coup sec.

— Oh ! s'exclama-t-elle en le dévisageant d'un air stupéfait. Tu as déchiré ma culotte !

Le petit morceau de satin blanc était à présent négligemment suspendu à son index.

— Une petite culotte se remplace aisément, déclara-t-il avant de la jeter par-dessus son épaule.

Agenouillé sur le lit, il se pencha en avant pour embrasser la face interne de ses cuisses, la droite, puis la gauche. Il en profita pour frotter son nez contre sa chair ferme et humer l'odeur salée de sa sueur mêlée à la douce senteur de son excitation. Il effleura d'un tendre baiser le triangle bouclé, puis pressa les lèvres contre son sexe offert. Mandy tressaillit et émit une sorte de sifflement, les dents serrées.

Il recula légèrement de façon à prendre confortablement appui sur ses coudes, bien calé entre ses cuisses. Il écarta ensuite les replis intimes et passa lentement la langue sur la chair gonflée.

Ses yeux se plissèrent et ses mains lui étreignirent les cuisses comme sa saveur explosait sur sa langue. Il entendit Mandy gémir et sentit ses jambes s'agiter impatiemment. Un flot de désir fusa dans ses veines, son cœur se mit à tambouriner dans sa poitrine et il crut perdre le contrôle quand il enfouit la langue en elle. Sa chair brûlante palpita en réponse à son invasion.

— Arrête... murmura-t-elle en cambrant le dos.

— Pourquoi ? répondit-il en s'écartant, ses pouces s'activant sur les doux pétales qui dissimulaient sa féminité.

Il adorait la voir s'offrir ainsi, se tortiller sous ses caresses en miaulant de détresse, lever les hanches à sa rencontre.

— Damien... J'y suis presque. Je ne peux pas me retenir.

— Presque quoi ? demanda-t-il d'un ton faussement indifférent.

L'excitation et la satisfaction de lui donner du plaisir lui dictaient de prendre son temps sans se soucier de son propre désir.

Cette attente constituait un plaisir en soi. Il n'avait jamais ressenti une telle excitation, et il doutait que les trois années d'abstinence qu'il venait de traverser y soient pour quoi que ce soit. C'était Mandy. Son intelligence, son sens de l'humour, sa beauté, la façon dont elle réagissait à ses caresses. La franchise absolue de son regard quand elle baissa les yeux sur lui.

— Je suis au bord de l'orgasme et je ne veux pas jouir tout de suite.

Prenant appui sur les talons, elle tenta de se redresser pour s'écarter de lui.

Damien appuya sur ses jambes, la clouant au matelas.

— Pourquoi ? demanda-t-il avant d'embrasser son clitoris. Deux orgasmes, c'est encore mieux qu'un seul.

Elle jura, chercha à se libérer d'un mouvement du bassin, et il faillit rire.

— Je n'en ai jamais plus d'un seul, et je préfère le retarder le plus possible, si ça ne t'ennuie pas.

Si, ça l'ennuyait, justement. Il voulait qu'elle jouisse maintenant. Et plus tard. Et encore et encore jusqu'à ce qu'ils oublient tous deux qui ils étaient, d'où ils venaient et pourquoi ils ne pouvaient envisager d'avenir commun comme le font les gens normaux en pareil cas.

Son index descendit le long de sa fente, entre ses fesses, puis revint à son point de départ, tandis qu'il agaçait son clitoris de la langue.

— Ça m'ennuie. Jouis pour moi, Mandy, je t'en prie.

Il glissa un doigt en elle. Elle laissa échapper un cri de surprise qui se mua en un gémissement rauque. Damien mourait d'envie de l'entendre gémir, et crier de plaisir.

Tout en la caressant, il approcha les lèvres du petit bouton rose et le suça. Mandy eut un sursaut brutal, puis se figea, à demi assise, le corps secoué de spasmes. Ses mains se plaquèrent sur la tête de Damien, cherchant un appui, tandis que sa chair intime se contractait sous l'effet du plaisir.

Elle se laissa aller complètement à sa jouissance sans que Damien cesse ses caresses.

Son gémissement se mua en un cri de frustration.

— Bon sang ! Je t'avais dit que je ne voulais pas !

Elle repoussa sa tête en arrière avec une force qui l'amusa et l'excita tout à la fois.

— C'est ta faute !

Il eut beau essayer, il ne parvint pas à se sentir honteux.

— Je suis désolé, je n'ai pas pu m'en empêcher.

Il s'assit, et entreprit de déboutonner son pantalon.

— Ça non plus, d'ailleurs, je ne peux pas l'empêcher.

Bien que consternée par son propre manque de contrôle, mais frissonnant encore d'extase, Mandy releva la tête. Et constata que Damien était en train de retirer son pantalon.

Parfait. Grand bien lui fasse. Elle n'était plus concernée. Il avait tout gâché en la faisant jouir alors qu'elle avait pris soin de le prévenir qu'elle n'enchaînait pas les orgasmes. Elle était toute languide à présent, dans un état voisin du sommeil, et pas le moins du monde intéressée par…

Son érection vint heurter sa cuisse.

— Oh, gémit-elle avant de plaquer la main sur sa bouche.

« Ne gémis pas, Mandy ! s'ordonna-t-elle. Ça va lui monter à la tête ! »

— Ça te plaît ? demanda-t-il en se reculant.

— C'est plutôt désagréable, en fait, répondit-elle alors même qu'elle adoptait une position encourageante.

Difficile de s'accrocher à ses principes quand il posait le doigt à cet endroit-*là*.

Il laissa échapper un rire de gorge tout en pêchant un préservatif dans la poche de son pantalon.

— J'en suis profondément désolé. Penses-tu être en mesure d'endurer ce désagrément pour me faire plaisir? Ça ne prendra pas plus de deux minutes, montre en main. Et je te promets que la prochaine fois, j'apporterai toute l'attention requise à tes requêtes.

Mandy estima que c'était joliment formulé, et qu'elle lui devait bien cela après ce qu'il venait de faire pour elle. Après tout, ce n'était pas de sa faute si elle démarrait au quart de tour, et il y avait fort à parier qu'elle apprécierait de le sentir en elle.

D'ultimes spasmes de plaisir irradièrent dans son ventre.

— Soit. Deux minutes, montre en main.

Elle assortit ses paroles d'un long soupir résigné, aussitôt contredit par un demi-sourire impossible à réprimer.

— Morfale! Tu vas finir par me tirer des larmes si tu continues ainsi.

Il se pencha sur elle, effleura des lèvres le léger renflement de son ventre avec une tendresse qui lui noua la gorge. Il se laissa momentanément distraire par ses seins; sa langue consacra une minute ou deux à chacun d'eux et Mandy dut faire un effort pour ne pas se mettre à loucher. Il approcha ensuite les lèvres de son cou, et s'empara finalement de sa bouche.

Il l'embrassa franchement, passionnément, tout en écartant les cheveux de son visage.

— Merci, murmura-t-il contre ses lèvres. J'apprécie sincèrement ta générosité. Je te promets de faire en sorte que les deux minutes à venir soient le moins désagréables possibles.

— Allez, au boulot!

Elle avait cherché à adopter le ton que sa mère employait pour réprimander la bonne, mais son effort fut anéanti par le gémissement qui ponctua sa phrase.

L'érection de Damien s'était logée entre ses cuisses, ses pupilles étaient dilatées et le désir troublait son regard. Un soupir tremblant s'échappa des lèvres de Mandy. Il la soumettait à une délicieuse torture, et ses hanches basculèrent instinctivement vers lui.

C'était lui qui jurait, à présent. Tandis qu'il s'introduisait lentement en elle, Mandy comprit qu'il s'efforçait de garder le contrôle. Et il y parvenait en dépit de ses trois années d'abstinence. La sueur perlait à son front, les muscles de ses épaules étaient crispés, les veines de son cou saillaient.

Elle ne comprenait pas pourquoi il ne plongeait pas en elle, tout simplement, comme ils le désiraient tous les deux, et ses doigts serpentèrent sur sa taille pour aller se poser sur ses fesses fermes. Il s'enfonçait en elle avec une lenteur calculée qui la faisait douloureusement palpiter d'impatience.

— Damien, par pitié…

Mais il ignora sa supplique, et promena les lèvres sur la courbe de son sein, alors même qu'il n'était qu'à demi enfoui en elle.

— Je savoure encore, c'est tout.

Mandy n'en pouvait plus. Elle appuya fermement sur ses fesses tout en cambrant les hanches à sa rencontre. Elle était peut-être moins forte que lui, mais l'effet de surprise et la détermination jouèrent pour elle. La poussée les plaqua l'un contre l'autre. Damien l'emplit entièrement, et Mandy eut le sentiment qu'il était en mesure de lui procurer un nouvel orgasme.

C'était tout simplement merveilleux.

Son corps était tendu comme un arc, et ses muscles intimes l'enserrèrent fortement, de crainte qu'il ne s'échappe.

— Mandy, oh ! mon ange, c'est si bon, lâcha Damien, les yeux fermés, le corps parcouru d'un long frisson.

Elle était entièrement d'accord avec lui. Mais au bout d'une longue, d'une interminable seconde, elle commença à s'inquiéter. Avait-il l'intention de se contenter de rester ainsi, immobile, telle une voiture sur un parking ?

C'était un homme compliqué, qui avait, de toute évidence, rencontré des problèmes au cours de sa précédente relation amoureuse, et il avait plus de volonté qu'elle n'en aurait jamais, mais le moment était mal choisi pour exercer sa volonté. L'heure était venue de se laisser aller, de s'accorder du plaisir.

— Damien, tu ne vas pas me faire l'amour ?

Oh si, il le voulait ! Il ne voulait même que cela ! Mais il craignait, s'il se risquait à bouger, de déclencher un orgasme qui lui ferait affreusement honte. Il craignait, s'il donnait libre cours à la passion qu'il avait jugulée pendant trois ans, qu'une autre sorte émotion bien plus épouvantable ressurgisse dans la foulée. Il craignait, s'il remuait et que cela se termine, eh bien, que cela se termine, tout simplement.

Mais la douce supplication de Mandy eut raison de son indécision.

Le contact de son corps offert, enroulé autour du sien, et soumis à son désir, ses lèvres entrouvertes et son regard voilé par le désir achevèrent de le convaincre.

Il commença à se retirer, amorçant ce délicieux mouvement de va-et-vient qui les mènerait tous deux à la jouissance suprême, mais Mandy enfonça les ongles dans ses fesses.

— Non ! cria-t-elle.

Elle contracta fortement ses muscles intimes, recourant ainsi à une astuce typiquement féminine pour maintenir son sexe en place et l'empêcher de sortir. La bouche de Damien s'assécha d'un coup, le sang se mit à battre furieusement à ses tempes, et il décida que garder le contrôle n'avait plus la moindre importance. Puisqu'il était allé jusque-là, qu'il s'était autorisé à éprouver de nouveau du désir charnel, autant aller jusqu'au bout.

La vigueur qu'il mit à l'empaler leur tira un gémissement à tous les deux. Les yeux de Mandy se révulsèrent.

— Je n'ai pas l'intention de m'en aller, assura-t-il entre ses dents.

Quand il l'empala à nouveau, il fut obligé de fermer les yeux. Seigneur, elle était si délicieusement accueillante ! Si chaude, si généreuse, elle l'enveloppait complètement, l'enserrait étroitement. L'extase et l'agonie se mêlaient dans sa bouche tel un puissant cocktail. Il se sentait ivre de plaisir.

— C'est merveilleux, murmura-t-elle en enfonçant les talons dans ses cuisses tandis qu'il allait et venait en elle.

Elle ne chercha pas à accorder son rythme au sien. Certaines de ses poussées étaient brèves et rapides, d'autres lentes et profondes, il ne savait plus ce qu'il faisait, il voulait seulement la posséder complètement. Il se força cependant à reprendre les rênes, à tenir bon, et il découvrit un angle d'attaque qui lui sembla parfait, si parfait qu'il renouvela l'expérience, encore et encore.

Mandy semblait l'apprécier d'autant plus que son corps frottait contre son clitoris. Elle s'agrippa au couvre-lit et retint son souffle. Damien intensifia l'allure, la pilonnant sans relâche, avant de s'interrompre brutalement, au bord de l'orgasme, les jambes tremblantes, la sueur ruisselant dans les yeux. Bien que plongée dans la pénombre, la chambre lui paraissait lumineuse, tout à coup, et le bruit du ventilateur plus aigu.

Mandy émit un glapissement de frustration assez voisin d'un cri.

— Mais qu'est-ce que tu fabriques ?

Elle semblait tellement outrée qu'il ne put s'empêcher de glousser, quand bien même son propre corps protestait violemment contre la torture qu'il lui infligeait.

— Je t'avais promis que ça ne prendrait pas plus de deux minutes. Je crois que le temps est écoulé.

Le choc lui fit écarquiller les yeux. Puis elle lui pinça fortement la taille.

— Dépêche-toi de terminer ce que tu as commencé, Damien, ou je ne réponds plus de mes actes.

Une main en appui sur le mur au-dessus de sa tête, l'autre sur le lit, il donna un, deux coups de reins. Comme Mandy laissait échapper un cri d'extase pure, il se laissa aller en elle avec un grognement étouffé.

Son sexe palpitait encore et encore, et son corps entier était la proie de délicieux frissons qui semblaient ne jamais devoir cesser. Puis ses jambes se détendirent et un long soupir jaillit de ses poumons. Pour la première fois depuis trois ans, il avait l'impression d'être totalement et merveilleusement vidé.

La colère, la frustration, la douleur – tout avait été balayé, et il ne ressentait plus qu'une immense satisfaction.

10

Sur le balcon, dans la fraîcheur nocturne, Mandy inspira à fond, puis laissa échapper un soupir de satisfaction.

— Tu veux boire quelque chose ? Je vais faire un raid sur le minibar.

Damien avait enfilé un pantalon et se tenait sur le seuil, un sourire espiègle flottant sur les lèvres.

Seigneur, ce type était vraiment fabuleux ! Mandy se sentait en accord avec la terre entière, mais plus particulièrement avec Damien. Il n'avait pas idée de ce que cela signifiait pour elle qu'il l'ait choisie entre toutes les femmes pour mettre fin à sa longue période d'abstinence, au moment précis où elle en avait le plus besoin.

Il lui avait fait un bien fou.

Divinement détendue, elle croisa les chevilles et se pencha par-dessus la barre d'appui, nue sous sa robe.

— J'ai soif, mais les boissons des minibars sont hors de prix, Damien. Je me sentirais coupable de boire une bouteille d'eau à huit dollars, même si ça passe en note de frais.

— C'est gratuit, Mandy. C'est un séjour tout compris, minibar inclus.

Elle tourna la tête vers lui.

— Tu plaisantes ?

— Mais non.

— Zut ! Je me suis bêtement privée de chocolats ! Vite ! Apporte-les-moi !

Mandy recula légèrement, car la barre d'appui s'enfonçait dans son estomac. Elle avait beau savoir que le bébé était protégé, elle se caressa le ventre d'un geste protecteur.

— Ça fait deux jours que je les guigne en me répétant qu'ils doivent coûter au moins douze dollars et que mon popotin n'en a vraiment pas besoin pour résister à la tentation. Mais si c'est gratuit, j'en veux !

Les nausées matinales lui avaient évité de prendre trop de poids. Quelques chocolats ne lui feraient pas de mal. Ça ne ferait pas de mal au bébé non plus. Et puis, elle était en vacances, elle avait bien le droit de se faire plaisir.

Damien reparut avec de l'eau et des chocolats. Elle se faisait vraiment plaisir. Et pas seulement avec des chocolats.

Curieusement, elle ne ressentait vis-à-vis de ces plaisirs ni honte ni culpabilité.

Il s'assit sur une chaise en plastique et décapsula l'une des bouteilles d'eau avant de la lui tendre. Il ouvrit ensuite la petite boîte de chocolats et la lui présenta.

Elle en choisit un qui semblait fourré au caramel, tira une chaise près de Damien afin de pouvoir étendre les jambes sur ses cuisses.

— Ça ne te dérange pas ? s'enquit-elle en léchant le bord de son chocolat.

Il secoua la tête, et posa la main sur sa cheville nue qu'il se mit à caresser doucement. Après avoir vérifié que sa robe était bien calée sous ses fesses et qu'elle n'était pas indécente, Mandy se laissa aller contre le dossier de sa chaise et poussa un long soupir.

— Tu es bien ? s'enquit Damien.

Son torse nu luisait légèrement dans la semi-obscurité du balcon ; avec son pantalon froissé et ses cheveux ébouriffés, elle le trouvait incroyablement sexy.

— Merveilleusement bien, oui. Comme si je n'avais plus de squelette.

Elle enfourna le chocolat entier et le laissa fondre sur sa langue, les yeux fermés.

— Hmm ! Quel délice…

Damien lui massait la plante des pieds, et Mandy décida qu'il n'y avait rien de meilleur au monde. Se faire masser les pieds par un bel homme à demi nu, le corps inondé d'endorphines chocolatées et post-orgasmiques.

— Et toi ? murmura-t-elle d'une voix rauque extrêmement sensuelle.

— Très bien.

Sa bouche souriait, mais son regard demeurait sérieux.

— Cela faisait longtemps que je ne m'étais pas senti aussi détendu.

Elle était sur le point de l'inciter à partager son fardeau, à lui confier l'origine de cette douleur qui assombrissait son regard et le poussait à s'abrutir de travail comme il le faisait. Mais il la prit de court en lui posant une question qui la fit sursauter.

— Quand ton bébé doit-il naître ?

Ses doigts remontèrent le long de sa jambe comme s'il avait l'intention de lui toucher le ventre, mais il s'arrêta au niveau du genou. Inexplicablement, Mandy aurait aimé qu'il lui touche le ventre. Ces derniers temps, apparemment, elle ressentait quantité d'émotions étranges dont elle était incapable d'expliquer l'origine.

— Le 18 octobre. Au plus tard, répondit-elle.

Cela semblait si loin et si proche, à la fois. Elle ne se sentait absolument pas prête. Elle était si nerveuse.

— Tout se présente bien ? Tu as passé une échographie ?

Elle avala une gorgée d'eau et tendit la main vers la boîte de chocolats posée sur les genoux de Damien. Elle avait envie – non, besoin – d'un autre chocolat.

— Il est encore trop tôt pour passer une échographie. Si tout se passe bien par ailleurs, on la fait entre la dix-huitième et la vingtième semaine. Le médecin m'a assurée que je me portais à merveille et que le bébé se développait normalement.

Il lui caressa le genou d'une main légère.

— Je suis heureux d'entendre ça, fit-il d'un air pensif, le regard tourné vers l'océan. Je crois que je serais terrifié à ta place, mais tu sembles prendre la chose très calmement.

S'il avait su ! Elle éclata de rire.

— Rassure-toi, Damien : je suis complètement terrifiée ! Je n'avais pas du tout prévu d'avoir un bébé si tôt, et tous ces manuels sur ce qu'il faut et ne faut pas faire n'arrangent rien. J'ai un bouquin énorme dans mon sac de plage, et je passe mon temps à essayer de me convaincre de le lire, mais chaque fois que je l'ouvre, je suis prise de panique. C'est insurmontable.

Il sourit.

— Si tu vis ta grossesse de la même façon que tu accomplis ton travail, ça se passera comme sur des roulettes.

Le rire que cette réflexion était censée faire naître resta bloqué dans sa gorge. Sa propre incertitude lui faisait horreur, mais elle avait besoin d'être rassurée, et ne put s'empêcher de demander :

— Tu penses vraiment que je fais bien mon travail ?

La bouteille qu'il s'apprêtait à porter à ses lèvres regagna ses genoux.

— Tu plaisantes, j'espère ? Tu es une vraie perle !

— Merci.

Elle grignota le cerneau de noix qui se trouvait à l'intérieur de son chocolat.

— Il semblerait que j'ai quelques complexes dont je n'avais jamais pris conscience. Je croyais que je ne voulais pas travailler dans un bureau parce que c'était ce que faisait mon père, et que je ne voulais pas vouer ma vie à ma carrière comme lui l'a fait. Je voulais être libre, créative, me consacrer à ce qui m'intéressait vraiment, organiser mon temps et vivre comme je l'entendais.

Mandy soupira, tandis que la réalité de sa situation lui apparaissait dans toute son évidence.

— Mais je ne suis qu'une hypocrite, reprit-elle. Si je désapprouvais à ce point le mode de vie de mes parents, leur obsession de l'argent, j'aurais dû refuser leurs chèques. Or je les ai tous acceptés sans broncher durant des années, alors même que je m'appliquais à démontrer que je n'avais pas besoin d'un emploi à hautes responsabilités pour être heureuse. C'est vraiment idiot. Tout ce que j'ai réussi à prouver, c'est que j'avais besoin de mes parents, et que si j'avais peur de suivre les traces de mon père, c'était par crainte de l'échec. J'ai vingt-six ans et je suis paresseuse.

Elle ne s'attendait pas précisément à un grognement en guise de réponse à cette confession sincère.

— Qu'est-ce que c'est que ces salades, Mandy ? Tu n'es pas du tout paresseuse. Tu as tenu un magasin de jouets pendant trois ans. Combien d'heures y consacrais-tu ? Pas moins de quatre-vingts heures par semaine, je parie, sans compter le temps consacré aux inventaires et à la comptabilité.

Elle se mordilla la lèvre.

— Peut-être, mais je n'ai jamais réussi à faire de bénéfices.

— Pas par manque d'efforts. Tu avais peut-être choisi un secteur peu porteur. Cela ne fait pas de toi une feignasse.

— Mais maintenant je vais avoir un enfant. Je dois me montrer responsable, et faire passer sa sécurité et son bien-être avant mes intérêts personnels.

— C'est précisément ce que tu fais.

C'était vrai. Elle avait laissé tomber sa boutique sans le moindre état d'âme. Elle avait fait tout ce qu'il fallait pour que son bébé soit heureux, en bonne santé et qu'il ne manque de rien.

— Tu as même pris la brillante décision de travailler pour moi, ajouta-t-il en lui décochant un clin d'œil.

Ce qui la fit rire. Décidément, Damien était diaboliquement séduisant. Une onde de chaleur remonta de ses cuisses à son ventre, et elle s'agita sur sa chaise.

— Tu n'arriveras jamais à te débarrasser de moi, tu sais ? J'aime ce travail et je le garderai. Tu pourras te montrer aussi insupportable, exigeant et autoritaire que tu voudras, je ne démissionnerai pas.

— Zut. Il va falloir que je raye « être odieux avec Mandy » de la liste de mes obligations pour la semaine prochaine.

— Méchant ! s'esclaffa-t-elle en lui donnant une tape sur le bras. Ne sois pas absurde.

— Voilà un qualificatif qu'on ne m'avait encore jamais attribué.

Elle le regarda porter sa bouteille d'eau à ses lèvres et se demanda si elle devait lui poser la question qu'elle avait en tête un peu plus tôt. Son instinct lui soufflait de n'en rien faire ; il en parlerait spontanément le moment venu. Mais à la vue de son tatouage, elle ne put s'empêcher de demander :

— Alors, qu'est-ce qui s'est passé ? Avec Jess.

Ce devait être sérieux pour qu'un homme aussi sensuel que Damien observe une totale abstinence pendant trois ans et s'abrutisse de travail.

Son silence dura si longtemps qu'elle crut qu'il ne lui répondrait pas. Puis il tourna la tête et croisa son regard.

— Elle est morte.

— Oh !

Cette possibilité ne lui avait pas traversé l'esprit. Elle s'était dit que Jess l'avait peut-être trompé ou quelque chose dans ce goût-là, mais elle n'avait pas envisagé un pareil drame.

— Damien, je suis sincèrement désolée, je n'aurais pas dû être aussi indiscrète.

Mais il lui tapota la jambe comme pour la rassurer.

— En temps normal, ça me dérange. Mais ici et maintenant, avec toi, ça va. Vraiment. Je préfère cependant ne pas parler d'elle, si ça ne t'ennuie pas. Jessica occupe mon cœur et mes pensées en permanence, et je ne tiens pas à ce qu'elle soit avec nous en ce moment.

Parfait. Mandy n'avait pas non plus envie de creuser le sujet. Un ménage à trois, même virtuel, ne la tentait pas. Mais elle brûlait de curiosité, et – elle aurait eu honte de l'admettre – elle ressentait une pointe de jalousie. Damien avait aimé cette femme. Il l'avait aimée avec tant de passion qu'il souffrait encore de sa mort après trois ans de deuil et qu'il avait choisi de ne partager son lit avec aucune autre femme.

Mais Mandy chassa bien vite ces pensées négatives. Elle ne cherchait pas l'amour. Et c'était elle qui avait incité Damien à briser son vœu de chasteté. Voilà qui était plus que flatteur. Elle était en outre contente de constater qu'elle ne s'était pas trompée à son sujet. Sous ses dehors rudes, c'était un homme bien. Un homme blessé.

Elle hocha la tête.

— Je te dois des remerciements, au fait. J'avais tendance à m'apitoyer sur mon sort. Ben m'a plaquée d'une façon tellement abrupte que je n'ai pas vraiment vécu ma grossesse comme un événement heureux jusqu'ici. Je n'envisageais pas de relations avec un autre homme. Je ne suis pas le genre de femme à infliger mes partenaires à mon enfant. Je n'ai pas l'intention non plus de devenir bonne sœur, mais je serai prudente dans mes choix une fois que mon bébé sera né. Je ne pourrai me permettre de lui faire supporter le poids de mes éventuelles erreurs.

Mandy fit rouler un chocolat entre son pouce et son index, puis regarda Damien en souhaitant qu'il comprenne ce qu'elle allait lui dire. Vraiment.

— Mais grâce à toi, je me suis sentie à nouveau désirable.

— Tu l'es, assura-t-il. Physiquement et intellectuellement.

Il secoua la tête.

— Tu n'imagines pas à quel point…

Elle crut qu'il allait ajouter quelque chose, mais il n'en fit rien. Elle glissa le chocolat dans sa bouche et jeta un coup d'œil à la boîte à moitié vide.

— Je vais regretter d'en avoir mangé autant, tu ne crois pas ? Et la semaine prochaine, je regretterai probablement d'avoir couché avec mon patron.

Damien souleva les pieds de Mandy et leur fit rejoindre le sol en douceur.

— Je t'interdis d'éprouver le moindre regret à ce sujet. Personnellement, je n'en éprouverai aucun.

Il la couvait d'un regard si intense qu'elle baissa les yeux pour s'assurer que sa robe ne venait pas de prendre feu. Le chocolat fondait dans sa bouche, et elle sentit ses seins durcir.

Damien se pencha vers elle.

— Si tu veux tout savoir, j'étais en train de me dire que j'allais lécher le chocolat au coin de ta bouche. Après quoi, je t'enlèverai ta robe et je te ferai l'amour, et crois-moi, je n'ai pas l'intention de le regretter.

Le souffle court, elle pressa les mains sur ses cuisses. Quelque chose lui disait que cette nuit vaudrait bien tous les remords et regrets qu'elle pourrait avoir par la suite.

Damien s'approcha plus près et, avec une irritante précision, cueillit du bout de la langue l'éclat de chocolat qui se trouvait à la commissure de ses lèvres.

— Délicieux, murmura-t-il.

Non. Elle ne risquait pas de regretter quoi que ce soit.

11

Damien fit courir le bout de sa langue le long des lèvres de Mandy et ferma les yeux.

Incroyable. C'était le terme qui résumait le mieux ce qu'elle lui inspirait et ce qui se passait entre eux.

Mandy avait sur lui autant d'effet qu'une boîte de chocolats sur une femme enceinte. Elle lui mettait l'eau à la bouche, il était incapable de lui résister et comptait la dévorer tout entière.

Il avait beau se sentir comblé, il ne pouvait se résoudre à la renvoyer dans sa chambre pour se remettre au travail. Il se contrefichait des logiciels qui ne fonctionnaient pas, des exigences des clients ou de la formation qu'il devait planifier pour le mois de juin.

Une seule pensée occupait son esprit : Mandy ne portait rien sous sa robe légère.

Et la façon dont elle le traitait était tellement nouvelle et stimulante qu'il ne voulait pas que la nuit s'achève. Mandy s'asseyait près de lui, bavardait avec lui, se montrait confiante et franche, et d'une honnêteté à toute épreuve. Et pourtant, elle n'attendait rien de lui.

Elle ne lui demandait pas de sauter à travers des cerceaux en flammes, n'exigeait ni promesses, ni cadeaux dispendieux, ni serments d'amour échevelés.

Ils se comportaient quasiment en amis.

À une énorme différence près.

Damien glissa la langue entre les lèvres de Mandy, lui arrachant un délicieux soupir de plaisir. Il aurait aimé capturer ce son, le garder, le retenir afin d'y repenser plus tard, quand le monde aurait recommencé à tourner normalement, qu'il serait seul dans son appartement avec sa télécommande et ses idées noires.

Il sentit ses ongles s'enfoncer dans son cuir chevelu quand elle l'attira contre elle, et l'intensité du baiser qu'ils échangèrent fit grimper son désir d'un cran. Il s'écarta pour se lever, et l'entraîner vers le huis clos de la chambre. Il était impatient de lui ôter sa robe et de recommencer à explorer son corps. Cette fois, il en établirait la carte détaillée.

Mais Mandy ne voyait pas les choses ainsi. Elle avait entrepris de défaire le bouton de son pantalon tout en lui mordillant l'épaule.

C'était un vrai délice.

Mais il voulait prendre son temps. Découvrir chaque centimètre carré de son corps. L'aimer tendrement afin de lui montrer qu'il l'appréciait et la respectait. Il s'empara de ses mains.

Elle se dégagea.

— Si tu veux m'empêcher de faire ce dont j'ai envie, il faudra m'attacher.

Eh bien ! Elle avait le don d'éveiller ses fantasmes ! Il aurait dû avoir honte de s'imaginer en train d'entraver les poignets d'une femme enceinte sans défense à seule fin de la lécher consciencieusement.

— Je veux déboutonner ton pantalon. Tout de suite.

Elle joignit le geste à la parole avec tant d'énergie qu'elle faillit arracher le bouton en question.

Oh, oh. Elle n'était peut-être pas aussi vulnérable qu'il croyait. Il tendit les mains, paumes en avant, en un geste de reddition. Pourvu qu'elle soit moins brutale quand elle s'attaquerait à la fermeture Éclair…

— C'est bon, je me rends.

Il aimait qu'une femme sache ce qu'elle désirait, surtout lorsque l'objet de ses désirs était lui-même.

— Mais tu ne crois pas que nous devrions regagner la chambre avant de devenir l'attraction locale ? hasarda-t-il.

Mandy s'était mise en devoir de lui embrasser le torse tout en s'appliquant à ouvrir sa braguette, aussi en conclut-il qu'elle ne se souciait pas outre mesure d'être surprise. N'empêche ! Ce qu'il ressentait, et ce qu'ils partageaient, n'en relevait pas moins de la sphère privée.

Il avait des difficultés à penser, à respirer, à lui résister. Dans moins d'une seconde, elle allait poser la main sur…

Damien laissa échapper un grognement. Elle l'avait fait. Il sentit son membre palpiter et durcir dans sa paume. Mandy l'enserra légèrement, histoire de l'encourager, et il tendit la main à l'aveuglette pour s'accrocher à la chaise ou à elle, à n'importe quoi qui lui évite de s'effondrer sur elle en la suppliant.

— Je crois qu'on ferait mieux de rentrer, murmura-t-elle en le lâchant si brusquement qu'il faillit tomber à la renverse par-dessus la balustrade du balcon.

Il en aurait gémi de frustration. Mais il n'avait pas encore recouvré son équilibre qu'elle franchissait la porte, les mains tordues derrière le dos comme si quelque chose la grattait à un endroit difficile à atteindre. Damien lui emboîta le pas. Son pantalon défait glissa sur ses hanches, mais il ne s'en soucia guère, tout occupé qu'il était à vouloir soulager la démangeaison de Mandy. Avec la langue.

Mais elle avait de nouveau les bras le long du corps, et il réalisa qu'elle venait simplement de descendre la fermeture Éclair de sa robe. Celle-ci tomba sur le sol dans un doux bruissement, et Mandy lui lança un regard par-dessus son épaule nue.

Sa vision se troubla, et il eut l'impression que sa langue triplait de volume dans sa bouche. Sa grand-mère avait raison. Elle lui avait toujours dit qu'il deviendrait aveugle s'il regardait une femme nue. À douze ans, ça le faisait pouffer de rire, car il était persuadé qu'elle cherchait à le détourner des filles. Mais il était à présent obligé de reconsidérer sa position. Mandy était si belle qu'il courait effectivement le risque de perdre la vue s'il la regardait trop longtemps.

— Merci, mon Dieu, coassa-t-il, la gorge nouée.

Elle se retourna complètement et le gratifia d'un sourire coquin en tendant la main vers son entrejambe.

— Tu récites tes prières ?

— Je crois bien, oui.

Elle avait pivoté trop vite pour lui permettre de jouir pleinement de sa nudité, mais ce désagrément fut largement compensé par le contact de son corps contre le sien.

Il frissonna et glissa les mains sous ses seins pour en tester la plénitude avant d'en effleurer les pointes. Sa chair était brûlante, et son odeur – un mélange de chocolat, de désir et de crème solaire à la noix de coco – à faire tourner la tête.

— Oh, mon ange, souffla-t-il avant de laisser échapper un soupir de satisfaction.

Il déposa un baiser au creux de son épaule tandis qu'elle faisait glisser son pantalon sur ses cuisses.

— Tu n'imagines pas à quel point ça me fait du bien.

— Raconte-moi, fit-elle en introduisant la main dans son caleçon.

Il cessa de respirer comme sa main s'enroulait autour de son sexe.

— C'est tellement bon que si ça devenait meilleur, tu risquerais de le sentir au creux de ta main.

— Oh !

Ladite main sursauta sur son sexe, et quand elle leva les yeux vers lui, ses joues avaient rosi.

— C'était trop cru ? Je suis désolé, vraiment désolé.

« Continue, je t'en supplie, ne t'arrête pas. »

Elle le tenait mollement, l'air absent.

La frustration, mais également la perspective d'apprendre sous peu tout ce que Mandy aimait, lui fit serrer les dents. Il avait hâte de découvrir les multiples façons d'accroître son désir, de caresser et d'embrasser ses points sensibles jusqu'à lui faire perdre la tête, jusqu'à ce qu'elle hurle son nom.

Mais d'abord, c'était elle qui *le* ferait hurler. Ses doigts déliés l'effleurèrent de nouveau, légers comme une plume.

— Hmm ? fit-elle.

— Je n'avais pas l'intention de te choquer.

Bon sang ! Si elle ne s'activait pas un peu ou si elle persistait à le frôler ainsi, il allait plaquer sa main sur la sienne pour l'obliger à se mettre en mouvement, perdre tout contrôle et se laisser emporter par le flot de ses émotions et de ses besoins.

— Tu ne m'as pas choquée, Damien, répondit-elle en se passant la langue sur la lèvre inférieure. J'étais gênée parce que j'ai soudain été submergée par l'envie de t'étendre sur le lit, de te grimper dessus et de te… euh… enfin tu sais…

Sa voix n'était plus qu'un chuchotement.

— …de te *chevaucher*.

Youpi ! La main de Damien jaillit, agrippa les siennes, les pressa contre son érection et leur imprima un léger mouvement de va-et-vient pour soulager sa souffrance.

— Fais-le.

— Mais après, je me suis souvenue que ce n'était pas le genre de truc que je fais volontiers. J'ai toujours l'impression d'être une espèce de funambule sur le point de se casser la figure. Je me demande si c'est normal d'avoir de telles pensées… C'est tellement choquant.

Ce qui était choquant, c'était qu'elle puisse formuler des phrases complètes dans un moment pareil. En ce qui le concernait, il n'était même pas certain d'être capable de réciter correctement l'alphabet.

— Fais-le, répéta-t-il, grommelant presque.

Leurs mains s'activaient en duo à présent, et il ne savait pas trop qui était à l'origine du mouvement, détail qui, au fond, n'avait aucune importance.

Mandy hocha la tête.

— C'est la conclusion à laquelle j'étais parvenue. Ces vacances sont censées nous libérer, nous permettre de nous laisser guider par notre instinct et nos sensations. De nous faire du bien. Et tu me fais tellement de bien que j'ai envie de te sentir sous moi.

Faisant appel à la volonté acquise au cours de ces trois dernières années, Damien repoussa les mains de Mandy. Il se débarrassa de son caleçon et de son pantalon d'un seul mouvement, puis se dirigea vers le lit pour attraper les préservatifs qu'il avait laissés sur la table de chevet.

Mandy n'attendit pas qu'il s'allonge pour se lancer à l'assaut. Ses mains étaient partout à la fois, ses lèvres couraient frénétiquement sur son corps, ses jambes s'entortillaient autour des siennes si bien qu'il perdit l'équilibre et se retrouva à plat dos sur le lit. Il n'était pas mécontent de constater qu'il n'était pas le seul à avoir perdu totalement le contrôle de la situation.

Il ne pensait à rien, n'était même pas tout à fait sûr d'être conscient tant il craignait que tout cela ne soit qu'un rêve, et dans le même temps, la certitude que cela était en train de se passer, existait réellement, s'ancrait en lui. C'était fabuleux, l'expérience la plus incroyable de sa vie.

Il la saisit par la taille pour éviter qu'elle ne tombe sur lui, et leva les yeux vers elle. Il était en train de déterminer s'il allait d'abord s'emparer de sa bouche ou de ses seins, quand Mandy s'empala sur son sexe sans hésiter.

Elle n'était pas du genre à tergiverser.

Il avait toujours su que c'était une fille efficace.

C'était peut-être hormonal. Oui, ça devait être ça. Mandy frémit, et Damien n'osa plus bouger, paralysé par l'agressivité de son comportement, éberlué de constater l'intensité de son désir, subjugué de la sentir si brûlante autour de son sexe érigé.

Jamais elle ne s'était autorisée à laisser parler son corps aussi librement. Jamais elle ne s'était soumise aussi totalement à ses pulsions. C'était une expérience entièrement nouvelle.

Damien leva les hanches pour la pénétrer jusqu'à la garde, et elle s'agrippa aux draps du lit. Quand elle baissa les yeux sur lui, le mélange d'extase et de vulnérabilité qu'elle lut dans son regard lui tira un gémissement.

Ce n'était pas hormonal, c'était Damien qui la mettait dans cet état. Sa façon de la regarder, de la désirer, d'avoir *besoin* d'elle la poussait à écarter les cuisses plus largement encore afin de l'absorber plus profondément en elle.

D'ordinaire, elle n'aimait pas être au-dessus. Les cours de danse classique que sa mère l'avait forcée à suivre ne lui avaient pas permis d'acquérir la coordination nécessaire pour se mouvoir de haut en bas sur le sexe d'un homme tout en demeurant sexy. Elle se faisait plutôt l'effet d'une fille en pleine crise d'épilepsie.

Mais Damien allait devoir supporter ce spectacle.

Elle se pencha en avant pour l'embrasser et inspira à fond.

L'air amusé, il lui empoigna les hanches.

— Fais-moi ton numéro, belle écuyère.

Elle ne demandait que ça.

— Tu l'auras voulu.

Elle se retira de façon à ne garder en elle que l'extrémité de sa verge. Damien plissa les yeux et s'humecta les lèvres.

— Non seulement je le veux, mais je suis même prêt à te supplier s'il le faut.

Elle s'empala lentement sur lui, et ils gémirent à l'unisson.

— Ce ne sera pas nécessaire, haleta-t-elle.

— Heureusement ! J'ai pratiquement perdu l'usage de la parole.

Il ferma les yeux tandis que ses doigts s'enfonçaient dans sa chair.

Elle adorait qu'il la tienne de cette façon-là. Elle se concentrait de toutes ses forces pour ne pas gémir, s'appliquant à aller et venir en rythme jusqu'à ce que des décharges de pur plaisir fusent dans son corps entier.

— Oh, oui, c'est bon, continue comme ça, ma belle, chuchota-t-il en ouvrant soudain les yeux, les narines palpitantes.

Elle avait trouvé le rythme idéal, l'angle parfait et surtout, surtout, le partenaire dont elle avait toujours rêvé.

Cette pensée, la totale surprise qu'elle provoqua, la firent s'arrêter abruptement, les yeux écarquillés. Damien glissa la main entre eux et caressa son clitoris du pouce.

— Damien !

Le plaisir explosa en elle, fulgurant, véritable tempête des sens, et ses muscles se contractèrent spasmodiquement autour du sexe enfoui en elle.

Elle gémit tout son soûl, desserra les poings et écarta les cheveux de son visage.

Alors qu'elle s'apprêtait à glisser sur le côté, et à s'effondrer sur le lit, tremblante de gratitude, Damien appuya fortement sur ses hanches pour la maintenir en place.

— Accorde-moi deux minutes, dit-il en amorçant un vigoureux mouvement de va-et-vient.

— Ce n'est pas ce que tu m'as déjà dit la dernière fois ? haleta-t-elle, sceptique.

— Cette fois, je te jure que c'est vrai.

Il tint effectivement parole. Après avoir soulevé une ou deux fois les hanches, il serra les lèvres, s'immobilisa et entra en éruption.

— Seigneur... souffla-t-elle.

Il gémit, puis laissa aller sa tête en arrière.

Les jambes flageolantes, Mandy perdit l'équilibre et bascula sur son torse. Sa mère avait vraiment gaspillé de l'argent en lui payant ces cours de danse !

Damien la rattrapa avant que son nez heurte le sien.

— Doucement, ma belle ! Le gâteau qui est en train de cuire là-dedans est précieux, dit-il en désignant son ventre. Tu dois faire attention.

Il se dégagea avec précaution, l'installa sur son torse, puis lui caressa doucement la colonne vertébrale. C'est alors que Mandy fut submergée par une stupide envie de pleurer. C'était tellement bien, et en même temps tellement déplacé. Damien était son patron. Ce qu'ils vivaient là n'était rien de plus qu'une brève aventure, et pourtant il se souciait plus du bébé qu'elle portait que son père génétique.

Comme elle se pelotonnait contre lui, il déposa un baiser au sommet de son crâne et elle se mit à pleurer. Son enfant n'aurait jamais de père, et quand ils seraient de retour à New York, la merveilleuse intimité qu'elle partageait avec Damien disparaîtrait.

Gênée, elle tourna la tête, et tenta de refouler ses sanglots, forçant ses épaules à demeurer immobiles pour qu'il ne s'aperçoive de rien.

Peine perdue.

— Tu pleures ? demanda-t-il d'un ton horrifié.

— Ce n'est pas grave. Simple réaction hormonale.

Il émit de petits bruits apaisants et l'embrassa à nouveau, mais Mandy sentit son corps se tendre contre le sien.

— Tu veux un chocolat ?

Perplexe, elle éclata de rire et releva la tête pour lui sourire à travers ses larmes.

— Non, merci. Ça va, je t'assure, mais tu peux te vanter d'avoir réussi à me faire rire.

Il scruta son visage, et coinça une mèche de cheveux derrière son oreille.

— Pas de regrets, j'espère ?

— Non. Aucun.

Sans réfléchir, elle fit courir ses doigts sur ses lèvres et il les embrassa.

— L'une de mes colocataires a invité un diseur de bonne aventure, il y a quelques mois. J'étais peut-être déjà enceinte à l'époque, mais je n'en savais rien. Ce type m'a dit qu'il voyait des pâtisseries dans mon avenir. Des choses sucrées et collantes.

Damien haussa les sourcils.

— Sur le moment, j'ai trouvé ça ridicule, puis je suis tombée enceinte, et en t'entendant faire allusion au bébé en disant que j'ai un gâteau dans le four, je me suis dit que c'était peut-être ainsi que les choses étaient censées se passer.

Elle s'écarta légèrement de lui et caressa la courbe de son ventre.

— J'étais peut-être destinée à avoir un bébé de cette façon-là, et ce n'est donc pas un accident. Il était peut-être écrit quelque part que je vendrais mon magasin et que je travaillerais pour toi.

Quels que soient ses sentiments pour Ben, elle ne regrettait pas de l'avoir fréquenté, puisque le résultat était cet enfant. Un enfant qu'elle désirait plus que tout au monde.

Et elle ne regretterait pas non plus cette nuit avec Damien.

La lampe de chevet laissait son visage dans l'ombre.

— Je ne suis pas certain de croire au destin, Mandy. Tout ce que je sais, c'est que je suis sacrément heureux que tu sois ici avec moi.

— Moi aussi, Damien.

Elle laissa aller sa tête contre lui, et devina, à sa respiration régulière, qu'il se détendait.

Son cerveau se vida progressivement de toute pensée.

Ils demeurèrent allongés, physiquement comblés, jusqu'à ce que ses paupières s'alourdissent.

— Je crois que je ferais mieux de retourner dans ma chambre, suggéra-t-elle,

Elle ne voulait pas s'imposer et lui offrait ainsi l'occasion de dormir seul s'il préférait.

— Reste, dit-il en basculant sur le flanc pour qu'elle repose complètement sur le lit. Dors avec moi, Mandy.

— D'accord.

Elle tourna la tête, glissa les mains sous sa joue, et s'endormit aussitôt.

12

Damien observa le plafond. Un insecte voletait frénétiquement autour de l'ampoule allumée du ventilateur.

Jusqu'à présent, il ne s'était pas attardé sur le bébé de Mandy.

Il avait bien senti ce spasme étrange dans son ventre quand il avait posé la main dessus, et il appréciait l'opulence et la fermeté de sa poitrine, mais il ne l'avait jamais vue avant sa grossesse aussi les modifications de son corps ne signifiaient-elles rien pour lui.

Il avait lu l'inquiétude sur son visage, vu à quel point la proposition de Ben de lui offrir de l'argent pour ne plus jamais entendre parler d'elle l'avait blessée. Il l'avait écoutée lui faire part de ses craintes, de son besoin de s'assumer financièrement, de son désir d'être une bonne mère.

Mais il n'avait pas vraiment pensé à tout cela. D'ici quelques mois, Mandy donnerait l'impression d'avoir avalé un ballon de basket... Après quoi, elle se promènerait avec l'un de ces harnais qu'utilisent les femmes pour transporter leurs bébés, et son univers entier serait centré sur cet enfant.

Il savait tout cela, mais n'en avait pas réellement pris conscience. Quand elle avait failli s'écrouler sur lui, un instinct qu'il ignorait posséder s'était manifesté, et il s'était souvenu qu'elle portait un précieux fardeau.

Mandy dormait profondément à son côté, les chevilles croisées et les jambes allongées. Il sentait son souffle régulier contre son bras. Il comprenait ses craintes. Soudain, il fut lui-même terrifié.

Qu'est-ce qui lui avait pris ? Qu'est-ce qu'il avait fait ? Il venait de coucher avec une femme enceinte ! Une *future mère.*

Jolie façon de se simplifier l'existence.

Il aurait pu faire appel à une vague connaissance susceptible de passer une nuit sans lendemain avec lui. Mais non. Après trois années d'abstinence, il n'avait rien trouvé de mieux que de coucher avec une femme enceinte d'un autre. Comment disait-on « âne bâté » en espagnol, déjà ?

Il changea de position et croisa les mains derrière sa tête. Il aurait pu avoir une aventure avec une femme indépendante, en qui il aurait pu avoir confiance. Il avait reçu quelques propositions de ce genre au cours des deux dernières années, mais les avait repoussées.

Ce n'était pas ce qu'il cherchait.

Il cherchait quelqu'un avec qui parler, quelqu'un qui comprendrait pourquoi il avait besoin d'agir ainsi, quelqu'un à serrer dans ses bras. Quelqu'un qui le ferait rire tout en sachant qu'ils ne pouvaient envisager une relation suivie.

Une femme qu'il trouverait séduisante.

C'était pour toutes ces raisons qu'il avait couché avec Mandy.

Et qu'il recommencerait.

Son bébé faisait partie du lot, partie de ce qui l'avait attiré en elle. Il existait déjà au fond de ses beaux yeux bruns.

Damien s'assit et tambourina sur son genou. Il n'avait pas sommeil. Il ne dormait généralement que quatre heures par nuit et, une fois par mois, sombrait dans un sommeil comateux vingt-quatre heures d'affilée, soit tout un dimanche. La première fois que ça lui était arrivé, il avait eu peur au réveil. Et puis, il s'était rendu compte que ce rythme lui convenait. Il ne dormait pas bien pendant la semaine, son esprit était trop occupé.

Il avait donc pris l'habitude de se coucher quand il ne parvenait plus à garder les yeux ouverts, et rattrapait son retard de sommeil une fois par mois. C'était un progrès par rapport à l'époque où il ne dormait pas du tout à cause de ses cauchemars, de son sentiment de culpabilité, de cette impression qui le taraudait d'avoir lamentablement échoué.

Au cours des semaines qui avaient suivi la découverte du corps de Jessica, violée et étranglée dans une ruelle, il ne pouvait fermer les yeux sans visualiser son agonie. Il se la représentait telle qu'elle était quand elle était encore de ce monde, confiante et pleine de vie... ou bien étendue sur une table, à la morgue. La police avait fini par le considérer comme le principal suspect. On l'avait cru capable de faire une chose pareille à sa propre femme. La douleur qui l'avait rongé l'avait rendu insomniaque, l'avait amené au bord de la folie.

Il allait mieux à présent.

Mais il n'était plus comme avant. Et ne le serait plus jamais.

Il quitta le lit et baissa les yeux sur Mandy qui soupirait dans son sommeil. Elle se tourna de côté.

Il ne pouvait se permettre d'avoir une relation avec Mandy, mais il était vraiment heureux d'avoir partagé ce moment avec elle. Avec son petit sourire malicieux, elle avait réussi à exhumer une partie de lui profondément enfouie, et l'avait amené sur le chemin de la guérison.

Il ramassa son caleçon, l'enfila, et fit la grimace en sentant le carrelage humide lui coller aux pieds. Il sortit un Coca du minibar, le décapsula et en but une gorgée avant de se laisser tomber sur une chaise devant la table ronde où étaient disposés ses dossiers, ses notes et son ordinateur.

Il aurait pu travailler.

Mais au bout de cinq minutes, il fut obligé d'admettre qu'il était incapable de se concentrer. Il se leva, étira les jambes et se demanda pourquoi les relations sexuelles faisaient travailler des muscles qu'on ne sollicitait jamais dans une salle de gym. Il alla ramasser la robe de Mandy, la plia et la posa sur le dossier de la chaise. Il jeta sa culotte déchirée à la poubelle, et caressa l'idée saugrenue de lui en offrir une autre… Transparente, taille basse, rose vif.

Il n'aimait pas particulièrement le rose, mais l'idée du mont de Vénus de Mandy recouvert de voile rose provoqua un début d'érection.

— Couché ! dit-il à son sexe.

Il s'empara du sac de plage de Mandy pour le poser sur la table et s'étonna de son poids.

— Qu'est-ce qu'elle transporte, là-dedans ? Des briques ?

Il jeta un coup d'œil à l'intérieur. Crème solaire, lunettes de soleil, portefeuille… et un très gros livre. Un vrai pavé.

Tout sur la grossesse. Il s'en saisit. Une femme souriait sur la couverture, ce qui semblait incompréhensible vu l'affreuse robe à fleurs dont elle était affublée.

Il le feuilleta, puis décida de lire le chapitre consacré au quatrième mois, estimant que Mandy devait en être à peu près là. Il s'assit, posa les pieds sur la chaise qui se trouvait en face de lui et examina le dessin figurant une femme parvenue à la seizième semaine de gestation.

— Impressionnant…

Une créature étrange suçait son pouce à l'intérieur du ventre de la femme.

Troubles fréquemment observés… fatigue, constipation, seins douloureux, saignements de nez, sautes d'humeur, crises de larmes. Il confirmait ce dernier point.

Il y avait ensuite des conseils concernant les exercices de gymnastique, le régime et les examens médicaux à pratiquer… *Mesure du fond de l'utérus ?* Qu'est-ce que c'était que ce truc ? Gagné par une soudaine nervosité, il consulta l'index pour aller directement à la rubrique consacrée aux rapports sexuels.

Il se reporta à la page cent douze, et se rendit bientôt compte qu'il aurait mieux fait de lire ça *avant* de coucher avec Mandy. Après avoir lu deux paragraphes, il commença à s'agiter sur sa chaise. La lecture de termes aussi peu engageants que *engorgement des organes génitaux*, *écoulement de colostrum* ou *saignements du col de l'utérus* le mettait franchement mal à l'aise.

Si cela se produit, il est préférable d'éviter la pénétration profonde. Damien se mit à transpirer. Il l'avait pénétrée profondément, de cela, il était absolument certain. *La crainte que le bébé soit en train de vous « regarder » est normale, quoique totalement dénuée de fondement, de même que celle de lui faire mal.*

Bon sang, il n'avait jamais songé à cela ! Il jeta un coup d'œil à Mandy, entièrement nue. Il avait lu que le bébé avait déjà des yeux, et la vision épouvantablement précise et réaliste d'un fœtus se recroquevillant sous les coups de boutoir de Damien le Butor lui traversa l'esprit.

Il avala une gorgée de Coca et tourna la page.

L'air insufflé dans le vagin au cours des rapports buccaux peut provoquer une embolie entraînant la mort de la mère et du fœtus. La pratique du cunnilingus ne comporte cependant aucun risque si l'on prend soin de ne pas faire pénétrer d'air dans le vagin.

Damien relut ce passage deux fois pour s'assurer qu'il en avait vraiment compris la signification. Qu'entendait-on par insuffler de l'air dans le vagin ? Il avait introduit sa langue en elle, profondément. De l'air avait pu pénétrer en même temps, mais ce n'était pas comme s'il avait plaqué les lèvres contre son orifice vaginal pour souffler dedans. Qu'est-ce que c'était que cette histoire ? Il y perdait son latin.

— J'aurais pu la tuer !

Il se frotta le front, referma le livre, le retourna et le rouvrit à la première page. Autant commencer par le commencement.

Quand Mandy se réveilla, la main de Damien reposait sur sa hanche. Quelle merveilleuse façon de commencer la journée !

Si elle avait pu oublier qu'elle avait envie d'aller aux toilettes.

Elle roula sur le dos en soupirant. Elle avait l'intention de se lever discrètement pour remédier à ce petit inconvénient, mais tressaillit en constatant que Damien était parfaitement réveillé. Et qu'il la contemplait.

— Bonjour, dit-elle avec un sourire en laissant courir ses doigts sur son torse nu.

— Salut.

Il l'embrassa tendrement. Sur le front.

Mandy s'humecta les lèvres, puis se pencha vers lui, mais il ne fit pas mine de la toucher. L'initiative de se dire convenablement bonjour lui revenait, décréta-t-elle. Elle n'avait pas envie de ressentir la moindre gêne à cause de la nuit précédente, et ne souhaitait pas que les choses se terminent trop abruptement. Ils disposaient d'un jour et demi avant de retourner à New York et elle avait l'intention d'en faire bon usage.

Damien se raidit en sentant ses doigts descendre vers son ventre, lui effleurant la peau avec la délicatesse d'une plume. Elle n'avait rien contre une certaine raideur... Elle fut déçue de constater qu'il portait un caleçon, mais ne se découragea pas pour autant. Cependant, comme elle levait les yeux vers lui, elle découvrit qu'il dardait toujours sur elle ce regard étrange, déférent presque, en tout cas fort déstabilisant parce que dénué de toute connotation sexuelle.

— Qu'est-ce qu'il y a ? risqua-t-elle en se tortillant.

— Hmm ?

Il posa la main sur sa hanche, mais à peine, comme s'il craignait de lui faire mal.

— Pourquoi me regardes-tu comme si j'étais la Sainte Vierge en personne ?

L'intensité de ce regard bleu qui la scrutait dans l'attente de quelque chose dont elle ignorait tout la terrifiait.

— Je te trouve très belle, c'est tout.

Sa main glissa vers son ventre pour le caresser doucement.

— Je n'arrive pas à croire que ce bébé mesure dix centimètres. Ça semble à la fois minuscule et gigantesque quand on pense qu'il est en train de se développer à l'intérieur de toi.

La main de Mandy qui s'était aventurée vers son caleçon retomba brutalement. Les pensées de Damien n'avaient rien de sexuel. Elles étaient orientées vers son *bébé*. Dieu du ciel.

— Dix centimètres ? répéta-t-elle, histoire de dire quelque chose.

Pas une seconde elle n'avait envisagé d'avoir une telle conversation avec Damien.

— Je sais. C'est incroyable.

Il secoua la tête.

— Il a des yeux, il peut sucer son pouce, et ses organes génitaux sont complètement formés. C'est déjà un petit être humain.

Il lui caressa le ventre.

— Juste là. Étonnant, non ?

Se serait-il cogné la tête en glissant dans la douche ? En tout état de cause, il s'était passé quelque chose pendant qu'elle dormait. Quelque chose qui lui avait fait perdre l'esprit. Il ne devrait pas la regarder de cette façon. Ne le pouvait pas. Leur relation n'était pas censée prendre cette tournure.

— Comment sais-tu tout cela ?

D'où tirait-il ces subites connaissances sur le développement fœtal ? La veille encore, il semblait totalement ignorant en ce domaine.

— J'ai lu le livre qui était dans ton sac de plage. C'est très instructif.

— Tu as lu *Tout sur la grossesse* ? s'exclama-t-elle, choquée à l'idée que Damien Sharpton, l'homme d'affaires, le bourreau de travail, ait pu se plonger dans le chapitre sur les douleurs de l'enfantement. Quand ?

— Pendant que tu dormais, répondit-il, avant d'ajouter en fronçant les sourcils : Dis-moi, est-ce que tu crois que je t'ai insufflé de l'air dans le vagin ?

— *Pardon ?*

Mandy sentit son visage devenir exsangue.

— Qu'est-ce que tu racontes ?

— Le livre explique qu'on peut provoquer une embolie si on insuffle de l'air dans le vagin. C'est très dangereux. Je ne pense pas l'avoir fait, mais je voulais avoir ton avis. Tu as eu l'impression de sentir de l'air entrer en toi ?

Mandy battit des paupières. Personne n'avait jamais parlé de son vagin de façon aussi cavalière en sa présence, et cela ne lui plaisait pas du tout. Elle avait la désagréable impression d'être non pas dans un lit avec son amant, mais allongée dans le cabinet de son gynécologue, les pieds dans les étriers.

— J'avais oublié d'enclencher ma jauge de pression atmosphérique vaginale, répondit-elle d'un ton sec. Et j'avoue que j'étais plutôt concentrée sur des sensations agréables que sur des problèmes de physique.

Damien afficha une expression blessée.

— Je ne savais pas… Je suis désolé, Mandy. Je ne voulais pas vous faire du mal, au bébé ou à toi.

Il se remit à lui caresser le ventre, et Mandy s'en voulut de lui avoir répondu aussi sèchement.

— Je sais. C'est évident que tu ne veux pas me faire de mal. Mais je ne m'attendais pas à une question pareille, d'autant que je n'ai pas lu le chapitre auquel tu fais allusion, et que j'ignore de quoi tu parles.

C'était assez perturbant de se rendre compte qu'elle faisait des choix pour son enfant et elle sans même connaître les faits. Qu'est-ce qui clochait chez elle ? Pour qui se prenait-elle en croyant qu'elle était capable d'élever un enfant sans que cela tourne au désastre ?

— Je suis sûr que tout va bien. Mais il vaut mieux éviter les rapports buccaux. Et tu pourras en parler à ton médecin lors de la prochaine visite prénatale. Oh, il faut aussi éviter la pénétration profonde et ne pas prolonger les rapports quand tu es sur le dos.

Il hocha la tête comme si tout cela était très logique à ses yeux, et que cette conversation avec son assistante était parfaitement naturelle.

— Il faut que j'aille aux toilettes.

Elle posa la main sur son torse pour le repousser. Ses perspectives de tendres ébats matinaux s'étaient envolées, mises en orbite par les frayeurs a posteriori de Damien.

— Je suis mort de faim, déclara-t-il, visiblement inconscient de sa frustration. On se prend un petit-déjeuner ? Après, je travaillerai une heure ou deux.

— Entendu. Je prendrai ma douche pendant que tu travailles.

« Et je lirai *Tout sur la grossesse* de bout en bout », ajouta-t-elle en silence.

Elle ne voulait pas commettre d'autres erreurs. Elle ne voulait pas que Damien, qui n'était même pas le père de son enfant, sache mieux qu'elle ce qui se passait à l'intérieur de son corps.

Et surtout, elle voulait savoir pourquoi, en plus de tous les sacrifices qu'elle était contrainte de faire, elle devrait limiter ses pratiques sexuelles à un nombre restreint de positions.

13

Douchée, vêtue d'un adorable Bikini, et ses connaissances en matière de développement fœtal entièrement mises à jour, Mandy alla retrouver Damien à l'heure du déjeuner.

Il l'avait affolée à plus d'un titre. Non seulement ses craintes quant à sa capacité à être mère s'étaient réveillées, mais elle s'était sentie coupable d'ignorer le contenu d'un guide qu'elle aurait dû lire depuis plus de deux mois, et s'était inquiétée sur les conséquences de son comportement sexuel.

Quel genre de mère était-elle donc ? N'aurait-elle pas dû tricoter des chaussons, au lieu de coucher avec son patron ?

Se déshabiller devant Damien était cependant bien plus agréable que de confectionner de la layette.

Comme pour ajouter à sa confusion, Damien Sharpton manifestait de l'intérêt pour l'enfant qu'elle portait. Il avait englouti toutes les informations à sa disposition, et semblait déterminé à appliquer les recommandations du guide à la lettre.

Quand elle était allée prendre sa douche, il lui avait rappelé de veiller à ce que la température de l'eau n'excède pas trente-sept degrés.

Si cette façon de contrôler la situation lui convenait, Mandy, pour sa part, trouvait cela irritant. Cela partait sans doute d'un bon sentiment, mais les inquiétudes de

Damien à son sujet, ajoutées aux révélations qu'il lui avait faites la veille, la déstabilisaient d'une manière qui ne lui plaisait pas.

Il fallait que les choses restent simples. Qu'elles demeurent dans le cadre strict de relations purement sexuelles.

L'amitié qui s'était fait jour entre eux au cours de ce voyage compliquait les choses. Il avait levé le voile sur des pans de sa personnalité qu'il s'appliquait à dissimuler aux yeux de tous. Elle avait découvert son humour, sa tendresse, ses soucis. Sa solitude.

En sa compagnie, elle s'était sentie détendue, désirable, à la hauteur. Il ne doutait pas un instant qu'elle fût capable d'élever correctement son enfant. Il ne considérait pas sa vie comme une longue suite de choix par défaut. Il l'appréciait, la respectait, lui faisait confiance, et tout cela était extrêmement agréable.

Mais voilà qu'il voulait s'occuper de son bébé.

Ce n'était pas possible. Elle ne devait surtout pas prendre l'habitude de s'en remettre à lui, s'accoutumer à ce qu'il fasse partie de sa vie. Il avait dit qu'il ne souhaitait pas de relation suivie, et elle le croyait. Il n'était pas encore remis de la mort de sa femme, et n'était pas libre de donner son cœur, quand bien même elle aurait eu des vues sur lui. Ce qui n'était pas le cas.

N'est-ce pas ?

Mandy s'immobilisa dans le couloir qui menait à la chambre de Damien, stupéfaite d'abriter de telles pensées.

Non, bien sûr que ce n'était pas le cas. L'humiliation et la blessure causées par le rejet de Ben avaient laissé des traces. Elle devait impérativement se concentrer sur son travail et sur son bébé, et n'était pas en mesure d'entamer une relation sentimentale. En outre, elle ne voulait pas que son enfant s'attache à un homme qui ne serait pas son père et qui risquait de disparaître de leur vie à tout moment. Expliquer à son enfant que son père biologique ne s'intéressait ni à lui ni à elle serait assez difficile comme cela. Elle ne pouvait pas lui faire courir le risque d'être rejeté une deuxième fois.

Pour toutes ces raisons, ce qu'elle vivait avec Damien devait rester une aventure sexuelle et rien de plus.

Ç'avait été fabuleux entre eux, pourquoi ne pas s'en contenter ?

Elle frappa résolument à la porte.

— Entrez, fit la voix de Damien.

Elle ouvrit la porte à la volée, bien décidée à le séduire. Elle avait passé la matinée à lire *Tout sur la grossesse*, et avait découvert qu'une sexualité active n'était en rien contre-indiquée. Au contraire, même ! Les relations sexuelles étaient vivement conseillées, car elles permettaient de se détendre et de réduire le niveau de stress.

Damien était assis et s'efforçait de travailler sur son ordinateur portable malgré la gigantesque corbeille d'osier qui occupait pratiquement toute la table.

— Qu'est-ce que c'est que ça ?

— Je ne sais pas.

Ses doigts restèrent en suspens au-dessus du clavier.

— C'est pour toi. Il était à la réception quand je suis descendu relever les messages et expédier un fax. C'est arrivé de Londres par avion.

Mandy s'approcha et se pencha pour lire la carte. Juste en face de Damien. La manœuvre manquait peut-être de subtilité, mais elle avait moins de deux jours devant elle.

Il émit une petite toux étrange.

Elle aurait bien jeté un coup d'œil pour constater l'effet produit, mais elle venait de découvrir l'identité de l'expéditeur de cette monstrueuse corbeille et éclata de rire.

— Ô mon Dieu ! Ça vient de ma mère !

Elle dénoua le ruban au sommet et écarta l'emballage de cellophane.

— C'est une corbeille de nourriture de chez *Fortnum & Mason*.

Elle souleva le couvercle de la corbeille. Damien recula sa chaise, se leva et contourna la table pour venir regarder par-dessus son épaule.

— Une corbeille de nourriture ?

— Oui.

Elle lui sourit et attrapa un pot de confiture de fraises et un paquet de thé Darjeeling.

— Tu as faim ? s'enquit-elle.

Il y avait des boîtes de biscuits, un assortiment de fromages, des crackers, de la marmelade et du *lemon curd*. L'estomac de Mandy se mit à gargouiller.

— Ma mère a peur que je meure de faim ou que je mange des aliments qui me rendraient malade sous ce climat tropical.

— Ça a dû lui coûter une fortune d'envoyer tout cela de Londres, observa Damien en secouant une boîte de biscuits. Aux pépites de chocolat. Ça ne doit pas être mauvais...

— Ma mère ne recule devant aucune dépense quand elle est persuadée d'avoir raison.

Mais pour la première fois de sa vie, Mandy vit au-delà de ce désir que sa mère avait d'exercer un contrôle strict sur tous les aspects de sa vie.

— Mais tu sais quoi ? Je crois que je la comprends, finalement. Les craintes d'une mère ne sont pas toujours rationnelles, elles sont dictées par l'amour. Je ne m'en étais jamais rendu compte jusqu'à aujourd'hui.

Elle allait se mettre à pleurer si ça continuait. Se transformer en arrosoir hormonal n'était pourtant pas la meilleure tactique pour prouver à Damien que son état ne l'empêchait pas de prendre du bon temps.

Sans s'accorder un temps de réflexion, il l'enveloppa de ses bras et l'attira contre son torse. Mandy émit une sorte de petit reniflement et se laissa aller contre lui avec un soupir.

Le cœur de Damien s'emballa tandis qu'il lui tapotait doucement le dos. Il n'avait pas serré une femme dans ses bras de cette façon-là depuis si longtemps. Il ne se serait jamais cru capable d'apporter du réconfort à quelqu'un. Et Mandy était si différente de Jess. Sa femme utilisait les larmes pour le manipuler, pour lui soutirer des excuses, pour le culpabiliser, pour dissimuler ses propres transgressions.

Ces pensées dépourvues d'aménité, qui l'amenaient à scruter les défauts de Jessica, firent d'ailleurs naître en lui un sentiment de culpabilité. Il n'avait pas su l'aimer quand elle était en vie et ne faisait pas mieux maintenant qu'elle était morte.

Mandy avait levé les yeux vers lui ; il sentait qu'elle l'étudiait avec attention. Mais il regarda par-dessus son épaule quand elle se mit à parler, incapable de supporter la franchise de son regard.

— L'amour, de quelque façon qu'on l'exprime, demeure de l'amour. Nous avons tous des défauts, et notre amour en comporte forcément. Mais ça ne le diminue pas pour autant.

Damien l'étreignit avec force et avala sa salive, incapable de parler. Comment faisait-elle ? Comment se débrouillait-elle pour deviner ses pensées, les anticiper, les réfuter, lui offrir un réconfort qu'il n'était pas certain de mériter ?

L'un des remparts défensifs érigés autour de ses émotions et de son cœur comportait une énorme faille. Une faille à l'endroit où le pied de Mandy l'avait heurté involontairement, démolissant la forteresse dans laquelle il s'était retranché depuis trois ans.

— Je ne suis pas sûr d'être d'accord avec toi, Mandy. Nos imperfections ne nous autorisent pas à dénaturer nos sentiments.

— Tu crois donc à l'amour parfait ?

— Non.

De cela, il était certain. Il n'était d'ailleurs même pas certain que l'amour existât réellement.

— Je crois que l'amour parfait, c'est quand on est inconditionnellement amoureux, sans aucun égoïsme, sans se soucier du profit qu'on peut en tirer.

Il faillit ironiser. Lui dire qu'elle faisait preuve d'une grande naïveté, et que ce n'était pas étonnant qu'on ait abusé d'elle si aisément. Mais il ne put s'y résoudre. Peut-être parce qu'il avait désespérément envie de croire qu'elle avait raison.

— Tu penses vraiment qu'il existe des gens capables d'aimer ainsi ?

— Oui, Damien. Je le pense vraiment.

Elle noua les bras autour de sa taille, ses cheveux caressèrent son menton, et il sut qu'elle était sincère. Qu'elle aimerait son enfant de cette façon-là. Qu'une toute petite partie d'elle-même valait mieux que la totalité de son être à lui.

Il sut qu'il ne méritait pas ce qu'elle avait à lui offrir.

Qu'il ne pourrait pas lui résister.

Qu'il avait envie de croire.

Qu'il ne voulait plus être seul.

Que bien qu'il ait été acquitté du crime de sa femme, il venait de passer trois ans dans une prison qu'il avait lui-même édifiée.

Et que Mandy l'aidait à ouvrir la porte de sa cellule.

Damien n'avait pas deviné qu'elle avait l'intention de faire l'amour. Elle était allongée sur le lit, le contenu de la corbeille étalé autour d'elle, l'estomac bien rempli, mais les signaux qu'elle envoyait n'atteignaient pas leur cible.

Soit il était particulièrement borné, soit il faisait exprès de les ignorer. Le connaissant comme elle le connaissait, il était évident que la seconde option était la bonne. Damien était loin d'être un imbécile.

Excepté le strip-tease, elle avait tout fait pour attirer son attention. Au lieu de lui sauter dessus, il affichait une expression douloureuse. Comme s'il avait souffert d'indigestion.

Il n'avait pas réagi quand elle avait frotté ses seins contre son torse. Il n'avait pas fait un geste quand elle avait détaché ses cheveux en lui décochant un regard langoureux. Il n'avait pas cillé quand elle avait répandu le contenu de la corbeille sur le lit sous prétexte qu'il y avait trop de soleil sur le balcon.

Non, plutôt que de s'installer sur le lit, il avait tiré une chaise et restait assis là, à engloutir des biscuits. Elle ne serait pas surprise qu'il finisse par être vraiment malade. Il en avait vidé une pleine boîte, après avoir fait un sort à un énorme morceau de fromage et descendu un paquet de crackers.

— Ça te dirait de faire du bateau, cet après-midi ? s'enquit-il.

— Avec plaisir.

Une fois qu'on aura fait l'amour.

— Ce sera une première.

Elle laissa à dessein une coulée de marmelade tomber sur sa poitrine. Sa superbe poitrine, à peine contenue par son Bikini. La gelée orange glissa lentement entre ses seins. Damien serra le poing, et le cracker qu'il tenait à la main fut réduit en miettes.

Mais il ne fit rien de plus, pas même quand elle se pencha pour attraper une serviette en papier et entreprit de s'essuyer délicatement, à quelques centimètres de son nez.

— Oups.

Elle lui offrait là une belle occasion de venir à son secours avec sa main ou sa langue, au choix, mais il se contenta de fourrer un bout de fromage dans sa bouche.

Au comble de l'exaspération, elle laissa tomber la serviette alors que son décolleté était encore tout poisseux.

— Damien, je crois que ton savoir nouvellement acquis t'aveugle.

— Que veux-tu dire par là ? demanda-t-il sans cesser de mâcher son morceau de brie.

— Depuis que tu as lu ce livre sur la grossesse, tu vois en moi une sorte de vaisseau destiné à procréer. Tu n'éprouves plus aucune attirance sexuelle.

Le voir bouche bée lui fit très plaisir, mais pas autant que s'il s'était penché pour dénouer son soutien-gorge.

— Tu plaisantes, je suppose ?

Une miette de cracker était restée suspendue au coin de sa bouche, et elle eut envie de la faire disparaître d'un coup de langue.

— La façon dont je me suis exprimée était peut-être un peu exagérée, mais je ne plaisante absolument pas. Je viens de renverser de la marmelade sur mes seins et tu n'as même pas cillé !

— Tu veux dire que tu l'as fait exprès ? dit-il, visiblement choqué.

Youhou, on se réveille ! Évidemment qu'elle l'avait fait exprès.

— Oui, j'essayais de te dévergonder, mais c'est resté sans effet.

Damien se frotta le front, et éclata de rire.

— Tu me tues, Mandy. Tu sais ça ? Je fais des efforts herculéens pour résister à l'envie de te toucher, et tu essaies de me *dévergonder* ? Je me flatte de posséder une certaine maîtrise de soi, mais tu es sur le point d'en venir à bout.

Pourquoi riait-il ? Pourquoi essayait-il de lui résister ? Elle avait dû rater un épisode.

— Pourquoi résistes-tu à l'envie de me toucher ? Je ne veux pas que tu résistes. Je veux que tu me rejoignes sur ce lit et qu'on s'envoie en l'air.

Il cessa brusquement de rire et laissa échapper un grognement étranglé.

— Je ne te plais plus, c'est ça ?

Elle n'avait pas eu l'intention de dire cela, mais c'était sorti tout seul. Elle ne voulait certes pas passer pour une hystérique ou une nymphomane, mais qu'il n'éprouve plus de désir pour elle la déroutait complètement, et la blessait. Il était censé n'adopter cette attitude qu'une fois de retour à New York.

Ici, à Punta Cana, il pouvait désirer et obtenir tout ce qu'il voulait.

Damien s'empara de la serviette qui était sur ses genoux et la lança sur le lit. Il désigna son pantalon.

— Est-ce que ça ressemble à un homme qui ne te désire pas ? J'ai failli me mordre la langue quand j'ai vu la marmelade couler sur tes seins.

La serviette avait dissimulé son érection. Une érection des plus conséquentes. La respiration de Mandy s'accéléra et son corps fut parcouru de picotements.

— Tu veux bien m'expliquer ce qui se passe ? Qu'est-ce qui nous empêche de faire l'amour ?

— J'ai tellement envie de toi, Mandy, que ça me choque moi-même. Je veux dire, tu es enceinte, tu vas être mère, je suis censé te respecter. Mais je n'arrête pas de penser à ton corps pulpeux, à ton parfum, et l'envie de te prendre me met les nerfs à vif. Je suis devenu un vrai porc. Je suis en train de battre le record intergalactique du plus infâme pervers libidineux.

Ouf ! Il la désirait.

— C'est un sentiment très noble, et je suis flattée que tu éprouves le besoin de me respecter, mais il n'y a rien de mal à désirer une femme enceinte.

C'était du moins ce qu'elle espérait, étant donné que ce n'était pas lui qui l'avait mise enceinte.

— Oh, je sais ! Crois-moi, cela ne te rend que plus désirable à mes yeux. Mais il n'empêche pas que tu portes un enfant, et qu'on ne peut pas faire comme s'il n'était pas là.

La mâchoire crispée, le regard brûlant de désir, il serra les poings.

— Je ne me fais pas confiance, avoua-t-il. Si je m'approche de toi, je crains d'être incapable de me retenir de faire des choses que nous ne devrions pas faire.

Il la fixait d'un regard désespéré.

— Je veux te pénétrer à fond, Mandy.

Enfin, il l'avait dit ! Les cuisses en feu, Mandy dénoua le haut de son Bikini et le retira vivement.

14

Pourquoi lui ? Qu'avait-il fait pour mériter l'enfer qu'était devenue sa vie ? Damien poussa un grognement, extase et douleur mêlées, quand Mandy laissa tomber le haut de son Bikini dans la corbeille qui se trouvait au pied du lit.

C'était injuste. Figé sur place, il la regarda passer les doigts sur le restant de marmelade entre ses seins. Le goût en serait sucré, il le savait. Elle serait à la température de son corps, et le goût salé de sa peau se mélangerait à celui du fruit.

— Mandy.

Il la suppliait de comprendre. Il enfonça les ongles dans ses cuisses à travers le tissu de son short, dans l'espoir que la douleur l'empêcherait de lui sauter dessus.

Mandy passa les pouces sur l'extrémité de ses seins, et Damien eut l'impression d'être frappé de paralysie. Incapable de faire le moindre geste. Pétrifié de panique et de désir.

— Damien, j'ai lu le livre ce matin.

Tandis qu'elle parlait, il observait, captivé, ses doigts monter et redescendre entre ses seins.

— Il y est dit qu'en fin de grossesse, de légers saignements peuvent survenir après des relations sexuelles, auquel cas, on peut préférer éviter la pénétration. Autrement, tant que la femme y prend plaisir, c'est absolument sans danger.

Il avait un mal fou à se concentrer sur ses paroles quand ses mains caressaient les globes parfaits de ses seins, et qu'elle inclinait sensuellement la tête de côté.

Bien qu'il eût l'impression que sa langue avait doublé de volume, il parvint à articuler :

— Je crois qu'il faut demeurer prudent.

Il commençait cependant à trouver ses arguments sacrément persuasifs.

Sa respiration produisait des sons qui le ravissaient – de légers halètements entrecoupés de soupirs, lèvres entrouvertes.

— Je suis tout à fait d'accord. C'est pourquoi, si je ne me sens pas à l'aise, je te dirai d'arrêter.

Damien aurait eu tort de s'obstiner.

Convaincu, il saisit le pot de marmelade et se pencha au-dessus du lit. Un genou dans une assiette de crackers, il étala une pleine poignée de gelée orange sur son sein droit et approcha la bouche pour y goûter.

— Oh, Damien, oui ! s'écria-t-elle quand le bout de sa langue entra en contact avec le bout de son sein.

Le goût suave du fruit mêlé à celui de sa peau, auquel s'ajoutait sa voix criant son nom, l'incita à aspirer avidement le petit bourgeon dressé.

Le cri de Mandy se mua progressivement en un gémissement sourd.

Pour un homme qui s'était cru totalement dénué de tout désir sexuel trois mois auparavant, il était dans un remarquable état d'excitation. Il lécha proprement les restes de confiture, puis plongea l'index dans le pot de marmelade.

Elle retint son souffle.

— Qu'est-ce que tu vas faire avec ça ?

Il s'écarta légèrement et fit aller et venir son doigt devant elle pour l'agacer. Il le fit passer devant ses seins, et Mandy laissa échapper un petit cri de déception. Elle s'était cambrée pour l'inciter à poursuivre ses caresses.

— Oh ! Tu voulais que je m'occupe d'eux ? la taquina-t-il.

Son doigt plana au-dessus de son sein droit.

— Pas forcément, répondit-elle de sa voix guindée de secrétaire. Je vous laisse opérer selon vos préférences.

— C'est extrêmement généreux de votre part, mademoiselle Keeling.

Son corps était tendu comme un arc, sa peau brûlante et son esprit bourdonnait de pensées lascives.

— Je me demandais si…

Il approcha le doigt à moins d'un centimètre de sa peau, puis l'éloigna.

— Oh, et puis non, finalement.

Mandy grogna, et il rit doucement.

— Tu as faim, Mandy ?

Il scruta ses beaux yeux sombres. Il voulait qu'elle comprenne, qu'elle ressente le même désir pressant que lui.

— Moi, j'ai faim. Très faim même.

Il étala la marmelade sur ses lèvres. La langue de Mandy jaillit et elle lui lécha le doigt. La sensation de brûlure au niveau de son entrejambe s'intensifia et il écarta le doigt.

Il le remplaça par sa bouche, l'embrassa, lui lécha les lèvres, l'agaça du bout de la langue jusqu'à ce que le goût du sucre et des fruits se confonde avec celui de la passion. Il enfouit les doigts dans sa chevelure pour l'attirer à lui, et sa poitrine nue s'écrasa contre le tissu de sa chemise. Il brûlait de sentir sa peau contre la sienne, et se déboutonna laborieusement d'une seule main tout en poursuivant son baiser.

Quand il écarta les pans de sa chemise et que leurs épidermes entrèrent enfin en contact, ils laissèrent échapper un gémissement de satisfaction avec un bel ensemble.

— Tu es tellement douce, Mandy. Tellement parfaite.

Elle pencha la tête en arrière, et il en profita pour lui lécher le cou.

— C'est si différent avec toi, Damien. Tellement plus… intense. Ça paraît ridicule, non ?

— Non.

Absolument pas.

— Je pensais exactement la même chose.

Ses genoux écrasaient des crackers et du fromage, et il se déplaça. Il en voulait plus.

— Allonge-toi.

Mais alors que ses mains l'incitaient à le faire, il se souvint que ce n'était pas bien.

— Zut, ce n'est pas conseillé dans cette position.

Il la redressa et se sentit coupable de ne pas s'en être souvenu et de la manipuler comme une poupée de chiffon.

— Je suis désolé.

Mandy lui caressa la joue.

— Tu n'as pas à être désolé. C'est aussi nouveau pour toi que pour moi, et il faut qu'on apprenne à s'adapter. Selon le livre, après le quatrième mois, il vaut mieux que j'évite de rester trop longtemps sur le dos, pour dormir, par exemple. Je ne crois pas que ça pose problème dans le cas présent, mais si tu préfères, on peut essayer une autre position.

Il aimait sa manière directe d'aborder le sujet. Ils étaient amants, ils faisaient l'amour, et il n'y avait aucune raison de marcher sur des œufs lorsqu'ils en discutaient.

Elle se tortilla pour lui échapper.

— Le livre conseille aux couples d'expérimenter de nouvelles façons de faire l'amour.

Le seul problème, c'était qu'ils ne formaient pas un couple. Ce qu'ils étaient l'un pour l'autre était de plus en plus compliqué à définir. Peu désireux de s'appesantir sur ce point, Damien allait suggérer qu'ils s'allongent sur le côté, mais Mandy ne lui en laissa pas le temps. Avant même qu'il ait ouvert la bouche, elle se retourna, rampa en direction des oreillers et retira le bas de son maillot de bain.

Il allait protester et lui faire savoir qu'il aurait préféré le lui ôter lui-même quand elle se mit à quatre pattes.

— Le livre conseille aussi la pénétration par-derrière. Tu veux qu'on essaie ? demanda-t-elle en tendant les fesses vers lui.

Aïe ! Damien ferma les yeux et compta mentalement jusqu'à cinq avant de répondre. Son corps entier était douloureux de désir. Ses dents, même, la désiraient. Ses oreilles n'en pouvaient plus.

Elle ne se rendait pas compte. Elle ne se rendait absolument pas compte de l'effet qu'elle avait sur lui.

— Volontiers, oui.

Il se débarrassa de sa chemise et de son short en un temps record, et fit tomber les débris de crackers sur le sol. Il donnerait un généreux pourboire à la femme de chambre. Enfin, il posa la main sur les reins de Mandy et se rapprocha d'elle.

Leurs cuisses se frôlèrent, et il caressa sa peau soyeuse tout en contemplant la courbe de ses fesses en forme de cœur et l'arc gracieux que formait sa colonne vertébrale. Elle frissonna et laissa échapper un profond soupir.

— Je crois que ça devrait marcher.

— Sans aucun problème.

Damien se pencha pour déposer un baiser sur son épaule, glissa la main entre ses cuisses et pressa son sexe contre sa chair.

C'était ce qui se passait entre eux qui allait marcher. Mandy et lui. Tous les deux. Ensemble. Pas seulement ici, mais là-bas aussi. Quand ils seraient rentrés à New York.

Cette pensée le bouleversa, lui fit l'effet d'un coup de pied dans le ventre, dans la tête, et partout entre les deux. Il en oublia ce qu'il était en train de faire avec sa main.

En appui sur les avant-bras, Mandy, moite d'anticipation, gorgée de désir, le dos cambré au risque de se rompre la colonne vertébrale, se demanda pourquoi Damien ne bougeait plus. Sa main planait au-dessus de son entrejambe, tel un colibri au-dessus d'une fleur. Alors qu'il était censé plonger dans le nectar que distillait cette fleur tropicale, il ne faisait absolument rien.

— Damien ?

Elle commençait à se sentir ridicule, à quatre pattes sur le lit, les fesses en l'air, comme si elle était en train de rendre hommage au matelas.

La situation n'allait pas tarder à devenir affreusement embarrassante.

— Mandy, murmura-t-il d'une voix rauque.

Elle se serait contentée de sentir son doigt en elle, mais il sortit l'artillerie lourde, et l'empala d'une soudaine poussée des hanches qui lui vida les poumons.

— Ô Seigneur, souffla-t-elle.

Elle agrippa le drap comme il la remplissait entièrement.

— Je ne te fais pas mal ?

— Sûrement pas !

Elle ferma les yeux, la tête appuyée sur les avant-bras, le corps frémissant.

— C'est délicieux. Je t'assure que ça n'a jamais été aussi bien.

Surtout depuis qu'il s'était mis à aller et venir en elle, à petits coups rapides, parfaitement rythmées, les mains autour de sa taille, fermes, puissantes, viriles. Elle aimait la maîtrise qu'il avait de son corps, la façon dont il exprimait son désir, la façon dont il laissait libre cours à ses émotions quand il était avec elle.

Il était plus grand et plus musclé que Ben, mais ce n'était pas seulement son physique qui faisait paraître l'autre plus petit. Sa façon de l'approcher, vibrante, presque agressive, sa confiance en lui en dépit de ses secrets enfouis agissaient sur elle comme un aimant.

Si Ben était un biscuit, Damien était un gâteau à la crème. Sucré, fondant, élaboré, et absolument irrésistible.

Il ne fallait pas qu'elle abuse des pâtisseries.

Mais elle était en vacances et elle avait le droit de se faire plaisir. Elle résisterait à la tentation quand elle serait rentrée chez elle et qu'elle réfléchirait aux conséquences de sa gourmandise.

Les mains de Damien se refermèrent sur ses seins et, tout en poursuivant son mouvement de va-et-vient, il se mit à jouer avec les pointes. Toute pensée déserta Mandy qui se sentit glisser vers l'extase.

— Ne t'arrête pas, je vais jouir, laissa-t-elle échapper.

Damien jura, et les cris de Mandy furent couverts par les siens comme il se répandait en elle. Elle sentit son corps vibrer, sentit ses mains lui étreindre les seins, sentit la chaleur de sa chair contre la sienne.

Bercée par le bruit de leurs gémissements mêlés, Mandy ferma les yeux et sut que ce n'était pas seulement sexuel.

Cela allait bien au-delà. Et cela la terrifiait et la rendait folle de joie tout à la fois.

15

— Dis-moi qu'on ne rentrera jamais à New York, fit Mandy, allongée à l'avant du bateau.

Damien orienta la voile, et la contempla. Elle prenait un bain de soleil, un bras en travers des yeux, détendue et belle à couper le souffle. Il aurait aimé pouvoir lui proposer de laisser leur vie de New-Yorkais derrière eux pour parcourir les mers sans un regard en arrière. Prétendre que le monde réel n'existait pas, qu'ils pouvaient se contenter l'un l'autre, couler des jours idylliques au soleil et passer leurs nuits à faire l'amour.

Mais Damien n'était pas un rêveur.

Et même l'océan connaissait des tempêtes.

— Le temps se sera peut-être amélioré à notre retour.

Il scruta l'horizon et se dit qu'il s'en moquait.

Que son aventure avec Mandy prenne bientôt fin n'avait pas d'importance non plus.

Mais son cœur n'était pas aussi froid qu'il le croyait. Il souffrait, alors qu'il s'était pourtant juré que cela ne lui arriverait plus jamais. Heureusement qu'ils partaient le lendemain matin. Si leur séjour s'était prolongé, cette douleur qu'il ressentait aurait pu l'inciter à accomplir une action regrettable.

— Piètre consolation, répondit-elle.

Elle portait une version minimaliste de Bikini jaune. Elle lui avait expliqué que son autre deux-pièces mettait son ventre en valeur, et que le Bikini était un meilleur camouflage parce qu'il attirait l'attention sur sa poitrine.

Quoi qu'il en soit, il avait beaucoup de mal à se concentrer quand elle était à moitié nue.

— Je parie qu'il pleuvra, reprit-elle en soupirant. Je ne pourrai plus entrer dans mes vêtements. Caroline Davidson, du service comptabilité, est une de mes colocataires. Elle se marie le mois prochain, et m'a demandé d'être sa demoiselle d'honneur. C'est parfaitement ridicule. J'ai essayé de refuser poliment en arguant du fait que je n'entrerai plus dans aucune de mes robes, mais elle n'a rien voulu savoir. J'ai rendez-vous chez une couturière la semaine prochaine pour retoucher ma robe, mais je ne vois pas trop ce qu'elle pourra faire en dehors d'un trou au milieu.

Damien examina son ventre et se mit à rire.

— Tu exagères. La plupart des gens ont un plus gros ventre que ça après un simple repas de Thanksgiving.

Elle souleva le bras et lui jeta un coup d'œil.

— Tu trouves que je donne dans le misérabilisme, c'est ça ?

— Un peu...

Elle le gratifia d'un sourire contrit.

— Tu ne voudrais pas te plaindre, toi aussi ? Je me sentirais moins seule. Quels désagréments te guettent à ton retour ?

— Je dois aller à Boston à la fin de la semaine pour rencontrer des clients. Mercredi, j'ai une réunion avec l'équipe des concepteurs de logiciels. La routine, quoi.

La moue dépitée de Mandy le fit sourire.

— J'ai aussi rendez-vous chez le dentiste, ajouta-t-il. Alors, heureuse ?

— Non.

Elle se caressa paresseusement le ventre.

— Je dois passer une échographie dans quelques semaines. Je suis censée avaler trois grands verres d'eau, et je n'aurai pas le droit d'aller aux toilettes tant que l'examen ne sera pas terminé. Il paraît que c'est l'horreur.

— On doit me poser une couronne. Ça aussi, c'est l'horreur ! s'insurgea-t-il. Je ne suis pas pressé, crois-moi.

— Tu n'es pas un peu jeune pour te faire poser des fausses dents ? Quel âge as-tu, au fait ?

Mandy lui adressa un regard suspicieux, comme s'il avait quarante-cinq ans et qu'il cherchait à le dissimuler.

— J'ai trente-trois ans. Et ma passion pour les sucreries va bientôt me coûter cher.

Il manœuvra la voile pour regagner la côte.

— Tu n'as pas vu quelle quantité de biscuits j'ai engloutie, ce midi ?

— Si, si, j'avais remarqué.

Elle poussa un cri perçant quand une vague l'aspergea des cheveux jusqu'aux cuisses.

— C'est froid ! s'écria-t-elle.

Damien éclata de rire tandis qu'elle s'asseyait et s'ébrouait.

— Ce n'est pas froid du tout. L'eau est à vingt-quatre degrés.

Sa réponse ne plut pas à Mandy. Elle se pencha et projeta de l'eau sur lui avant qu'il ait eu le temps de comprendre ce qu'elle s'apprêtait à faire. L'eau tiède l'atteignit au visage et à la poitrine.

Il cligna des yeux et secoua la tête.

— Elle est vraiment bonne.

Mandy éclata de rire.

— Gros malin !

— Quoi ? Qu'est-ce que j'ai fait ?

Il se pencha vers elle pour l'embrasser, mais elle crut qu'il allait l'asperger et s'écarta vivement.

— Non ! Pitié, non ! s'esclaffa-t-elle.

Mais son rire s'arrêta net quand elle sentit qu'elle perdait l'équilibre. Son corps se mit à osciller dangereusement. Damien tendit vivement les bras vers elle et la rattrapa juste avant qu'elle ne passe par-dessus bord.

— Doucement, ma belle !

Il l'installa sur ses genoux, loin du bord, et inspira à fond pour ralentir son rythme cardiaque. Elle lui avait fait une peur bleue.

— Tu viens de me sauver la vie, murmura-t-elle en le gratifiant d'un regard plein de tendresse.

Curieusement, il avait le sentiment que c'était le contraire ; que c'était *elle* qui lui avait sauvé la vie. Les lèvres de Mandy frôlèrent les siennes, ses fesses s'enfoncèrent dans ses cuisses, ses seins fermes et chauds se pressèrent contre son torse. Il la serra contre lui.

— Ce n'était rien du tout.

S'il ne cessait de se le répéter, il finirait peut-être par s'en convaincre.

Mandy s'écarta et haussa les sourcils d'un air suggestif.

— Tu l'as déjà fait sur un bateau ?

— Non.

Damien se laissa aller au plaisir de lui caresser les reins, mais se retint d'en faire plus.

— Et ce n'est pas aujourd'hui que je commencerai, vu qu'on est à cent cinquante mètres de la côte.

Mandy observa la plage par-dessus son épaule, et poussa un soupir.

— C'est vraiment dommage.

Son expression désappointée lui arracha un éclat de rire.

— Qu'est-ce que tu veux faire en débarquant ? Une partie de volley ? Une promenade à dos d'âne le long de la plage ? Venir avec moi dans ma chambre ? Je te lécherai partout jusqu'à ce que tu jouisses... C'est à toi de décider.

Elle se passa la langue sur les lèvres, et lui offrit un sourire d'une incroyable sensualité.

— Comme j'adore les ânes, je choisis la troisième option.

Le bateau heurta le sable.

— Excellent choix, répondit Damien.

L'avion était silencieux, et les passagers, repus de soleil, léthargiques. Un film avec Julia Roberts passait sur les écrans de télé, mais Mandy n'avait pas branché ses écouteurs. S'appuyer contre l'épaule de Damien enroulée dans une couverture suffisait à son bonheur.

Tant de choses avaient changé depuis le vol qui les avait amenés à Punta Cana. Elle cherchait alors à éviter Damien. À présent, elle ne le lâchait plus. C'étaient les dernières heures qu'ils passaient ensemble, mais ils n'avaient pas soulevé le sujet. Damien lui parlait de son appartement et des travaux de rénovation qu'il comptait réaliser. Des cloisons qu'il ferait abattre pour agrandir l'espace.

Elle prenait plaisir à l'écouter, se permettait parfois un commentaire ou une suggestion. Ce qui lui plaisait surtout, c'était d'être tout près de lui, de sentir les vibrations de son torse quand il parlait, sa poitrine qui se soulevait au rythme de sa respiration. La façon dont il lui pressait parfois la taille pour souligner son propos.

— Où habiteras-tu après la naissance du bébé? demanda-t-il.

— Caroline va se marier, j'aurai donc la chambre que nous partagions pour moi toute seule. Jamie et Allison m'ont juré que mon bébé ne les dérangerait pas, mais j'hésite. J'ai l'impression que c'est beaucoup leur demander, étant donné le bruit et le fouillis que font les enfants. On verra comment ça se passera une fois qu'il sera là.

— Ce sont de véritables amies.

— Oui. Je suis bien entourée.

Saisie d'une soudaine envie de dormir, Mandy étouffa un bâillement. Elle avait pris l'habitude de faire une petite sieste tous les jours au cours de ces vacances.

— Jamie était une cliente lorsque j'avais ma boutique. Elle était venue acheter un cadeau pour sa nièce, et elle cherchait quelqu'un pour partager sa chambre. C'était il y a trois ans. Jamie et Allison sont allées ensemble à l'université de New York, et Allison était au lycée avec Caroline, dans le Connecticut, ce qui fait qu'elles se connaissent bien toutes les trois. Je suis la dernière recrue de la bande, mais je n'en ai pas l'impression tellement je suis à l'aise avec elles. Elles te plairont, ajouta-t-elle étourdiment, tandis que le sommeil la gagnait.

— Je ne crois pas que j'aurai l'occasion de les rencontrer, Mandy.

Cette remarque lui ôta toute envie de dormir. Il venait de lui rappeler brutalement les règles de leur relation. Règle numéro un : ils n'avaient pas de relation.

— Tu as raison, répondit-elle avec un rire forcé. Je ne sais pas pourquoi j'ai dit ça. La fatigue, sûrement.

Elle sentit le poids de son regard peser sur elle, mais se retint de lever les yeux vers lui de crainte qu'il ne devine sa tristesse. Elle savait qu'ils ne pouvaient pas envisager de continuer à se voir. S'il décidait de changer d'avis, elle risquait de céder.

Mais il fallait qu'elle résiste. Elle ne pouvait pas se lancer dans une histoire de ce genre alors qu'elle attendait un enfant.

Elle le savait. Elle le savait parfaitement. Mais cela ne signifiait pas qu'elle en était ravie.

— Si on pouvait…

Damien déposa un baiser sur le sommet de sa tête.

— Tu me plais vraiment, Mandy. Beaucoup. Mais je ne peux pas… et tu mérites mieux que ce que j'ai à t'offrir.

Il y avait une telle angoisse dans sa voix que c'était insupportable. Elle se tourna vers lui, lui prit le menton et le regarda droit dans les yeux.

— Tout va bien, Damien. Je comprends. C'est ce qu'on a décidé, et c'est la meilleure chose à faire. Je suis très heureuse du temps qu'on a passé ensemble, et la seule chose que je regrette, c'est que cela doive se terminer.

S'il déclarait que ce n'était pas une obligation que cela se termine, Mandy doutait fort d'être capable de le contrer. Il la regardait si intensément, comme s'il tentait de lire en elle, et la serrait plus étroitement.

— Pas de regrets, se borna-t-il à dire. Juste de bons souvenirs, et c'est déjà bien plus que ce à quoi je m'attendais.

Un commentaire qui laissa Mandy sur sa faim.

16

Damien posa sa valise dans l'entrée de son appartement et se laissa gagner par le silence des lieux. Pas de musique caribéenne. Pas d'océan. Pas de Mandy.

Il vivait au vingt-septième étage pour échapper aux bruits de la ville. Le ronronnement du réfrigérateur entrecoupé de coups de klaxon étouffés provenant des taxis de la 85e Rue étaient les seuls bruits perceptibles.

Il eut envie de lancer quelque chose. De soulever sa valise et de l'envoyer à travers la fenêtre du salon.

Tout s'était bien passé. Il avait vécu sa vie, d'une façon peut-être limitée, voire étriquée, d'accord, mais il avait tenu le coup. Il n'avait ressenti aucune émotion.

Mais il voulait à présent la seule chose qu'il ne pouvait pas avoir.

Il prit le téléphone sans fil sur la table de la cuisine et appuya sur la touche « On ». Pas de messages. Il s'était absenté cinq jours et il n'avait pas un seul message. C'était ce qu'il avait voulu. Personne ne savait où il était, personne ne se souciait de lui.

Il n'avait rien.

Il laissa tomber son trousseau de clés sur le comptoir et pêcha son portefeuille dans sa poche. Il l'ouvrit et sortit la photo qu'il conservait dans l'un des compartiments. Celle sur laquelle Jess se penchait par-dessus son épaule, ses longs cheveux retombant en cascade sur son torse. Ses yeux souriaient à l'objectif et elle était aussi jolie qu'elle avait toujours été. Son expression à lui était différente. Il avait l'air incroyablement heureux, nageant dans le bonheur et cependant terrifié à l'idée que celui-ci vienne à disparaître.

Ce qui n'avait d'ailleurs pas manqué de se produire. Il n'avait jamais envisagé que leur histoire puisse s'achever de cette façon. Il avait toujours pensé que Jessica le quitterait un jour ou l'autre. Il n'arrivait pas à la rendre heureuse, et leur vie de couple oscillait perpétuellement entre le calme plat et de violentes querelles au terme desquelles Jessica lui faisait la tête des semaines entières tandis qu'il cherchait par tous les moyens à lui rendre le sourire. La dernière fois qu'il l'avait vue, jamais il n'aurait imaginé qu'elle ne reviendrait pas. Ils s'étaient une fois de plus disputés, et elle était sortie rejoindre des amis, comme elle faisait de plus en plus souvent.

La photo remontait à cinq ans. Elle commençait à jaunir.

Mais la culpabilité de Damien était aussi fraîche que le jour où il avait compris qu'il n'était pas assez fort, pas assez viril, pas assez intelligent pour aimer Jessica comme elle avait besoin de l'être.

Pour la première fois cependant, la voix de Jessica, son odeur, le grain de sa peau avaient été remplacés par ceux d'une autre femme.

Et c'était là, il le savait, l'ultime trahison vis-à-vis de son épouse défunte.

Mandy était contente que Jamie soit entrée dans l'immeuble au moment précis où elle descendait du taxi qu'elle partageait avec Damien depuis l'aéroport de LaGuardia. Cela lui avait permis d'abréger leur séparation.

Jamie – bénie soit-elle – n'avait rien perçu de l'étrangeté de la situation. Elle avait serré Mandy dans ses bras, soulevé sa valise et évoqué la tempête qui était annoncée tout en adressant un sourire et un signe de la main à Damien. Mandy était parvenue à ébaucher un faible sourire avant que Jamie l'entraîne vers le hall de l'immeuble. Damien ne lui avait même pas rendu son sourire.

— Tu as une mine superbe, Mandy ! Vous avez dû avoir beau temps.

Sa vie sexuelle avait également été au beau fixe. Les deux conjugués donnaient toujours de bons résultats.

— Je me sens beaucoup mieux.

— Parfait. On va se commander des plats à emporter et tu vas nous raconter tout ça.

— Super.

C'était l'inconvénient quand on partageait un appartement. On ne pouvait jamais s'isoler pour pleurer un bon coup. Non pas qu'elle ait la moindre raison de pleurer ; Damien s'était tenu à ce qu'ils avaient décidé d'un commun accord, et elle lui en était reconnaissante.

Le voyage avait dû la fatiguer.

Ou bien c'était hormonal.

Elle ouvrit la porte de l'appartement et entra en frissonnant légèrement. Il faisait quinze degrés et la journée était ensoleillée, mais elle s'était très bien habituée à vivre en maillot de bain.

Caroline était allongée sur le canapé. Ses lunettes sur le nez, elle étudiait des documents.

— Mandy ! Tu es superbe ! s'écria-t-elle. Alors, ce voyage ? Raconte !

Caroline jeta un coup d'œil à Jamie, et enchaîna :

— Mais avant toute chose, il faut que je te prévienne : Ben est passé.

« Oh, non ! » Mandy croisa les bras.

— Quand ? gronda-t-elle.

Elle avait hâte de s'allonger, les jambes surélevées, de manger copieusement, et de dormir jusqu'au lendemain. Elle n'avait pas envie de penser à Ben.

Caroline posa ses papiers à côté d'elle et cala ses lunettes sur sa tête.

— Il y a une dizaine de minutes, dit-elle sans cacher sa désapprobation. Je lui ai dit que tu allais rentrer sous peu des Caraïbes et que tu l'appellerais demain, mais il a dit qu'il attendrait. Il est allé faire un tour à l'épicerie. Il a dû voir ton taxi et ne va pas tarder.

— Zut !

Mandy se précipita vers le miroir de l'entrée.

— Je suis affreuse ! J'ai le cheveu mou dès que je prends l'avion.

— Qu'est-ce que ça peut faire ? riposta Jamie. Je le trouve sacrément culotté de se pointer ici sans avoir téléphoné avant. Où était-il passé ces trois derniers mois ?

Jamie n'avait pas tort, mais Mandy avait quand même envie d'être à son avantage pour le revoir. Visiblement, Caroline était plus compréhensive. Elle sortit un peigne et un tube de rouge à lèvres de son sac et les posa sur la table basse.

Mandy achevait tout juste les quelques retouches indispensables quand on frappa à la porte. Elle n'était pas mécontente de porter une robe d'été et des chaussures à talons.

— J'ai l'air enceinte ? demanda-t-elle tandis que Jamie allait ouvrir.

— Non, répondit Caroline.

— Tant mieux.

Elle ne savait pas trop pourquoi elle s'en souciait, mais elle ne voulait pas que Ben la voie comme une femme enceinte. C'était surtout sa réaction qu'elle ne voulait pas voir.

Après avoir fait entrer Ben, Jamie et Caroline se faufilèrent discrètement dans le couloir, laissant Mandy seule face à l'homme qui lui avait fait un enfant.

Elle ne se souvenait pas qu'il était si petit, ni que ses cheveux étaient si fins sur le dessus de son crâne.

— Bonjour, Ben. Comment vas-tu ?

— Mandy.

Il s'approcha et l'embrassa sur la joue.

— Je vais bien, je te remercie. Et je dois avouer que la grossesse te sied à merveille. Tu es superbe.

C'était plutôt gentil. Mais Mandy ne put s'empêcher de serrer les dents. Il s'était peut-être imaginé qu'elle se laisserait aller après son départ ?

— Merci.

Elle attendit qu'il poursuive. Il y avait une raison à sa petite visite, et elle n'était pas d'humeur à échanger des banalités le temps qu'il en vienne au fait. Les tendres sentiments que lui avaient inspirés sa politesse, son calme et sa gentillesse s'étaient envolés quand il lui avait dit qu'il ne souhaitait pas voir son enfant.

— Je peux m'asseoir ?

Il portait un pantalon bleu marine impeccablement repassé et un polo blanc. Il fourra les mains dans ses poches et sourit gauchement, visiblement mal à l'aise.

— Ben.

Elle soupira. L'idée de dormir lui semblait de plus en plus attirante.

— Je rentre tout juste d'un voyage d'affaires. Je viens de passer trois heures dans l'avion, et j'ai fait la queue à la douane au moins deux heures. Je suis fatiguée. Qu'est-ce que tu veux ?

— Mon fils vient d'obtenir son diplôme de fin d'études à Fordham la semaine dernière.

Mandy sentit un début de migraine la gagner. Le fils dont il parlait était le demi-frère que son enfant ne connaîtrait jamais.

— Tu le féliciteras de ma part.

Son commentaire était tellement absurde qu'elle faillit éclater de rire, mais sa mère lui avait enseigné les bonnes manières.

— Je n'y manquerai pas. De le voir m'a donné à réfléchir… Tu portes mon enfant.

Était-ce censé être le scoop du siècle ? Mandy décréta qu'elle avait trop mal aux pieds pour rester debout plus longtemps. Elle se laissa tomber sur le canapé, et envoya valser ses sandales.

— Il me semble, en effet.

— Je me suis dit qu'il fallait que je prenne de tes nouvelles, que je m'assure que tu allais bien, que tu ne manquais de rien.

Il se racla la gorge, et baissa les yeux sur elle.

Était-ce un message subliminal qu'elle était supposée décrypter ? Ce qu'il venait de dire n'avait aucun sens.

— Je vais bien. Mon nouveau travail me plaît beaucoup.

Même si l'aspect le plus agréable – Damien dans son lit – demeurait désormais hors de portée.

— Je me sens beaucoup mieux depuis que je n'ai plus de nausées, et le médecin m'a assurée que tout se passait normalement. Je n'ai besoin de rien de particulier pour le moment.

En dehors du fait qu'elle souhaitait qu'il s'en aille pour pouvoir s'allonger et pousser de longs soupirs mélancoliques en pensant à son patron.

— On pourrait se remettre ensemble, lâcha-t-il à brûle-pourpoint. Reprendre là où on s'est arrêtés.

Mandy ferma les yeux et pria pour ne pas étrangler le père de son enfant à naître. Elle fit appel à toute sa bonne éducation et se força à parler lentement de crainte de débiter des injures.

— Je ne pense pas que cela soit possible, Ben. Les sentiments que j'ai éprouvés pour toi autrefois n'existent plus.

— Je ne propose pas qu'on vive ensemble, ni quoi que ce soit de ce genre !

Il s'était empressé d'établir ce fait, comme pour effacer ce qu'elle-même avait dit.

— Je ne pense pas que nous soyons prêts pour cela, ni l'un ni l'autre. Mais je veux faire partie de la vie de notre enfant. Et de la tienne. Il y a un lien permanent entre nous, à présent, Mandy.

C'était bien ce qu'elle craignait.

— Je n'empêcherai pas notre enfant de te connaître si tu souhaites t'investir.

Ben s'approcha, sourit et s'assit à côté d'elle.

— Je savais que tu prendrais ça bien, Mandy. J'avais besoin d'un peu de temps pour me faire à l'idée. Tu peux le comprendre.

Elle comprenait parfaitement. Contrairement à lui, cependant, elle n'avait pas pu faire le choix de se voiler la face pendant trois mois. Elle se tourna vers lui, et le mouvement d'approche qu'il amorçait mit fin à sa patience.

Il avait l'intention de l'embrasser !

Elle se leva d'un bloc et son bras cogna le nez de Ben.

— Je suis vraiment vannée, Ben. Passe-moi un coup de fil quand tu sauras précisément ce que tu veux.

— Je sais ce que je veux. Notre enfant et toi.

Son regard s'attarda sur sa poitrine comme il se levait.

— Tu as changé depuis la dernière fois, Mandy. Tu es absolument superbe.

S'il essayait de lui toucher les seins, elle allait hurler.

— Ben !

— Quoi ? demanda-t-il, l'air sincèrement surpris.

De toute évidence, il n'avait pas écouté un mot de ce qu'elle lui avait dit.

— Tu comptes beaucoup pour moi, Mandy. Nous avons été ensemble pendant six mois, et je pensais que ça te ferait plaisir que je sois devenu raisonnable. Un enfant a besoin de ses deux parents.

C'était vrai. C'était absolument vrai. Pourquoi donc avait-elle soudain envie de pleurer ?

— Ben, je t'en prie, va-t'en. Je suis vraiment fatiguée.

Quelle tête aurait-il faite si elle lui avait dit qu'elle venait de vivre une aventure torride avec son patron ? Serait-il devenu cramoisi de rage ? Aurait-il eu une crise d'apoplexie ? Mieux valait ne pas chercher à vérifier.

— Bien sûr, je comprends.

Il lui prit le coude, parfaite incarnation de la compassion.

— Tu peux m'appeler chez moi ou au bureau quand tu veux. Mon ex-femme organise une fête pour le diplôme de Nick, samedi prochain, mais à part ça, je suis libre tout le temps.

Elle hocha la tête.

— Je te ferai signe.

Peu importait qu'elle ait envie de ne plus jamais le revoir. C'était le père biologique de son enfant, et elle ne pouvait rien contre cela. S'il voulait assumer son rôle, il n'était pas question qu'elle prive son enfant de cette relation.

Cela ne signifiait pas pour autant qu'ils étaient obligés de vivre ensemble. Elle n'éprouverait plus jamais les sentiments qu'elle avait eus pour lui. Pas après qu'il l'eut abandonnée.

Pas après Damien.

Ben quitta l'appartement, et Jamie et Caroline jaillirent aussitôt de la chambre. Elles découvrirent Mandy les mains agrippées au ventre, de grosses larmes roulant sur les joues.

— Qu'est-ce qui t'arrive ? s'inquiéta Jamie en lui prenant les mains pour l'entraîner vers le canapé.

— Où est-ce qu'il était passé ces trois derniers mois ? demanda Caroline.

Les larmes de Mandy redoublèrent.

— Oh, ma chérie, ne pleure pas ! Ça va aller, la cajola Jamie.

— Ce type-là ne mérite pas tes larmes, lui assura Caroline.

Mandy secoua la tête.

— Ce n'est pas à cause de lui que je pleure.

— Mais alors pourquoi ? s'étonna Jamie en lui essuyant ses larmes avec sa manche.

— J'ai couché avec Damien Sharpton !

Caroline la fixa, bouche bée. Jamie ne comprenait visiblement plus rien.

— À l'instant ?

— Non, pas dans le taxi ! Quand on était à Punta Cana.

— Mais tu attends un enfant de Ben et... oh, merde !

Jamie plaqua la main sur sa bouche.

— Tu l'as dit, renchérit Mandy en sentant poindre un début de migraine. Oh, merde.

On était lundi, et Damien mangeait des *sushis* en compagnie de Rob en s'efforçant de ne pas se montrer trop brusque. Il n'était pas certain d'y parvenir.

— Je pensais que ce séjour aux Caraïbes te détendrait, mais tu paraîs encore plus stressé qu'avant, observa Rob en tendant sa baguette vers Damien. Je t'avais pourtant conseillé de sauter ton assistante.

— Tu m'emmerdes.

Damien ajusta sa cravate et mâcha un morceau de *maki*. Il avait passé un week-end épouvantable, enfermé chez lui à essayer de travailler sans grand résultat. Il n'avait fait que penser à Mandy. À Mandy et au bébé. À Mandy et à lui.

Il ne l'avait pas vue au bureau, ce matin-là, mais n'en avait pas été étonné outre mesure. Elle était très douée pour l'éviter quand elle le voulait.

Rob secoua la tête.

— Tu sais quoi ? Il y a des moments où je me demande pourquoi je suis encore ami avec toi.

Damien crut qu'il plaisantait, mais quand Rob le regarda, il lut le dégoût dans ses yeux.

— Qu'est-ce que tu veux dire ?

Il le savait parfaitement, et il savait que Rob avait raison, mais il avait besoin de l'entendre le formuler à haute et intelligible voix.

— Je veux dire que tu t'appliques tellement à t'apitoyer sur ton sort que tu traites les autres comme de la merde.

La gorge nouée, Damien posa ses baguettes à côté de son assiette.

— Tu trouves que je m'apitoie sur mon sort ? Facile à dire. On voit que tu n'as jamais eu à prouver que tu n'avais pas violé et étranglé ta femme. Que ton mariage n'a jamais été analysé dans ses moindres détails devant un tribunal. Qu'on n'a jamais débattu devant toi des qualités et des défauts de ton épouse défunte comme s'il ne s'agissait pas d'un être humain.

Il ne faisait jamais cela. Il n'évoquait jamais Jess à voix haute, ne parlait jamais de son arrestation, des accusations, de l'envie qu'il avait eue de mourir. Il s'était senti vidé, dépouillé de son âme, quand on l'avait accusé du meurtre de sa femme Et ce sentiment avait perduré au-delà de l'acquittement.

Mais les reproches de Rob lui avaient fait perdre cette maîtrise qu'il s'efforçait de garder en toute circonstance. Une bouffée de colère l'avait submergé. Il ne pourrait jamais avoir ce qu'il souhaitait, et voilà que son seul ami avait le culot de l'accuser de s'apitoyer sur son sort ?

— Écoute, Damien, je sais que tu as traversé une épreuve très douloureuse. Mais on se connaît depuis l'enfance. On a partagé des tas de choses, et je peux t'assurer que tu n'es plus le même.

Tiens donc ! Depuis quand Rob avait-il pris conscience de cela ? Damien, lui, le savait depuis très longtemps.

— Évidemment que j'ai changé. Tu ne voudrais tout de même pas que je sois resté le gamin qui pensait que son papa était le plus fort du monde et sa maman, une femme parfaite. Ou le jeune crétin qui vient de rencontrer Jessica et pense qu'il sera heureux jusqu'à la fin de ses jours.

Rob secoua la tête.

— Si je pouvais revenir en arrière et revivre ce jour où on a quitté le boulot plus tôt que d'habitude pour aller à la plage, je le ferais. Je lancerais le ballon de l'autre côté, et il ne tomberait pas sur la tête de la copine de Jessica… Comment s'appelait-elle, déjà, cette fille ?

— Patty.

Damien avala sa salive avec difficulté. Le souvenir de ce jour était douloureux. Patty était une petite allumeuse qui avait chauffé Rob après qu'il lui eut accidentellement lancé son ballon sur la tête. Jessica n'avait rien de commun avec sa copine. Damien avait dû insister tout l'après-midi pour qu'elle consente à lui donner son numéro de téléphone.

— J'ai passé un week-end de folie avec Patty, mais je préférerais ne l'avoir jamais connue et que tu n'aies jamais rencontré Jessica. Parce que dix ans après, elle continue à te démolir.

— Elle ne me démolit pas. Elle est morte. Tu ne peux pas le lui reprocher.

Mais Rob laissa échapper un soupir exaspéré.

— Bien sûr que ce n'est pas sa faute si on l'a assassinée, et je ne souhaite son sort à aucune femme. Je suis sincèrement désolé de ce qui lui est arrivé, vraiment. Mais ce drame mis à part, Damien, tu es bien obligé de reconnaître que c'était une emmerdeuse. Elle t'a fait tourner en bourrique le jour où tu l'as rencontrée, et elle n'a plus jamais cessé ensuite. Elle passait son temps à jouer avec tes nerfs.

Le visage de Damien devint glacial. Il se figea, et songea que c'était une bonne chose qu'ils soient assis dans un restaurant parce qu'il avait furieusement envie de casser la figure de Rob. Il n'avait pas le droit de dire des choses pareilles sur Jessica.

— Je te rappelle que tu parles de ma femme.

— Je le sais parfaitement, répliqua Rob d'une voix sourde, en s'agrippant à la table. Il se peut que tu ne veuilles plus jamais m'adresser la parole après ce que je vais te dire, mais je tiens à le faire. Je ne supporte plus de te regarder mourir à petit feu. Devenir ce type que je ne reconnais pas. Juste une question : quand tu penses à Jessica, tu arrives à évoquer des moments de bonheur ?

Non. La réponse jaillit spontanément dans sa tête, avant même qu'il ait réfléchi. Il avait certes des souvenirs agréables. Il l'avait aimée, à sa façon puérile et maladroite, et ils avaient partagé de bons moments. Ils s'étaient mariés, ils avaient vécu ensemble, ils avaient fait l'amour. Mais quelque chose n'allait pas entre eux, n'avait jamais été, et ils le savaient l'un et l'autre. Il n'avait cessé de vivre dans la crainte que Jessica ne le quitte. Elle l'avait senti, et s'en était servie à son avantage.

— Cela ne change rien au fait qu'elle a été assassinée.

Grâce au récit extrêmement détaillé qui avait été lu devant lui au tribunal, il savait précisément ce qu'elle avait enduré avant de mourir, mais il s'était interdit d'y penser. Il avait enfoui le tout dans un recoin très sombre de sa mémoire pour éviter de devenir fou.

— Non, bien sûr.

Rob se passa la main dans les cheveux.

— Mais il faut que tu sortes de cette histoire, tu ne crois pas ? Tu mérites d'être heureux, non ?

Jessica ne l'avait pas été. Damien fit rouler sous son doigt un grain de riz qui était tombé sur la table, et avoua sincèrement :

— Je ne sais pas. Je ne sais pas si je mérite quoi que ce soit.

— Si tu pouvais avoir ce que tu désirais, ce serait quoi ?

Mandy. Et son bébé. Cette révélation ne le surprit pas. Elle s'était fait lentement jour en lui. Il s'inquiétait pour Mandy et son enfant, il avait envie de les protéger.

— Une famille. J'aimerais avoir une famille.

Mais quelque chose s'était cassé en lui, et il ne pouvait demander à une femme de supporter cela.

— Ta mère n'arrête pas de demander de tes nouvelles à la mienne, fit Rob. Elle veut savoir si je t'ai vu, comment tu vas, si tu fréquentes quelqu'un. Je réponds à ma mère que je n'en sais rien parce que c'est vrai. Je ne te connais pas. Peut-être faudrait-il commencer par là... parler aux gens qui se soucient vraiment de toi.

Damien sentit tout au fond de lui quelque chose qui ressemblait à de l'espoir. Un sentiment qui lui était devenu si étranger qu'il ne fut pas certain de l'identifier correctement. Ce que disait Rob tenait debout. Il ne savait pas comment faire le deuil de Jessica, mais il pouvait reprendre contact avec ceux qui l'aimaient, leur dire qu'ils comptaient pour lui, qu'il allait essayer de creuser pour retrouver une partie de lui-même qu'il croyait disparue à jamais. Et dont Mandy lui avait apporté la preuve qu'elle existait toujours.

— Je vous dois combien pour cette séance, docteur ? demanda-t-il à Rob en lui donnant une tape dans le dos pour lui montrer qu'il plaisantait.

Rob sourit, mais son regard fouillait celui de Damien.

— Rien, mais c'est toi qui payes l'addition.

— Sans problème. Tu as joué avec le feu quand tu as traité Jessica d'emmerdeuse, Rob, mais je continuerai à t'adresser la parole. Et je te remercie d'avoir continué à m'adresser la parole toutes ces années.

Il n'était pas du genre exubérant quand il s'agissait d'exprimer sa gratitude, mais Rob parut avoir saisi le message.

— Les amis sont là pour ça.

Damien songea que c'était bon d'avoir de nouveau un ami. Peut-être pourrait-il proposer une vraie relation à Mandy. Lui proposer son amitié.

17

Si Damien lui envoyait encore un seul lien sur les bienfaits de l'allaitement maternel, Mandy allait lui flanquer un tire-lait dans la figure.

Elle ne s'était pas du tout attendue que les choses se passent ainsi à leur retour de Punta Cana. En fait, elle avait craint que Damien lui fasse des avances sexuelles, qu'il lui décoche des œillades brûlantes ou qu'il se frotte négligemment contre elle, histoire d'entretenir son état d'excitation.

Elle avait eu peur de se révéler incapable de lui résister, et d'atterrir dans son lit en oubliant ses sages résolutions de future mère.

Elle s'était fait du souci à tort.

Damien semblait aussi porté sur le sexe qu'un paillasson.

Il ne s'intéressait absolument pas à elle. Ce qui le fascinait, c'était sa grossesse. Il s'était procuré un exemplaire de *Tout sur la grossesse* ainsi qu'une dizaine d'autres ouvrages sur la question. Elle les avait vus traîner sur son bureau, et il n'arrêtait pas de lui en citer des passages dans le déluge de mails dont il l'arrosait quotidiennement.

Elle ne l'avait revu en chair et en os qu'une seule fois, mais elle ne pouvait l'accuser d'avoir provoqué l'incident, car c'était elle qui avait commis une erreur. Elle s'était faufilée dans son bureau pour déposer un message, et il l'avait surprise à l'instant où elle ressortait. Ce qui aurait pu donner lieu à des retrouvailles embarrassées, ou carrément sensuelles, lui avait semblé juste amical. Grand sourire franc et interrogations soucieuses.

Le truc complètement horripilant.

Assise à son petit bureau, elle s'efforçait à présent de le chasser de ses pensées quand elle découvrit dans sa boîte aux lettres trois nouveaux messages de Damien.

Elle poussa un soupir, cala les pieds sous son fauteuil à roulettes et cliqua sur le premier message. Le top de grossesse moulant qu'elle portait n'arrêtait pas de remonter, lui découvrant le ventre. Elle tira dessus pour la dixième fois et lut le message.

Ça a l'air sympa. Suivait un lien vers une page web pour un berceau qui se transformait en lit d'enfant, puis en lit d'adulte.

— Mon Dieu !

Elle rejeta ses cheveux en arrière. Il en était à chercher du mobilier pour bébé à sa place. Elle ne comprenait pas comment leur relation en était arrivée là.

Le berceau n'était pas vilain, cependant. Damien n'avait pas mauvais goût. C'était un berceau à bascule. En bois ciré, garni d'un édredon de dentelle rose. Mandy découvrit alors le prix et déglutit. Deux mille dollars ! Elle ne disposait pas d'une somme pareille.

Une fois qu'elle aurait terminé de rembourser les dettes de son magasin et investi cinq cents dollars en vêtements de maternité, il lui resterait à peine de quoi payer un couffin. Elle mettrait un peu d'argent de côté pour parer à d'éventuels imprévus. Le montant du loyer pour les six semaines de congé maternité où elle ne toucherait pas son salaire. Elle n'avait vraiment pas de quoi s'offrir un lit de bébé à deux mille dollars.

En cas d'urgence, elle pourrait toujours demander à ses parents de l'aider, bien sûr. Mais cette seule perspective la faisait grimacer.

Et puis, il y avait Ben. Elle ne savait trop que faire à son sujet. Comment gérer une relation de futurs parents qui ne sortent même pas ensemble ? Pouvait-elle lui demander de participer pour moitié aux frais d'ameublement ? Serait-ce faire preuve de mesquinerie ? Était-ce trop ou trop peu demander ?

Ben lui avait téléphoné à plusieurs reprises pour l'inviter à dîner et à bavarder, mais elle avait décliné chaque fois. Elle ne pourrait s'en tenir indéfiniment à cette attitude, mais pour l'heure, elle était incapable de penser à lui sans se mettre en colère. Le rencontrer pour se quereller ne leur ferait du bien ni à l'un ni à l'autre, aussi préférait-elle attendre d'être revenue à de meilleurs sentiments pour le revoir.

En outre, elle le soupçonnait de vouloir se glisser dans son lit, ce qui était absolument hors de question.

Elle laissa échapper un soupir et cliqua sur le message suivant. C'était un lien pour des cours d'accouchement sans douleur à l'hôpital.

Est-ce que tu t'es déjà inscrite ? Les séances s'étalent sur six à huit semaines, et il est recommandé de commencer entre la vingt-huitième et la trentième semaine de grossesse.

Elle faillit éclater de rire. Si elle ne savait pas quoi faire avec Ben, ce n'était pas mieux avec Damien.

Elle savait que leur relation physique était terminée, mais elle ne voyait pas comment ils pourraient devenir amis alors qu'il était son patron et qu'elle avait couché avec lui tout en étant enceinte d'un autre homme. Elle n'arrêtait pas de penser à lui. Lorsqu'elle osait être honnête avec elle-même, elle reconnaissait qu'elle se souciait énormément de lui. Et elle craignait qu'il n'ait besoin de quelque chose qu'elle ne soit pas en mesure de lui offrir.

Il avait besoin de se détendre au lieu de s'abrutir de travail. Il avait besoin de se distraire au lieu de se préoccuper de son bébé. D'autant que ça la rendait dingue.

Son dernier message était relatif au travail, et Mandy était en train de taper sa réponse quand la fenêtre de sa messagerie instantanée apparut à l'écran. Elle sut que c'était Damien avant même de l'avoir ouverte parce qu'elle avait programmé une sonnerie personnalisée.

Est-ce que tu as pensé à des noms ?

Des noms pour quoi ? répondit-elle aussitôt.

Il lui avait fait perdre le fil de ce qu'elle était en train de taper, et elle soupira. Elle manquait peut-être de sommeil. Elle avait de plus en plus de mal à faire deux choses en même temps.

Pour le bébé.

Bien sûr. Comment n'y avait-elle pas pensé ? Quoi de plus normal que de discuter du prénom qu'elle donnerait à son enfant avec son patron ? Elle hésitait entre lui répondre par la négative et lui soumettre les prénoms auxquels elle avait déjà pensé, histoire de les tester. D'une certaine façon, elle trouvait plus naturel d'aborder ce sujet avec Damien plutôt qu'avec Ben, ce en quoi elle avait complètement tort, mais il était trop tard pour y remédier.

J'ai pensé à Cecilia pour une fille et à Simon pour un garçon.

Elle sentit son cœur se gonfler de fierté à l'idée de donner un nom à son enfant. Une identité.

Mouais… N'est-ce pas un peu trop britannique ?

Là, il commençait à l'agacer sérieusement !

Mais je suis « britannique », comme tu dis !

« Imbécile », ajouta-t-elle à par soi.

Elle émit un grognement de contrariété si sonore que la tête de la fille qui se trouvait dans le bureau voisin du sien surgit à l'extrémité de la cloison qui les séparait.

— Tout va bien ?

— Oui, oui. Je me disais juste que mon patron est timbré.

Qu'est-ce qui pouvait bien pousser Damien à se soucier un mardi matin à 11 heures du prénom qu'elle donnerait à son bébé d'ici plus de quatre mois ? Et à critiquer son choix, par-dessus le marché.

Sa voisine rit.

— Tous les patrons le sont ! Mais j'ai entendu dire que le tien avait décroché le pompon.

Cette réflexion prit Mandy de court.

— Oh, il n'est pas si affreux que ça.

Il était même loin d'être affreux. Lui au moins s'inquiétait de savoir si elle avait choisi un prénom, alors que ça n'avait même pas traversé l'esprit de Ben. Il semblait plus intéressé par le galbe avantageux de sa poitrine que par l'enfant qu'elle portait. Peut-être était-elle injuste avec lui, mais, encore une fois, peut-être l'était-elle également avec Damien.

Je me disais que Rebecca était un joli prénom.

Ah, oui ? Et qui diable lui avait demandé son avis ? Les lèvres pincées, elle cliqua sur l'icône de fermeture pour se débarrasser de cette agaçante fenêtre.

Malheureusement, pour se débarrasser de ses pensées au sujet de Damien, cliquer sur une icône ne suffisait pas. D'autant que les billets pour le match des Yankees étaient arrivés au courrier du matin.

Elle les avait achetés dans un moment de faiblesse, pensant bien faire en incitant Damien à s'intéresser à autre chose qu'à son travail. À ce moment-là, elle espérait secrètement qu'elle compterait parmi ses centres d'intérêt annexes et s'interrogeait sur les nouvelles positions qu'ils pourraient expérimenter, mais elle se rendait compte à présent qu'elle avait eu une très mauvaise idée.

Elle n'avait cessé de se répéter qu'il n'était pas question qu'elle entretienne une relation suivie avec Damien, que ce soit à court ou à long terme. Elle devait tenir compte de son enfant et de Ben. Mais cela ne l'empêchait cependant pas de caresser le projet de refaire l'amour avec Damien.

Elle avait donc réservé ces places dans un moment d'égarement. Mais Damien ne semblait plus éprouver le moindre désir pour elle à en juger par l'énergie qu'il avait consacrée à la poursuivre de ses assiduités depuis leur retour.

Et qui se réduisait à zéro. Pas une fois il n'avait essayé de la voir en personne. Au lieu de cela, il avait passé des heures à surfer sur le net pour dénicher des berceaux et des cours de préparation à l'accouchement !

Elle ne pouvait laisser perdre ces billets, mais elle ne se sentait pas la force d'écouter Damien lui vanter les mérites de l'allaitement maternel tout un après-midi.

D'après ce qu'elle savait, Rob Turner était le seul ami de Damien au bureau. Elle lui donnerait les billets et lui suggérerait d'inviter Damien. Si elle les remettait directement à ce dernier, elle était prête à parier qu'il les laisserait moisir dans l'un des tiroirs de son bureau.

Rob décrochait son téléphone quand elle frappa à la porte ouverte de son bureau. Il l'inspecta d'un œil curieux.

— Mandy, je crois ? Entrez, entrez.

— Merci.

Se sentant un peu ridicule, elle tapota l'enveloppe contenant les billets contre sa paume.

— Je me demandais si vous aviez quelque chose de prévu pour samedi. J'ai deux places pour le match des Yankees, et j'ai pensé que ça pourrait vous intéresser.

Il haussa les sourcils.

— Damien est au courant ? Parce que je croyais que vous… Enfin que vous et lui…

Mandy le dévisagea un instant sans comprendre, avant de virer à l'écarlate.

— Ô mon Dieu, non ! Je ne voulais pas dire vous et moi, mais vous et Damien.

Rob éclata de rire, quoiqu'elle ne se sentît pas particulièrement drôle.

— Oh, d'accord ! Mais je suis cruellement déçu, ajouta-t-il avec un clin d'œil.

Embarrassée, elle expliqua :

— Si je donne les billets directement à Damien, il n'ira pas. Il trouvera un prétexte quelconque et passera la journée à travailler. Alors je me suis dit que si c'était vous qui l'entraîniez, ça l'obligerait à sortir un peu.

Son petit discours avait été plus révélateur qu'elle ne l'imaginait, car le sourire de Rob s'effaça de son beau visage.

— Vous le connaissez bien, on dirait...

Elle haussa les épaules.

— Pourquoi ne l'accompagnez-vous pas vous-même ? À en juger par la façon dont il parle de vous, il préférerait votre compagnie à la mienne.

Elle s'interdit de poser la question. Non, non, non.

— Il vous a parlé de moi ?

Rob hocha la tête.

— Il fait souvent allusion à vous. Il ne m'a rien dit de précis, mais j'ai l'impression qu'il s'est passé quelque chose entre vous à Punta Cana. Si c'est le cas, j'en suis très content pour vous deux. Damien a besoin de quelqu'un dans sa vie.

Rob se laissa aller contre le dossier de son siège. Il tenait une petite balle de relaxation dans la main et la lança en l'air.

— Je suis enceinte, annonça-t-elle abruptement.

Cela finirait par se savoir tôt au tard. D'après les murmures des secrétaires qui jalonnaient son passage dans les couloirs, elle se doutait que la rumeur circulait déjà. Cela commençait à devenir difficile à cacher. Si elle voulait éviter d'alimenter des rumeurs l'associant à Damien, et empêcher Rob de suggérer à ce dernier qu'ils avaient peut-être un avenir ensemble, autant lâcher le morceau.

La balle de relaxation de Rob rebondit mollement sur son bureau.

— Sérieusement ? fit-il en jetant un coup d'œil à son ventre. Eh bien, c'est ce qui pouvait arriver de mieux à Damien !

Mandy serra les dents. Zut ! Elle était en train de s'enfoncer.

— Ce n'est pas le sien.

Les yeux de Rob se rétrécirent.

— Vous pouvez répéter ?

— Damien n'est pas le père.

Et pour la première fois, elle fut tentée de reconnaître qu'elle regrettait presque qu'il ne le soit pas.

— Vous en êtes sûre ?

— Oui !

Pour qui la prenait-il ?

— Oh ! Bon. Dans ce cas, je prends les billets, dit-il en tendant la main. Mais c'est sacrément dommagé… Pour être franc, je pensais que vous pourriez être celle qui aiderait Damien à s'en sortir.

— Il ne me voit pas de cette façon-là. Il trouve que je suis une bonne assistante, et il s'intéresse à l'évolution de ma grossesse. C'est tout ce qu'il y a entre nous.

La main de Rob se referma sur l'enveloppe.

— Vous vous trompez. Vous lui plaisez, mais il s'échine à feindre le contraire. Vous êtes la première femme à qui il s'intéresse depuis Jess.

Mandy lâcha l'enveloppe.

— Vous l'aimez bien.

Rob hocha la tête.

— Je le connais depuis toujours. Vous auriez dû le voir autrefois. C'était un mec génial.

— Il l'est toujours, murmura-t-elle.

Elle le pensait sincèrement.

18

Damien avait parcouru tout l'étage pour tenter de mettre la main sur Mandy. Sans succès. Il s'arrêta à l'accueil et serra les poings. Il ne retournerait pas dans son bureau tant qu'il ne l'aurait pas trouvée.

Il avait assisté à un match des Yankees avec Rob, le samedi précédent. Cela ne lui était pas arrivé depuis une éternité, et il s'était dit que ça lui ferait du bien de sortir avec son vieil ami. À la mi-temps, celui-ci lui avait confié que c'était Mandy qui lui avait donné les billets. Un aveu qui l'avait laissé perplexe.

Visiblement, Mandy pensait à lui, mais elle faisait également tout pour l'éviter. Il avait passé la moitié de la journée à essayer de la coincer dans son bureau, et l'autre moitié à tenter d'engager la conversation avec elle par mail ou par messagerie instantanée.

Elle lui avait répondu de façon polie, mais brève.

Ça le rendait fou. Il fallait qu'il la voie. Qu'il lui parle. Qu'il lui fasse l'amour.

Peu lui importait à présent de ne pas être en mesure de vivre une véritable relation avec Mandy. Il voulait prendre ce qu'elle était prête à lui offrir, et si cela devait se limiter à une histoire de sexe, eh bien, tant pis !

Il fallait être incroyablement naïf ou complètement fou pour croire qu'il était possible de ne garder de leur escapade aux Caraïbes que de bons souvenirs, et de s'en tenir là.

— Je peux vous aider, monsieur Sharpton ?

Derrière l'affreuse composition florale en plastique du comptoir, la réceptionniste le scrutait d'un œil inquiet. Damien arrivait à peine à distinguer son visage. Il écarta la monstruosité kitsch et planta son regard dans le sien.

— Avez-vous vu Mandy Keeling ?

La réceptionniste lâcha son stylo, et sa lèvre inférieure se mit à trembler. Zut. Il n'avait pas voulu lui faire peur. Il s'efforça d'afficher une expression moins revêche tandis qu'elle secouait la tête.

— Je ne l'ai pas vue, mais je peux appeler…

Damien l'interrompit d'un geste de la main. Il venait d'apercevoir Mandy qui sortait des toilettes.

— Inutile.

Cela faisait vingt-deux longues journées qu'il ne l'avait pas vue, excepté la fois où ils s'étaient croisés une demi-seconde sur le seuil de son bureau.

Il déglutit comme elle venait dans sa direction. Elle était tout bonnement superbe. Ses cheveux encadraient souplement son ravissant visage, et elle était vêtue d'une robe d'été à fines bretelles. Celle, couleur corail, qu'elle portait à Punta Cana. Il supposa qu'elle l'avait choisie parce qu'elle n'était pas serrée à la taille, mais un simple coup d'œil lui suffit pour constater que son ventre ressortait déjà plus nettement.

Ses seins aussi avaient grossi.

Quelque chose se produisit en lui. Quelque chose bascula, se craquela et vola en éclats. Il prit une profonde inspiration.

— Mandy.

Elle leva les yeux, la main encore enfouie dans son sac à la recherche d'un objet quelconque.

Elle ouvrit la bouche de surprise, et un sourire éclaira brièvement son visage. Puis elle lança un coup d'œil à la réceptionniste, et coinça nerveusement une mèche derrière son oreille.

— Monsieur Sharpton ? Vous avez besoin de moi ?

Question à double sens...

— Oui. Venez dans mon bureau.

Il se retourna à temps pour surprendre la grimace compatissante que la réceptionniste adressait à Mandy dans son dos. Voyant qu'il la regardait, elle s'empressa de baisser les yeux, et attrapa un bloc-notes en toussotant.

Damien se frotta le front et soupira.

— Faut-il que je passe prendre quelque chose dans mon bureau ? s'enquit Mandy en lui emboîtant le pas.

— Non.

Il eut conscience du ton péremptoire qu'il venait d'adopter. Elle lui décocha un coup d'œil étonné, mais ne sembla pas impressionnée outre mesure.

Il s'effaça pour la laisser entrer dans son bureau, et referma la porte derrière eux.

— Que puis-je pour vous ? fit-elle en se tournant vers lui.

Il ignora sa question.

— Tu es belle. Et tellement sexy. Te voir dans cette robe me rappelle ce jour où j'ai fait glisser le haut sur ton buste pour découvrir tes seins.

La surprise que reflétait le visage de Mandy céda lentement la place à la prudence.

— Qu'est-ce que ça veut dire, Damien ? Je croyais qu'on était d'accord pour ne pas continuer dans cette... voie.

— J'ai essayé, mon ange, j'ai vraiment essayé. Mais ces trois dernières semaines ont été horribles. Tu me manques.

Au cas où elle n'aurait pas saisi le message, il s'approcha d'elle, et l'attira dans ses bras.

— Damien...

Elle étira tant la dernière syllabe de son nom, qu'elle mit presque une minute à le prononcer entièrement.

Il écarta sa frange et déposa un baiser sur son front. Sa paupière. Sa tempe. Sa joue.

— Pourquoi m'as-tu évité ?

— On était d'accord. C'était ce qu'on avait décidé.

Mais elle était déjà en train de nouer les bras autour de son cou.

— Et puis, tu n'as pas précisément cherché à m'approcher. Tu t'intéresses bien plus à mon bébé qu'à moi.

Il l'enlaça plus étroitement. Comment avait-il pu croire qu'il pouvait se passer d'elle ?

— C'est faux. Je devenais fou à force de te désirer, alors je me suis dit que si on devenait amis, je pourrais m'occuper de toi, faire partie de ta vie.

Tout cela semblait totalement dénué de sens, à présent.

Damien tira sur l'encolure de sa robe et jeta un coup d'œil dans son décolleté. Comme il enfouissait la tête entre ses seins, il l'entendit soupirer.

— Rappelle-moi pourquoi on ne peut pas continuer comme à Punta Cana ?

— Parce que je vais avoir un enfant et qu'il faut que j'organise ma vie en conséquence. Il faut que je trouve un appartement, que je sois certaine de la stabilité de mon emploi et que je choisisse un mode de garde pour le bébé. Il faut même que je puisse lui offrir un berceau à deux mille dollars...

Imperturbable, il continua de lui embrasser les seins, goûtant sa chair avec délices.

— Pas d'autres motifs ?

— Ben est venu me trouver. Il veut qu'on se remette ensemble.

Damien s'immobilisa, et hasarda d'un ton prudent :

— Et tu as accepté ?

— Bien sûr que non ! Après ce qu'il m'a fait, et après ce que nous avons partagé, toi et moi... Comment oses-tu imaginer que je t'autoriserais à m'embrasser si j'avais accepté ?

— Je voulais juste m'en assurer…

Il suivit du bout de la langue le bord de son soutien-gorge. Elle était toujours aussi délicieuse. Et il aimait beaucoup ce qu'elle venait de dire… *après ce que nous avons partagé, toi et moi.*

Il ressentait la même chose. Ils avaient partagé quelque chose d'unique. Qui existait toujours. Qu'ils pouvaient continuer à partager.

— Donc, tu as envoyé promener Ben ?

— Pas exactement, non.

Il interrompit sa caresse et releva la tête, mais elle le força à poursuivre.

— Il veut faire partie de la vie de son enfant. La situation est un peu compliquée en ce moment. Voilà pourquoi on ne peut pas continuer comme à Punta Cana.

— D'autres raisons ?

Damien rabattit le tissu d'un bonnet et prit la pointe de son sein entre ses lèvres.

— Tu n'as pas fait le deuil de ta femme, haleta-t-elle. Tu as dit toi-même que tu n'étais pas prêt à entamer une nouvelle relation, et tu ne veux certainement pas de moi et du bagage que je traîne.

Son propos était sensé. Leur raisonnement n'avait fondamentalement pas changé. Elle était enceinte. Et il était sens dessus dessous sur le plan émotionnel.

Mais ça n'avait pas la moindre importance. Absolument aucune.

Il se soucierait de l'avenir plus tard. Pour l'instant, il savait juste qu'il avait besoin de Mandy dans sa vie. Il aspira doucement la pointe de son sein, et elle tressaillit, se retenant de gémir.

— Tu ne comptes pas t'arrêter ?

Il secoua la tête.

— Non, répondit-il, la bouche pleine.

— Franchement, Damien, on est dans ton bureau, au beau milieu de l'après-midi…

Un point pour elle. Il la lâcha à regret, effleura une dernière fois son sein des lèvres.

— Dîne avec moi ce soir.

— Je dois aller essayer ma robe de demoiselle d'honneur. Le mariage de Caroline a lieu dans trois semaines.

— Déjeune avec moi demain midi, alors.

— Je dois passer une échographie à l'heure de ma pause-déjeuner.

Il remit de l'ordre dans le décolleté de Mandy.

— Où ça ?

— Dans une clinique à l'angle de Broadway et de Prince Street. J'ai rendez-vous à 13 heures.

— On dîne ensemble demain soir, alors. On boira à la santé de ton bébé.

— On ne fera vraiment que ça ?

Elle rajusta sa robe, et l'interrogea du regard.

— Si tu acceptes de monter chez moi, je te ferai l'amour toute la nuit. Sinon, je me contenterai de dîner avec toi.

Son cœur se mit à battre la chamade tandis qu'il attendait sa réponse. Ce qu'elle allait dire avait beaucoup d'importance à ses yeux, bien plus qu'il n'était prêt à l'admettre.

Il ne savait pas trop ce qui lui arrivait. Ce qu'il ressentait pour Mandy allait bien au-delà d'une simple…

— J'essaierai de ne pas oublier ma brosse à dents.

Un flot de bien-être l'inonda. Il était soulagé qu'elle accepte de passer la nuit avec lui, et soulagé de ne pas avoir à reconnaître combien il tenait à Mandy.

Il s'était juré de ne plus jamais aimer.

Il ne le voulait ni ne le pouvait.

S'il se mentait à lui-même, personne d'autre que lui ne le saurait.

Sa vessie allait exploser. Assise sur la chaise de la salle d'attente, Mandy fit passer le poids de son corps d'une fesse sur l'autre, et s'efforça de ne pas imaginer ses muscles en train de se relâcher. Elle se couvrirait de honte si elle mouillait sa culotte devant des inconnus.

Si on n'appelait pas son nom dans les cinq minutes, elle serait tenue d'agir. De faire quoi exactement ? Elle n'en savait rien. Hurler serait peut-être un peu exagéré. Se ruer aux toilettes n'était sans doute pas la solution, car elle serait obligée de prendre un nouveau rendez-vous, et le supplice recommencerait. Ce qui ne lui laissait finalement pas d'autre choix que de rester à se tortiller sur sa chaise en priant pour que sa vessie tienne le coup.

Les choses auraient sans doute été plus faciles si elle avait pu se plaindre auprès de quelqu'un. Caroline et Jamie avaient bien proposé de l'accompagner, mais elle avait décliné leur offre. Allison elle-même le lui avait proposé, la mort dans l'âme, ce qui rendait sa proposition d'autant plus adorable. Allison avait une sainte horreur de tout ce qui touchait à la nature, y compris les fonctions biologiques.

Mandy n'avait pas voulu les déranger, d'autant que la situation risquait d'être embarrassante, car Ben avait lui aussi insisté pour assister à l'examen. L'affronter seule serait déjà assez pénible sans qu'elle sente de surcroît le regard accusateur de ses amies peser sur lui.

Seulement voilà, Ben ne s'était pas encore montré. Il avait une demi-heure de retard et, à moins d'être coincé dans un embouteillage monstre, elle n'en comprenait pas la raison. Et même s'il avait été retardé, il aurait pu l'appeler sur son portable. Elle était bien tentée de lui passer un coup de fil, histoire de savoir à quoi s'en tenir, mais elle parvint à résister. Pas question de le harceler ou de le culpabiliser pour le forcer à s'impliquer dans sa grossesse.

C'était son idée à lui. C'était lui qui avait insisté pour assister à l'échographie. Résultat : elle se retrouvait toute seule, et si l'attente se prolongeait, elle allait finir par tremper le pantalon de grossesse taille basse qu'elle venait à peine d'étrenner.

Mais le pire de tout, c'était son angoisse à l'idée que l'examen révèle une malformation fœtale.

Elle attrapa un magazine sur la table et le feuilleta distraitement. Son regard s'arrêta sur une photo montrant des corps éparpillés sur le sol tandis que des secouristes fouillaient des décombres après un tremblement de terre. Charmant.

Quelqu'un s'assit à côté d'elle. Écartant son magazine, elle leva les yeux et lui adressa un sourire poli.

C'était Damien.

Impeccable dans sa tenue d'homme d'affaires, il était très beau, très viril, et très, très proche d'elle.

— Salut, murmura-t-il, son épaule frôlant la sienne tandis qu'il s'emparait de sa main. On ne t'a pas encore appelée ?

Mandy secoua la tête.

— Qu'est-ce que tu fais ici ?

Il fallait qu'il s'en aille. Il n'aurait pas dû venir. Les gens risquaient de se faire des idées en les voyant ensemble. Ou pire, c'était elle qui risquait de se faire des idées.

— J'ai pensé que tu pourrais avoir besoin de compagnie. Au cas où on t'annoncerait une bonne nouvelle, ou une nouvelle un peu moins bonne…

Et voilà ! Elle s'apprêtait à l'envoyer paître, et il lui disait un truc adorable. Le contact de sa main était rassurant, et elle se demanda comment il parvenait à deviner si aisément ses craintes et ses doutes, à les faire siens, et à les apaiser. Peut-être était-ce parce qu'il avait lui-même connu la douleur et la peur.

— Ce sera une bonne nouvelle, n'est-ce pas, Damien ?

— Bien sûr, lui assura-t-il avant de l'embrasser sur le front. Comment va ta vessie ?

— Pleine à craquer.

— Mandy Keeling ?

Une assistante médicale se tenait sur le seuil de la salle d'examen, un dossier à la main.

Enfin !

— Oui.

Mandy se leva et la rejoignit d'un pas prudent afin d'éviter tout débordement intempestif.

— Le papa est autorisé à assister à l'examen s'il le désire, précisa l'assistante en désignant Damien. Ce serait dommage de rater ça.

Mandy aurait dû sauter sur l'occasion pour clarifier la situation, mais elle ne put se résoudre à détromper cette femme. Elle avait envie d'avoir quelqu'un auprès d'elle. Et elle avait envie que ce quelqu'un soit Damien.

— Tu veux venir ? demanda-t-elle en se tournant vers lui.

Il était déjà debout et s'avançait vers elle. Elle prit cela pour un accord, puis consulta sa montre.

— Tu n'avais pas une conférence téléphonique à 13 heures ? Il est déjà 13 h 30.

— Je l'ai reportée à demain.

— Par ici, je vous prie.

L'assistante les fit entrer dans une pièce sombre.

— Je m'appelle Cheryl, et c'est moi qui vais pratiquer l'échographie. Cela prendra environ dix minutes, après quoi vous retournerez en salle d'attente. Je viendrai vous remettre les clichés et vous pourrez partir. Les résultats seront faxés à votre médecin, au premier étage. C'est votre première grossesse, je crois ?

— Oui, répondit Damien.

Mandy fronça les sourcils à son intention.

— Je pensais que c'était à moi que la question s'adressait.

Cheryl rit.

— Bien, allongez-vous sur la table et baissez la ceinture de votre pantalon.

— C'est un examen à travers la paroi abdominale, c'est bien cela ? s'enquit Damien.

Mandy ôta ses sandales, et lui jeta un coup d'œil. Elle allait devoir trouver un moyen de faire disparaître de son bureau tous ces livres sur la grossesse.

— Oui, confirma Cheryl en réglant ses appareils.

En grimpant sur la table, Mandy eut l'impression que le peu de grâce dont elle avait jamais disposé s'était complètement évaporée. Et l'accouchement était encore loin. Damien lui prit le coude pour l'aider à s'installer.

Elle remonta son petit top moulant bleu ciel et fit glisser l'élastique de son pantalon de quelques centimètres en regardant le plafond et en inspirant à fond. Tout serait normal, et elle allait voir son bébé.

Elle sursauta quand les doigts de Damien se posèrent sur son ventre.

— Je crois qu'il faut que tu baisses davantage ton pantalon.

S'il s'avisait de s'en charger, elle allait le gifler. Mais Cheryl s'y employait déjà, et plaça une serviette dans sa culotte. Ce n'était pas exagérément digne, mais elle lui expliqua que c'était pour éviter que le gel ne salisse ses vêtements.

— Comment ça se passe ? demanda Mandy.

— L'instrument enregistre les ondes sonores quand il passe au-dessus du fœtus et les traduit en images sur l'écran.

Ce n'était pas Cheryl qui venait de parler, mais Damien.

— Vous travaillez dans le secteur médical ? s'enquit la jeune femme tout en étalant un gel froid sur le ventre de Mandy.

— Non, c'est un cadre en informatique dont le bureau est rempli de guides sur la grossesse, répondit Mandy à sa place.

Des guides qui disparaîtraient dès le lendemain.

Damien haussa les épaules d'un air penaud.

— J'aime bien m'informer, c'est tout.

Doux euphémisme. Mais sa légère contrariété disparut sitôt que la première image apparut à l'écran. On distinguait clairement un profil de bébé. Les yeux, le nez et les lèvres.

— Mon Dieu ! souffla Mandy.

Submergée par l'émotion, elle tendit la main vers Damien.

— Regarde comme on le voit bien !

Les doigts de Damien se refermèrent sur les siens.

— C'est incroyable.

Zut. Elle en avait les larmes aux yeux. Elle avait intérêt à se surveiller sous peine de ressembler à ces mères qui s'extasiaient chaque fois que leur progéniture remplissait sa couche.

— Une chose est sûre : il n'y en a qu'un, déclara Cheryl sans quitter l'écran des yeux.

Ignorant son inconfort, Mandy contemplait d'un regard émerveillé les images qui apparaissaient successivement. La colonne vertébrale. Une petite main parfaitement identifiable. Un pied.

— À première vue, tout semble parfait.

Cheryl cliquait, traçait des lignes et mesurait tout un tas de choses sur l'écran.

— Regarde ! s'exclama Damien. Il nous fait coucou ! Tiens, il se retourne sur le côté. Il doit chercher une meilleure position. Dis donc, ses orteils sont vraiment gros…

— Qu'est-ce qui te fait croire que c'est un garçon ?

Mandy avait l'impression de contempler un fessier, mais elle n'en était pas certaine.

— Aurais-tu aperçu quelque chose qui m'a échappé ?

Cheryl se mit à rire.

— Vous voulez connaître le sexe ? Je vais voir si j'arrive à faire un cliché bien net.

— J'aimerais bien, oui, répondit Damien avant que Mandy n'ait eu le temps d'ouvrir la bouche.

Elle le dévisagea. Jusqu'à présent, elle ne s'était pas souciée du sexe de son bébé. Du reste, elle n'était pas certaine de vouloir le connaître. Elle préférait avoir la surprise.

— Je ne pense pas que je veuille savoir.

— Cheryl peut me le dire, et je garderai le secret.

Damien semblait avoir complètement oublié un détail. Ce n'était pas son enfant. Mais il avait l'air si heureux, si content pour elle, qu'elle n'eut pas le cœur de lui en faire la remarque. C'était peut-être l'émotion du moment. Ou bien parce qu'elle appréciait tout ce qu'il avait fait pour elle. Mais il lui semblait que, peut-être, elle était tombée un petit peu amoureuse de Damien Sharpton.

— Hors de question que tu le saches et pas moi !

Elle rit à l'idée de Damien s'efforçant de garder un tel secret. Il suffirait qu'elle voie traîner un exemplaire de *J'élève ma fille* ou quelque chose du même genre pour qu'elle ait la réponse à la question qu'elle refusait de poser.

— Alors, c'est oui ou c'est non ? intervint Cheryl.

Damien décocha un regard suppliant à Mandy.

— C'est à toi de décider, fit-il.

Cette fois, plus aucun doute n'était permis. Elle était amoureuse de lui. Le cœur gonflé d'amour, ses doigts serrant les siens, les yeux brûlants de larmes, elle hocha la tête.

— D'accord. Dites-le-nous.

— C'est une fille.

Cheryl désigna l'écran.

— Comme vous pouvez le constater, aucun organe masculin n'est visible à cet endroit.

Une fille. Une petite fille. Des couvertures roses et des robes de dentelle.

— Une fille, souffla Damien. Elle est parfaite. Comme sa maman.

Il y allait peut-être un peu fort, mais Mandy ne protesta pas. Elle sentit une larme rouler sur sa joue, et pressa fort les paupières.

— Qu'est-ce que tu reproches au prénom Rebecca ?

Il n'allait pas recommencer avec les prénoms ! Mandy s'essuya la joue avec un petit rire exaspéré.

— Je ne reproche rien à ce prénom. Mais je préfère Cecilia, c'est tout.

— Quand tu le prononces avec l'accent anglais, c'est très joli, mais ça sonne plat quand c'est dit par un Américain.

Il se tourna vers Cheryl.

— Qu'est-ce que vous en dites ?

Elle leva la main.

— Je n'interviens jamais dans des discussions de ce genre.

— Damien, on pourra en discuter plus tard.

Beaucoup plus tard. Jamais par exemple.

— C'est presque terminé, annonça Cheryl en lançant l'impression des clichés. D'après la taille du fœtus, la date probable de l'accouchement est le 21 octobre.

— Au fait, je voulais vous demander si vous ne détectez aucun signe d'embolie, demanda Damien. Parce qu'on a pratiqué un cunnilingus, et je voulais être certain de ne pas avoir fait entrer d'air dans son vagin.

Mandy faillit tomber de la table d'auscultation.

— Damien !

Cunnilingus ! Jamais personne ne s'était avisé de prononcer ce mot épouvantable en parlant d'elle.

— Tu ne viens *pas* de dire ça !

Elle n'osait plus regarder Cheryl, de crainte de se liquéfier de honte en découvrant son expression horrifiée.

— Quoi ? Nous sommes entre adultes. Et je me suis vraiment inquiété.

Comment pouvait-il avoir l'air aussi parfaitement innocent ? Aussi soucieux ? Aussi professionnel ? Comme si le fait d'aborder un tel sujet devant un tiers était parfaitement banal !

— Tu as perdu la tête ! Pourquoi ne pas aborder les gens dans la rue pour leur parler de mes hémorroïdes, tant que tu y es !

Mandy attrapa la serviette en papier que lui tendait Cheryl et s'essuya rageusement le ventre. Sa vessie dilatée lui tira une grimace.

— Tu as des hémorroïdes ? s'exclama Damien.

Elle aurait dû lui laisser croire qu'elle en avait. Elle aurait dû aborder les aspects les moins ragoûtants de la grossesse pour le faire fuir avant qu'ils ne se retrouvent dans une situation inextricable.

Mais elle en fut incapable. Elle posa la serviette et remonta son pantalon.

— Non. Non, je n'en ai pas. Mais je trouve ta question déplacée.

Cheryl tendit les clichés à Damien et s'éclaircit la voix.

— Je pense que vous devriez aborder les questions qui vous tracassent avec votre gynécologue.

Elle se tourna vers Mandy et enchaîna en souriant :

— Je sais que ce ne sont pas mes affaires, mais ça fait plaisir qu'un papa s'investisse autant dans la grossesse de sa femme. Bien des pères s'en désintéressent totalement.

Mandy eut l'impression de recevoir une gifle. Les joues en feu, elle s'assit précipitamment. Elle n'était pas mariée avec Damien. Il n'était même pas le père de son enfant. Et il s'investissait plus que l'homme qui avait transmis une partie de son ADN à sa fille.

— L'examen est terminé. Les toilettes sont au bout du couloir à droite. Félicitations pour votre fille, dit Cheryl avant de quitter la pièce.

Mandy rabattit son top sur son ventre encore un peu poisseux et se leva. Elle tremblait, elle avait trop chaud.

— Damien…

— Je suis désolé, dit-il en même temps.

— Non…

— J'ai dépassé les bornes. Tout ceci ne me regarde en rien, et au lieu de t'apporter mon soutien, je t'ai mise dans l'embarras. Je suis désolé.

Il pinça les lèvres et sa main serra l'imprimante à côté de lui. La pénombre ne lui permettait pas de distinguer clairement ses yeux, mais Mandy sentit sa confusion, le sentit se replier sur lui.

Ce qu'elle ne voulait surtout pas.

— Tu n'as pas à être désolé. Ce serait plutôt à moi de te présenter des excuses. Je devrais t'être reconnaissante d'avoir modifié ton emploi du temps pour venir ici.

— Je ne veux pas de ta gratitude.

Il n'avait pas élevé la voix, mais la colère perçait sous ses mots.

Mandy le scruta. Elle avait oublié de remettre ses chaussures, oublié qu'elle avait envie d'aller aux toilettes. Tandis qu'elle le regardait, elle vit soudain ce qu'elle avait refusé d'admettre. Ce qu'elle voulait. Lui. Damien. Avec elle. Pour toujours.

— Qu'est-ce que tu veux, Damien ? murmura-t-elle.

— Je veux ce que je ne peux pas avoir, répondit-il d'une voix frémissante.

— Comment sais-tu que tu ne peux pas l'avoir ?

Elle était à un doigt de le lui offrir. D'envoyer balader toutes ses considérations réalistes pour suivre ce que lui dictait son cœur.

— Parce que la vie ne nous donne pas tout ce qu'on désire dans un joli paquet bien emballé.

Il lui tendit les clichés.

— Il n'y a pas de dénouement heureux dans mon cas. Je ne sais que prendre, pas donner.

— Tu te trompes.

Mandy enfila ses chaussures pour le suivre comme il se dirigeait vers la porte. Elle voulait qu'il sache qu'il lui avait déjà donné beaucoup.

— Non. L'erreur, ce serait de vous impliquer égoïstement, ta fille et toi, dans le gâchis pathétique qui me tient lieu de vie.

La main sur la poignée de la porte, il se tourna vers elle.

— Tu n'as pas idée à quel point j'ai tout bousillé, Mandy.

— Dis-le-moi. Aie confiance en moi.

Elle aurait tout donné pour effacer la douleur qu'elle lisait sur son visage.

— Et que je te laisse voir à quel point je suis monstrueux à l'intérieur ? Je te respecte trop pour t'infliger ça, Mandy.

Sur ces paroles, il quitta la pièce.

Ce fut à cet instant précis que Mandy sut qu'elle ne le laisserait pas sortir de sa vie aussi facilement que Ben.

Elle l'aimait, et elle avait l'intention de le lui faire savoir.

19

Damien traversa le hall de l'hôtel en tirant son sac à roulettes derrière lui, et appela son cousin George sur son portable.

— Allô !

— George ? C'est Damien.

Il se dirigea vers l'ascenseur et glissa la clé de sa chambre dans la poche de son jean.

Le silence se prolongeait à l'autre bout du fil.

— Ça alors ! Tu sais que quand tante Becky prétend que tu es toujours vivant, on ne la croit pas vraiment.

La mâchoire de Damien se crispa.

— Non seulement je suis toujours vivant, mais je suis à Chicago.

Pour la première fois depuis son acquittement.

Le trajet en taxi depuis l'aéroport lui avait paru étrange, presque irréel. Il s'était attendu à éprouver de la nostalgie, à être assailli par de douloureux souvenirs de Jessica. Au lieu de quoi, il s'était senti étrangement détaché. Et cela continuait.

— Vraiment ? Tu es là pour affaires ? Combien de temps restes-tu ? Ma mère ne m'a pas prévenu de ton arrivée.

— Personne n'est au courant pour l'instant.

Il était parti sur un coup de tête. En sortant de la clinique, après l'échographie de Mandy, il était rentré chez lui, et après avoir passé une heure à arpenter son appartement, il avait finalement réservé une place sur le premier vol pour Chicago. À 20 heures, heure locale, il atterrissait dans sa ville natale.

Il n'avait certes pas prévu que la journée se terminerait ainsi. Mais la vision du bébé de Mandy l'avait bouleversé. Lui avait donné envie de *vouloir* de nouveau.

Il croyait ne plus en avoir le droit, mais une petite voix lui avait soufflé qu'il était temps de se défaire d'une partie de son passé.

Alors il avait pris l'avion.

— Je voudrais vendre ma maison, George. Tu peux t'en occuper ?

George, de cinq ans son aîné, travaillait dans l'immobilier. Il possédait un fichier de clients impressionnant et un don de persuasion hors pair.

— Quelle maison ?

Les portes de l'ascenseur s'ouvrirent, et Damien pénétra dans la cabine. Il appuya sur le bouton du dixième étage.

— La maison de Wheaton.

— Elle est toujours à toi ? s'exclama George, éberlué.

Oui. C'était son cadeau de mariage à Jessica. Il n'avait pas les moyens de la payer en totalité à l'époque, mais ils s'y étaient mis à deux pour rembourser les mensualités quand Jessica avait décroché son premier emploi, après ses études de droit. Cette maison lui avait beaucoup plu. Elle était de style colonial, à deux niveaux, avec des volets noirs et des parterres de fleurs. Elle avait également beaucoup plu à Jessica. Jusqu'à ce qu'elle se rende compte qu'elle demandait beaucoup d'entretien.

Elle considérait les fleurs qui lui plaisaient tant comme une corvée, un surcroît de travail.

Damien se frotta les sourcils.

— Je l'avais mise en location.

Il n'avait pas eu le courage de la vendre après la mort de Jessica. Il avait chargé son père de trouver un locataire et ne s'en était plus occupé. Ses beaux-parents avaient emballé les meubles et les avaient stockés dans leur cave.

— Depuis combien de temps en étais-tu propriétaire ? Sais-tu dans quel état elle est ? s'enquit George, adoptant un ton professionnel.

— Je l'ai achetée il y a six ans. Je ne sais pas dans quel état elle est, mais mon père doit y jeter un œil de temps en temps. Elle est occupée par le même couple de locataires depuis trois ans. Pas d'enfants. Pas d'animaux.

— Si elle a été bien entretenue, tu devrais réaliser une jolie plus-value. Elle était de construction assez récente si je me souviens bien ?

— Du moment que je ne perds pas d'argent et que je n'ai pas à m'en occuper, je me moque pas mal du prix que tu en tireras.

Ses paroles en révélaient plus que Damien n'aurait souhaité.

— Et toi, George, quoi de neuf? ajouta-t-il pour donner le change.

— Bof, la routine... Dis-moi, il me faut ta signature pour la mise en vente officielle, pourquoi ne viendrais-tu pas dîner à la maison demain soir ? Ma femme sera ravie de te voir. Elle a toujours eu le béguin pour toi – à cause de tes affreux yeux bleus, d'après ce que j'ai compris.

Damien sourit en sortant de l'ascenseur.

— J'accepte avec plaisir, mais je doute fort que Mélanie ait jamais accordé une seconde d'attention à la couleur de mes yeux. Surtout n'avertis pas ta mère de mon arrivée avant que j'aie eu le temps de joindre la mienne. Je ne voudrais pas qu'elle apprenne que je suis là par un tiers.

— Compris. Tu sais quoi, Damien ? Ça fait chaud au cœur d'entendre ta voix.

Damien se dit que c'était ce qu'il ressentait également.

Mandy était perplexe.

Damien avait disparu.

Après avoir quitté la clinique, il n'était pas retourné au bureau. Il lui avait adressé un mail des plus énigmatiques lui demandant d'annuler tous ses rendez-vous jusqu'à la fin de la semaine ainsi que leur dîner, car il avait à faire en dehors de New York.

Damien n'annulait jamais aucun rendez-vous. Et on était seulement mardi. Il n'avait jamais pris trois jours de congé successifs !

Mandy se faisait un sang d'encre.

— Tu as entendu ce que je viens de te dire ? demanda Ben, une pointe d'irritation dans la voix.

— Hmm ? Oh, désolée ! C'est la grossesse, tu sais, mentit-elle. J'ai souvent des absences et je me laisse facilement distraire.

Sa grossesse présentait au moins cet avantage : elle pouvait mettre tout ce qui l'arrangeait sur son compte.

Ben venait de lui téléphoner pour lui expliquer qu'il avait été coincé par une réunion et qu'il n'avait pas pu se libérer à temps pour l'échographie. Tout en grignotant des bretzels, Mandy songea qu'elle se fichait éperdument de ce qui avait empêché Ben.

— J'ai l'impression que cela affecte également tes bonnes manières, reprit-il d'un ton pincé. Tu es en train de mâcher à mon oreille si je ne m'abuse.

— En effet. Il se trouve que j'ai faim. Je m'offre toujours une petite collation avant de me coucher.

Mandy posa les pieds sur la table basse et se laissa aller contre les coussins du canapé. Il faisait lourd et elle transpirait en dépit de l'air conditionné. Elle baissa les yeux sur son ventre rebondi.

— Dans ce cas, je serais bref. Je voulais seulement savoir si l'examen s'était bien passé.

— Tout va bien. Le bébé est normal, et l'accouchement est prévu pour le 21 octobre.

Mandy prit les photos qu'elle avait contemplées toute la soirée.

— J'ai des photos. Je peux te les faxer si tu veux.

— Entendu, répondit-il sans grand enthousiasme. Mais je préfère que tu les envoies chez moi plutôt qu'au bureau.

— D'accord.

Elle reprit un bretzel.

— J'ai commencé à chercher des prénoms. Qu'est-ce que tu penses de Cecilia pour une fille ?

— C'est joli. Cecilia Hurst, ça sonne bien.

Mandy cessa de mâcher. Elle n'avait pas envisagé de donner le nom de famille de son père à son enfant.

— C'est une fille, précisa-t-elle. Aucun risque d'erreur.

— Eh bien, c'est parfait. J'aurais bien aimé avoir un autre fils, mais ces choses-là ne se décrètent pas, n'est-ce pas ? ajouta-t-il avec un petit rire.

Très drôle. Mandy n'avait pas du tout envie de rire. Surtout lorsqu'elle songeait que Rebecca Sharpton aurait pu avoir un père qui ne se souciait pas qu'elle fût une fille plutôt qu'un garçon.

Cecilia Hurst, elle, aurait un père bâti sur le même modèle que son propre père, songea Mandy. Aimant, mais distant, et perpétuellement insatisfait.

Ce n'était pas ce qu'elle voulait pour sa fille, mais « ces choses-là ne se décrètent pas, n'est-ce pas ? ».

Elle n'était d'ailleurs pas certaine qu'elle aurait cherché à changer les choses si elle en avait eu la possibilité. Si elle n'avait pas été enceinte de Ben, elle n'aurait jamais connu Damien. Ils n'auraient jamais fait l'amour, et elle n'aurait jamais découvert qu'elle l'aimait. D'un amour sincère et profond.

Mais si le destin avait décidé que les choses se passeraient de cette façon, et si la prédiction de Beckwith Tripp se révélait exacte, elle ne voyait pas très bien où tout cela la conduirait.

Elle avait un polichinelle dans le tiroir et le cœur en lambeaux.

Elle fourra un autre bretzel dans sa bouche.

Damien coinça sous son bras gauche la boîte qu'il tenait à la main et appuya sur la sonnette. Il avait le cœur battant et les paumes moites. Il n'était pas sûr d'aller jusqu'au bout.

Il n'était que 10 heures, mais le soleil tapait déjà fort et il sentit un filet de sueur couler le long de son dos. Il se donnait encore deux secondes avant de se sauver à toutes jambes.

La porte s'ouvrit en grand. Zut !

Son beau-père, qui ouvrait la bouche pour le saluer, demeura bouche bée.

— Damien ?

Il tourna la tête pour crier par-dessus son épaule.

— Susan, devine un peu qui est là !

— Bonjour, Fred, fit Damien. Comment vas-tu ?

Il avait eu un mal fou à prononcer ces quelques mots, et il luttait à présent de toutes ses forces pour ne pas s'effondrer sur le trottoir.

— Bien, très bien.

Fred l'observa en silence un instant, puis secoua la tête.

— Mais entre, je t'en prie. Tu peux te vanter de m'avoir surpris, mon garçon. Ça fait bien trois ans que tu n'as pas donné signe de vie.

Fred s'écarta pour lui céder le passage. Quand il franchit le seuil de la maison, Damien sentit ses mains se mettre à trembler. Trois ans plus tôt, les parents de Jessica l'avaient soutenu dans son combat pour prouver son innocence, mais il n'était pas certain de les retrouver dans le même état d'esprit. Le temps aidant et l'absence de leur fille se faisant sentir, ils auraient pu réfléchir plus avant, remâcher le passé, et changer d'avis à son sujet, mais il ne semblait pas que ce fût le cas.

— Tu as l'air en forme, fit remarquer Damien en balayant son beau-père du regard. La retraite te convient, apparemment.

Fred jeta un regard par-dessus son épaule avant de conduire Damien au salon.

— Pour être franc, je m'ennuie épouvantablement, chuchota-t-il. Susan me tape sur les nerfs. Je n'aurais jamais pensé que j'en arriverais là... Sous prétexte que je reste à la maison, elle croit que je vais m'intéresser aux nouveaux rideaux de la cuisine, aux pétunias du jardin et à la dix-huitième paire de sandales qu'elle vient de s'acheter.

— Qu'est-ce que tu dis, Fred ?

Susan pénétra dans la pièce et resta figée sur place.

— Ô mon Dieu !

Elle porta la main à son cœur.

— Damien.

Elle s'approcha de lui pour l'embrasser.

— Comment vas-tu ?

— Pas trop mal, répondit Damien. J'ai été mieux, j'ai été pire aussi. Tu es toujours aussi jolie, Susan.

Elle agita la main.

— Ne dis pas de bêtises ! J'ai une mine de déterrée. Fred me rend folle depuis qu'il passe ses journées à la maison, c'est à cause de lui que j'ai les yeux aussi cernés.

Son mari parut étonné, et Damien ne put s'empêcher de sourire. Susan était aussi belle que l'avait été Jessica. Il déposa sa boîte sur la table basse, à l'extrémité du canapé en cuir.

— Qu'y a-t-il dans cette boîte, Damien ? s'enquit-elle en s'asseyant et en tapotant le coussin à côté d'elle pour l'inviter à la rejoindre. Viens ici, que je te regarde un peu. Tu as l'air fatigué, et triste. J'espérais que la prochaine fois que nous nous verrions, tu sourirais.

Damien s'y efforça, sans succès.

— J'ai apporté des affaires qui appartenaient à Jessica. Ses trophées de natation et ses albums souvenirs de l'université. C'est à vous qu'ils reviennent ; je suis désolé d'avoir mis si longtemps à vous les rapporter. Je n'arrivais pas à toucher à ses affaires.

Il ne savait pas vraiment comment il y était parvenu. Mais quand il avait pris la décision d'aller à Chicago, il avait sorti les boîtes gainées de ruban adhésif de son placard et sélectionné un certain nombre d'objets pour les parents de Jessica. Cela lui avait semblé tout naturel de les leur rendre.

Il avait ressenti le besoin de venir les voir.

— Tu es sûr ?

Susan tendit la main vers la boîte, puis interrompit son geste.

— Oui, ce sont des souvenirs d'avant notre rencontre. J'ai conservé les photos de l'époque où on était ensemble.

Susan ouvrit la boîte, et Damien constata avec surprise que ce n'était pas si difficile que cela de regarder les parents de Jessica retrouver les affaires de leur fille. Susan ne versa une larme qu'une seule fois, en consultant un bulletin scolaire, mais le reste du temps, son mari et elle demeurèrent détendus, rirent même des souvenirs heureux que certains objets ne manquèrent pas de leur rappeler.

Ils avaient fait leur deuil, comprit Damien. Jessica leur manquait, ils l'aimaient, mais ils avaient accepté sa perte et s'efforçaient de ne garder en mémoire que les bons moments.

Il aurait voulu en faire autant, mais il n'en était pas encore capable. Et n'était même pas certain d'y parvenir un jour.

— Alors, as-tu rencontré quelqu'un ? Y a-t-il une femme dans ta vie ? demanda Susan d'un ton détaché en lui jetant un coup d'œil par-dessus ses lunettes de lecture.

— Non.

Il secoua la tête. Il ne pouvait évoquer sa relation avec Mandy. Il était son patron, son amant d'une nuit et peut-être, en tout cas, il l'espérait, son ami.

— Cela me désole, avoua Susan tranquillement. J'espérais qu'avec le temps tu irais de l'avant, que tu trouverais le bonheur.

— Non, répéta-t-il.

C'était la réponse la plus simple.

— Tu t'es coupé de ta famille et de tes amis, tu n'es pas heureux… Ce n'est pas ce que Jess aurait voulu pour toi, dit Susan en lui caressant l'avant-bras.

Cette déclaration le fit réfléchir. Il laissa courir son doigt sur la tranche d'un des albums de Jessica, puis le glissa entre les pages et serra jusqu'à ce que ce soit douloureux.

— Tu crois ? Je n'ai jamais réussi à comprendre ce qu'elle voulait vraiment.

Fred rit.

— J'imagine, mon garçon ! Jessica n'était pas facile à vivre. Elle tenait de sa mère.

Susan lui donna une tape sur la jambe.

— Fais attention à ce que tu dis, toi !

Damien n'avait pas le sentiment qu'il y avait de quoi rire, mais pour la toute première fois, il s'autorisa à penser que leurs problèmes de couple n'avaient pas été uniquement sa faute à lui. Il aurait pu aimer Jessica de toutes ses forces que cela n'aurait pas suffi à la rendre heureuse. Ils n'étaient pas faits l'un pour l'autre.

Si elle n'était pas morte, peut-être auraient-ils fini par se séparer.

C'était du reste sans importance puisqu'il était vivant alors qu'elle était morte, et reposait à présent en paix.

— Il faut que j'y aille, dit Damien en se levant. Je n'ai pas encore vu mes parents.

Cela fait, il lui resterait une dernière chose à accomplir avant d'aller chez George signer le mandat pour la mise en vente de la maison.

Il devait passer par le salon de tatouage.

20

Mandy piqua sa fourchette dans sa salade César. Son expression inquiète n'échappa nullement à Caroline qui l'observait tout en se tapotant les lèvres avec sa serviette.

— Tu te fais vraiment du souci pour lui. Avoue: tu es amoureuse de Démon Sharpton!

Mandy leva brutalement la tête et inspecta la salle d'un regard anxieux. Elles déjeunaient dans un restaurant juste en face du bureau, et n'importe qui aurait pu entendre. Elle ne tenait pas du tout à ce que des rumeurs circulent au sujet de Damien et elle. N'apercevant aucune secrétaire espionne dans les parages, Mandy laissa tomber sa fourchette.

— C'est tellement évident?

— Je ne t'ai jamais vue ainsi.

Malgré la chaleur étouffante, Caroline était aussi fraîche et pimpante qu'à l'ordinaire.

Mandy quant à elle avait l'impression d'avoir fait une course d'obstacles pour se rendre jusqu'au restaurant. Elle avait chaud, se sentait gonflée de partout et moite. Elle était certaine que son déodorant avait perdu toute efficacité le temps qu'elle prenne l'ascenseur.

— Ben ne t'a jamais fait autant d'effet. Je me demande si tu n'éprouves pas des sentiments plus profonds que tu n'imagines.

Oh, elle savait parfaitement ce qu'elle éprouvait!

— L'idée qu'il puisse avoir des ennuis me terrifie. On s'est un peu accrochés, hier, à l'échographie.

Ils ne s'étaient pas disputés à proprement parler, mais ils ne s'étaient pas non plus quittés en excellents termes.

— Et tout de suite après, il a disparu. Il ne quitte jamais le bureau ainsi. Il n'a même pas consulté ses mails. Où peut-il bien être ?

— Il est peut-être chez lui, tout simplement. Il avait besoin de se changer les idées.

Caroline se lissa les cheveux avant d'enchaîner :

— Sais-tu que soixante pour cent des femmes et vingt pour cent des hommes se font porter pâles au moins une fois par an parce qu'ils se trouvent une sale tête ?

Mandy était persuadée que Damien ne faisait pas partie de ces statistiques.

— Damien ne ferait pas croire qu'il est malade pour une raison pareille. Il faudrait qu'il soit aux portes de la mort pour envisager de prendre un jour de congé.

Ce qui était peut-être le cas, songea-t-elle soudain.

Son estomac se souleva à cette pensée.

— Je ne connais même pas son adresse ! Mon Dieu ! Si ça se trouve, il est mort.

— S'il était mort, il n'aurait pas eu la présence d'esprit d'annuler ses rendez-vous.

Caroline prit une bouchée de salade.

— Essaie de l'appeler sur son portable. Tu es son assistante, tu connais forcément son numéro.

Mandy ressentit un intense soulagement à l'idée de pouvoir le joindre.

— Tu as raison, je l'ai sur mon Palm.

Elle attrapa son sac à main et fouilla dedans d'une main fébrile.

— Quand as-tu su que tu étais amoureuse de Brad, Caroline ? Y a-t-il eu un moment où tu as crié eurêka ?

— Heu, non, pas vraiment, répondit Caroline d'un air perplexe. J'ai su que Brad était l'homme auprès de qui je voulais passer ma vie, c'est tout. J'ai su qu'on était faits l'un pour l'autre. Et que je l'aimais, bien sûr.

Mandy leva la tête, et dévisagea Caroline. Celle-ci, songea-t-elle, s'était arrangée pour que les choses se passent en douceur. Elle avait rencontré un beau jeune homme bien dans sa peau dans la boîte où elle travaillait auparavant, elle était sortie avec lui, s'était fiancée, avait acheté un superbe appartement et s'apprêtait à faire un mariage de rêve.

Pendant ce temps-là, Mandy s'était retrouvée enceinte d'un homme et était tombée amoureuse d'un autre.

Elle n'avait jamais eu l'impression d'être particulièrement compliquée, mais il était certain qu'elle ne se facilitait pas la vie.

— Ça ne te dérange pas que j'appelle Damien vite fait ?

— Non, non. Je t'en prie.

Mandy composa le numéro et retint son souffle. Au bout de six sonneries, elle commençait à désespérer et s'apprêtait à laisser un message larmoyant quand il répondit.

— Damien ! Je suis tellement contente de t'entendre !

— Mandy ? fit-il d'un ton coupant. Quelque chose ne va pas ?

Soulagement et agacement luttèrent en elle.

— Je pourrais te renvoyer la question ! J'étais folle d'inquiétude. Où es-tu ?

— À Chicago. J'avais des choses à régler.

Elle l'entendit expirer entre ses dents serrées.

— À Chicago ?

Elle fronça les sourcils. Il avait annulé leur dîner pour aller à Chicago et tout allait bien ? Elle aurait pu mal le prendre…

— Tu t'es inquiétée à mon sujet ? Oh, bon sang, ça m'ennuie.

Et tant pis si elle avait eu la peur de sa vie !

— Restez immobile, entendit-elle quelqu'un lui ordonner.

— Qu'est-ce que tu fais ?

S'il y avait une femme à côté de lui, elle allait devenir très désagréable.

— Je me fais faire un tatouage.

Oh ! Cela semblait à peu près aussi improbable de sa part que de feindre d'être malade parce qu'il avait une sale tête. C'est alors qu'elle se souvint du tatouage qu'il avait sur le bras. Elle lui avait suggéré de le modifier pour recouvrir le nom de Jess – avant qu'il lui révèle que la Jess en question, sa femme, était morte.

— Où ça ?

Elle voulait obtenir la confirmation de ce qu'elle soupçonnait. Elle attendit qu'il réponde en triturant sa serviette.

— Par-dessus l'ancien.

Mandy ferma les yeux. Cela signifiait-il que Damien tentait de tourner la page sur son passé ? D'aller de l'avant ? Elle l'espérait de tout son cœur.

« Mon Dieu, pria-t-elle en silence, faites que je fasse partie de son avenir. »

— Tu te fais tatouer un démon ? s'enquit-elle d'un ton faussement léger.

Il lui répondit par une question.

— Pourquoi étais-tu inquiète à mon sujet ?

— Je suis certaine que tu le sais.

Excepté Ben, le monde entier devait le savoir, à présent. Elle aurait pu tout aussi bien exhiber un autocollant sur son front pour l'annoncer.

— Parce que je suis amoureuse de toi, lâcha-t-elle.

L'annoncer par téléphone n'était peut-être pas la meilleure façon de le lui avouer.

— Merde, fit-il.

Mandy n'aurait su dire si ce juron avait été provoqué par un coup d'épingle ou par son aveu.

— Tu n'es pas sérieuse, ce n'est pas possible

Et pourquoi pas ?

— Oh que si !

Mandy jeta un coup d'œil à Caroline qui ne la quittait pas des yeux. Maintenant qu'elle avait parlé, impossible de faire machine arrière. Il fallait qu'il sache, qu'il comprenne à quel point elle tenait à lui, combien elle le trouvait merveilleux.

— Je suis amoureuse de toi, Damien. Et c'est très sérieux. Alors, qu'est-ce que tu comptes faire ?

Il y eut un silence au cours duquel elle eut le sentiment que son avenir entier était en suspens. Puis Damien déclara :

— Il faut que j'y aille.

Pas exactement la réponse qu'elle souhaitait.

— C'est très embarrassant, Mandy.

Génial. Ses sentiments l'embarrassaient. Elle sentit ses joues devenir brûlantes.

— Je ne me souvenais pas que ça m'avait fait aussi mal la première fois.

De mieux en mieux. Elle le faisait souffrir. Elle ouvrit la bouche, mais aucun son n'en sortit.

— Je te rappellerai quand le tatouage sera terminé.

Il lui dit au revoir et raccrocha avant qu'elle ait le temps d'articuler un mot. Non qu'elle en ait eu un en tête. Un sifflement étrange s'échappa de ses lèvres.

— Alors ? fit Caroline en se penchant par-dessus la table. Il t'a dit qu'il t'aimait lui aussi ? Franchement, je te trouve courageuse de lui avoir annoncé ça ainsi.

— Il était en train de se faire tatouer. Il a dit qu'il rappellerait plus tard.

Qu'il ait fait référence à l'aiguille, et non à elle, quand il avait employé les mots « embarrassant » et « douloureux » n'était qu'un piètre réconfort. Tout bien réfléchi, ce n'était même d'aucun réconfort.

Caroline retroussa les lèvres de surprise. Mandy était tellement certaine que son visage reflétait le même étonnement, qu'elle porta la main à sa bouche, et se mit à rire. De l'air passa entre ses doigts, produisant un bruit semblable à un reniflement.

Elle avait révélé ses sentiments à Damien, et il s'était empressé de raccrocher. C'était tellement horrible que ça en devenait presque comique. Le genre d'histoire digne d'une chanson country.

Elle jeta sa serviette sur la table.

— J'ai vraiment bien fait de lui téléphoner, déclara-t-elle. À présent, je ne m'inquiète plus, je suis juste morte de honte.

L'avion de Damien atterrit à LaGuardia à 1 heure du matin. Et il était 2 heures lorsque son taxi le déposa devant l'immeuble de Mandy, dans le Village. Il avait eu l'intention de passer la prendre pour concrétiser leur projet de dîner de la veille.

Projet qu'il avait annulé après avoir quitté la clinique.

Mais elle lui avait avoué qu'elle l'aimait.

Il descendit du taxi en se rongeant un ongle, attrapa sa valise et paya le chauffeur.

Elle n'avait pas pu dire ça sérieusement. C'était impossible.

Il ne méritait pas son amour.

Il prit une profonde inspiration avant d'appuyer sur la sonnette de l'interphone correspondant à son appartement. Il tapait du pied sur l'asphalte tant il était nerveux. L'air humide et frais annonçait de la pluie.

Personne ne répondit à son coup de sonnette. Il sonna de nouveau, appuyant sur le bouton plus longtemps qu'il n'était convenable, même en plein jour. Il savait qu'elle était là et il avait besoin de lui parler. Une fois son tatouage terminé, il avait réglé ses affaires avec George en vitesse et sauté dans le premier avion pour New York.

Il fallait qu'il la regarde droit dans les yeux et qu'il lui dise d'arrêter de ressentir quoi que ce soit pour lui.

Avant qu'il admette qu'il l'aimait aussi, mal, mais sincèrement. Avant qu'elle tente de le convaincre qu'elle était prête à s'en satisfaire. Avant qu'il la croie, et qu'il coure le risque de la blesser par la suite.

— Qui êtes-vous ? Qu'est-ce qui vous prend de sonner ainsi chez moi à 2 heures du matin ?

Ce n'était pas la voix de Mandy. Damien avait oublié qu'elle ne vivait pas seule. Il avait également oublié que la plupart des gens dorment à 2 heures du matin.

— Heu, excusez-moi, je suis Damien Sharpton. Est-ce que Mandy est là ?

— Évidemment qu'elle est là ! Elle est en train de dormir, comme tous les gens normaux qui doivent se lever le matin pour aller travailler.

— Vous voulez bien la réveiller, s'il vous plaît ?

Il était son patron, après tout. Elle ne se ferait pas renvoyer si elle somnolait pendant ses heures de travail.

Il eut droit à un interminable silence en guise de réponse.

Il sonna de nouveau. La réaction fut immédiate.

— Ça suffit maintenant ! Il y a trois autres personnes qui dorment dans cet appartement !

— Et elles vont se réveiller si vous n'allez pas me chercher Mandy ! répliqua-t-il.

Il se conduisait comme un véritable crétin, mais ce qu'il avait à lui dire ne pouvait attendre le matin.

— Je vous en prie... Il faut absolument que je lui parle.

Un soupir résonna dans l'interphone.

— Autrement vous ne partirez pas, c'est ça ? grommela la voix.

— Exactement.

Un juron retentit, et une sonnerie signala l'ouverture de la porte. Damien la poussa et gravit les trois volées de marches en un temps record, de crainte que la personne qui lui avait ouvert ne change brusquement d'avis. Il frappa à la porte.

Elle s'entrouvrit, et une femme avec de longs cheveux bruns et des jambes plus longues encore le fusilla du regard.

— Vous êtes complètement malade ! J'espère que vous le savez...

— Non, je suis sûr de moi, ce n'est pas la même chose.

La femme leva les yeux au ciel. Le couloir avait beau n'être que faiblement éclairé, Damien discerna clairement l'hostilité dans son regard.

— Voyez-vous cela ! Monsieur est sûr de lui !

— Je suis désolé de vous avoir réveillée. J'arrive tout juste de Chicago, et j'ai vraiment besoin de voir Mandy ; j'avais complètement oublié qu'elle ne vivait pas seule.

Damien réalisa soudain que la femme qui se tenait devant lui était fort peu vêtue, et il commença à s'interroger quant à la sagesse de cette visite impromptue. Elle ne paraissait certes pas particulièrement gênée de porter en tout et pour tout un petit short de nuit avec un minuscule top brassière assorti ; c'était plutôt lui qui était mal à l'aise.

— Allison ? Je me trompe ou j'ai entendu la sonnette ?

Une blonde, dont le visage présentait ici et là des traces de crème de nuit, apparut dans l'entrée d'un pas chancelant. Elle portait un pyjama de satin bleu orné de petits cochons roses.

— Tu ne te trompes pas, répondit la brune. Damien veut voir Mandy.

La blonde releva la tête et écarquilla les yeux.

— Monsieur Sharpton ? Ô mon Dieu !

Pas de doute, cette visite était une très mauvaise idée.

— Bonjour, Caroline. Je... heu... je ne vous avais pas reconnue.

Caroline leva la main vers ses cheveux habituellement si bien coiffés.

Damien comprit qu'il aurait mieux fait de se taire.

La main de Caroline se déplaça en direction de son visage, et ses doigts entrèrent en contact avec sa crème de nuit.

De plus en plus mal à l'aise, Damien toussota.

— Je suis sincèrement désolé de vous avoir réveillées. Je voulais juste voir Mandy une minute.

Caroline laissa retomber sa main et plissa les yeux.

— Elle s'est fait beaucoup de souci pour vous, monsieur Sharpton. Je suis certaine qu'elle sera ravie de vous voir…

Elle lui reprochait ouvertement d'être parti sans prévenir Mandy. Gêné, il posa sa valise dont il rabattit la poignée télescopique.

— Vous comptez emménager ici ? s'enquit Allison d'un ton amusé.

— J'arrive tout droit de l'aéroport.

Allison réprima un bâillement.

— Première porte à droite. Allez-y, moi, je retourne me coucher.

Elle descendit le couloir, et Damien se tourna vers Caroline qui n'avait pas l'air particulièrement heureuse.

— Je crois savoir que vous partagez la chambre de Mandy.

— Oui. Le temps de prendre un oreiller et une couverture, je vais finir la nuit sur le canapé.

— Je n'en ai pas pour très longtemps, protesta-t-il.

Elle émit un reniflement dubitatif, et gagna la chambre au pas de charge. Elle en ressortit presque aussitôt, un édredon et deux oreillers sur les bras. Quand elle passa près de lui, elle lui heurta l'épaule accidentellement et vacilla. Damien tendit la main pour lui venir en aide, mais elle s'écarta vivement.

Il avait l'impression d'être le roi des imbéciles, lorsqu'il pénétra à son tour dans la chambre. Il demeura immobile une minute, le temps de s'accoutumer à l'obscurité. Il entendit la respiration de Mandy sur sa droite. Les volets laissaient filtrer des rais de lumière sur ses jambes recouvertes d'un drap.

Elle semblait avoir chaud en dépit de l'air conditionné. Des mèches de cheveux lui collaient au front et elle remuait les jambes comme si elle cherchait à se débarrasser du drap dans son sommeil. Il la trouva merveilleusement belle.

— Mandy.

Voyant qu'elle ne réagissait pas, il fit un pas vers le lit et appela plus fort.

— Mandy.

Elle roula sur le côté. Damien laissa échapper un juron et se frotta les tempes. Il s'agenouilla près du lit, et lui secoua doucement l'épaule. La sueur perlait sur sa peau tiède. Il savait que c'était parfaitement normal à ce stade de la grossesse. Le guide appelait ça des suées nocturnes.

— Mandy.

Il se sentait ridicule. Il lui secoua de nouveau doucement l'épaule, et déposa un léger baiser sur ses lèvres.

Elle sursauta et ouvrit brusquement les yeux.

— Qu…

— C'est moi, Damien.

— Damien ? Qu'est-ce qui se passe ?

Elle fit mine de s'asseoir, mais il l'en empêcha.

— Chuuut. Tout va bien. J'avais juste besoin de te voir.

Il avait besoin de la voir, de la toucher, de se rappeler ce qui ne pourrait plus jamais être. De plonger son regard dans le sien, et de lui dire que l'amour ne débouchait que sur de la souffrance et qu'il ne voulait plus jamais vivre cela.

Mais Dieu que c'était difficile de se souvenir de cela quand elle le contemplait en battant des paupières, et qu'il ne désirait soudain rien d'autre que l'embrasser, la serrer dans ses bras, l'aimer !

21

Mandy se laissa aller contre l'oreiller en songeant qu'elle devait encore faire l'un de ces rêves particulièrement réalistes qui ne cessaient de la hanter depuis le début de sa grossesse. Mais Damien semblait tout à fait réel, même si elle ne parvenait pas à discerner parfaitement son visage dans l'obscurité. Du reste, s'il s'était agi d'un rêve, il aurait été nu.

— Je croyais que tu étais à Chicago. Quelle heure est-il ?

Elle essayait tant bien que mal de comprendre ce qu'il faisait dans sa chambre au beau milieu de la nuit. Non qu'elle s'en plaigne, mais elle trouvait cela pour le moins étrange. Elle espérait qu'il s'agissait d'une étrangeté positive. Il s'était peut-être soudain rendu compte qu'il l'aimait, lui aussi.

— J'étais à Chicago, mais je viens de rentrer. Il est 2 heures du matin. Après ton appel, j'ai expédié les affaires qui me restaient à régler sur place, et j'ai sauté dans le premier avion, expliqua-t-il en repoussant les cheveux de son front.

Mandy s'assit et fit la grimace. Ses cheveux étaient humides de sueur. Charmant ! Cela dit, Damien ne semblait pas s'en soucier. Il affichait l'expression d'un homme dont le chien vient de mourir. Il n'avait donc vraisemblablement pas l'intention de lui annoncer qu'il voulait passer le restant de ses jours à ses côtés, pour le meilleur et pour le pire, qu'elle soit ou non enceinte d'un autre.

— Il faut qu'on parle.

Un flot de tristesse la submergea soudain. Il allait lui annoncer que leur histoire était terminée avant même d'avoir commencé.

Il faut qu'on parle.

Cela ne pouvait signifier que deux choses. Soit : *Tu t'accroches à moi et je ne suis pas prêt, j'ai besoin d'espace* – ce qui revenait à dire : *Il ne faut plus qu'on se voie.* Soit : *On ne peut plus continuer ainsi* – ce qui revenait à dire : *Il ne faut plus qu'on se voie.*

— D'accord, fit-elle, ne sachant que dire d'autre.

Elle aimait Damien, mais s'il souhaitait en rester là, elle s'inclinerait. Son état et son âge ne l'autorisaient plus à livrer un combat aussi futile et désespéré.

— Qu'es-tu allé faire à Chicago ? risqua-t-elle.

— J'avais un certain nombre de choses à régler.

Il se tut et elle attendit. Qu'il ne compte pas sur elle pour interpréter ses messages sibyllins alors qu'il venait de la réveiller en plein sommeil paradoxal. Il lui devait au moins des explications quant à sa présence dans sa chambre et aux sentiments qu'elle lui inspirait.

— J'ai rencontré un agent immobilier pour mettre en vente la maison où je vivais avec Jessica, commença-t-il. Je suis allé voir mes parents, ainsi que ceux de Jessica à qui j'ai rendu une partie de ses affaires.

Il porta la main à son front.

— Et j'ai fait refaire mon tatouage.

Ce n'était sans doute pas très intelligent de sa part, mais elle ne put s'empêcher de laisser l'espoir renaître en elle. Une grande bouffée d'espoir qui lui coupa le souffle et lui fit battre le cœur à grands coups sourds. Peut-être – *peut-être* – qu'il n'était pas venu la trouver à 2 heures du matin pour lui annoncer que tout était terminé. Elle tendit la main, lui caressa la joue et fit courir son doigt sur ses lèvres.

— Pourquoi, Damien ? Pourquoi faire tout cela maintenant ?

— Le moment est venu... J'essaie.

Il prit une inspiration tremblante.

— Il faut que j'essaie de tourner la page, que j'aille de l'avant. Je veux... laisser de nouveau des gens entrer dans ma vie.

Mandy ne le quittait pas des yeux. Elle regrettait de ne pas voir son regard, de ne pouvoir y lire ce qu'il cherchait vraiment à lui dire. Elle lui effleura de nouveau le visage, le sentit se pencher vers elle ; sa cuisse toucha sa hanche lorsqu'il s'assit au bord du lit.

Il lui avait déjà révélé tant de choses, et cependant, elle en ignorait encore tellement.

— Raconte-moi comment elle est morte, murmura-t-elle.

Le nœud du problème se situait là. Quelque chose concernant Jessica le retenait captif, l'empêchait d'extérioriser ses émotions, plaçait son cœur hors d'atteinte.

Il frissonna, et ses épaules se voûtèrent.

— Elle a été assassinée.

Sa voix était basse et rauque, à peine un chuchotement, mais elle retentit comme un coup de feu dans le silence de la chambre.

Les doigts de Mandy se figèrent sur le drap qu'elle triturait. Elle ne s'était absolument pas attendue à ça, et demeura pétrifiée.

— Oh, Damien ! C'est affreux ! Mon Dieu, comment est-ce arrivé ?

Il secoua la tête.

— Je préfère t'épargner ce récit.

Elle sentit des larmes lui brûler les yeux.

— Je veux savoir. Je veux savoir ce que tu as enduré.

Il hésita à peine avant de se jeter à l'eau.

— Je m'étais disputé avec Jessica. Je lui avais reproché certaines dépenses.

Les paroles qu'elle avait prononcées résonnaient encore dans sa tête : *Tu ne vas pas faire une scène pour cinquante misérables dollars*, avait-elle répondu quand il s'était aperçu qu'elle avait dépassé le découvert autorisé sur leur carte de crédit pour une paire de chaussures.

— Parfois, quand on se disputait, elle sortait et allait rejoindre ses amis. Dépenser de l'argent, se saouler ou flirter avec d'autres types, c'était sa façon à elle de se venger, de me rendre jaloux et de m'humilier. Elle y parvenait chaque fois.

Damien enfonça les ongles dans ses cuisses. C'était la première fois qu'il racontait cela à voix haute. C'était douloureux, comme si les mots qu'il prononçait lui lacéraient la gorge avant de sortir, mais s'il voulait que Mandy comprenne pourquoi personne ne pouvait l'aimer, il fallait qu'il lui avoue la vérité.

— Ce n'était pas une façon très saine de gérer sa colère, j'imagine, mais le chantage et les supplications dont j'usais alternativement pour l'inciter à se rendre à mes raisons ne l'étaient pas non plus. Je pense que nous voulions tous deux que l'autre soit différent de ce qu'il était. Toujours est-il qu'elle est sortie ce soir-là, et comme j'étais furieux, cela ne m'a pas surpris. Par la suite, ses amis ont expliqué que lorsqu'ils avaient quitté le club où ils avaient commencé la soirée, Jessica n'avait pas voulu les suivre. Ils sont donc allés dans un autre club en la laissant derrière eux.

Mandy posa la main sur la sienne, l'obligeant à desserrer ses doigts crispés sur ses cuisses.

— Ce n'était pas la première fois qu'elle découchait, mais le lendemain matin, lorsque j'ai essayé de savoir où elle était, personne n'a été capable de me répondre. J'ai fini par appeler la police à peu près en même temps que le restaurateur qui avait découvert son corps en sortant les poubelles. Elle avait été violée et étranglée.

Ces mots n'avaient aucune signification, ils ne rendraient jamais l'horreur qui l'avait saisi en découvrant le cadavre de sa femme à la morgue. Les photos de la scène de crime avaient achevé d'établir que Jessica avait épouvantablement souffert et l'avait forcé à opérer une retraite stratégique tout au fond de sa tête. Un glacial instinct de survie. Plus aucune émotion. Il les avait recouverts comme on recouvre sa piscine au fond du jardin à la fin de la saison.

— Ô, Seigneur.

Des larmes roulèrent sur les joues de Mandy, et sa main se mit à trembler sur celle de Damien. Même dans la pénombre, il voyait le choc au fond de ses yeux. L'horreur. La pitié.

— Damien, je suis tellement désolée. Je ne peux pas imaginer ce que tu as dû souffrir.

— Je ne veux pas que tu le saches ! dit-il d'une voix mal assurée.

Il serra le poing pour tenter de se ressaisir.

— Je ne veux pas que tu saches à quel point j'ai touché le fond. Je ne veux pas t'exposer à cela. Je ne veux pas vous faire du mal, à toi ou à ta fille. Je veux te tenir à l'écart de tout ça. Je veux que tu sois heureuse.

— Je veux la même chose pour toi, souffla-t-elle. Tu as autant que moi le droit d'être heureux.

Elle prit son visage entre ses mains et le secoua légèrement.

— Ce n'était pas ta faute.

Il faillit rire. Il avait entendu ces mots-là un nombre incalculable de fois. Il essayait de s'accrocher à sa colère, à sa conviction qu'il ne méritait pas Mandy, mais c'était satanément difficile quand elle le regardait de cette façon-là.

Comme si elle l'aimait.

— Je t'aime, Damien. Je t'en prie, ne fais pas comme si ça n'existait pas.

— Tu ne sais même pas qui je suis.

Il lui saisit les mains, les reposa sur son ventre pour la tenir à distance, pour éviter de penser à son cœur qui cognait à tout rompre et à ses espoirs absurdes.

— Détrompe-toi. Je sais tout ce qui est important à ton sujet. Je sais que tu es un homme merveilleusement intègre. Je sais que tu es compliqué, que tu t'investis à fond dans ce que tu fais, et que tu es capable de compassion. Je te connais.

Sans se soucier des larmes qui sillonnaient ses joues, elle le regarda droit dans les yeux.

— Et je sais que tu n'es pas venu dans ma chambre à 2 heures du matin pour me faire tes adieux.

Il l'avait pourtant cru. Il était censé la mettre en garde contre lui-même, lui conseiller de le fuir. Mais comment l'en convaincre alors qu'il sentait ses résolutions vaciller ?

— Qu'est-ce que tu veux vraiment, Damien ? Imaginons que le passé, la culpabilité et la peur n'existent plus. Qu'est-ce que tu voudrais ?

La réponse s'imposa à lui avec une brutalité sidérante. Mais il n'était pas certain de pouvoir la formuler à voix haute. Il ne savait pas si c'était une bonne chose de mettre des mots sur des sentiments qui ne pouvaient, ne devaient pas avoir d'avenir. Il ferma les yeux, et inspira lentement, douloureusement.

Mandy se pencha vers lui, et caressa doucement son front de ses lèvres fraîches tout en chuchotant :

— Tout va bien... Dis-moi seulement ce que tu ressens. Ce que tu veux.

Il fut incapable de se retenir. Il ne put empêcher ses mains de se presser contre son dos pour l'attirer à lui, pas plus qu'il ne réussît à empêcher les mots de jaillir de sa bouche.

— C'est toi que je veux... Je veux que tu m'aimes.

Mandy lui embrassa le front et la tempe avec une tendresse qui lui noua la gorge.

— C'est assez facile à obtenir. Je t'aime, Damien.

Cela semblait si vrai, si juste, si pur quand elle le lui chuchotait à l'oreille.

— Que veux-tu d'autre ?

— Je veux que tu m'appartiennes.

Sa voix s'était affermie maintenant que le nœud qui lui obstruait la gorge avait disparu. Il lui frôla la joue de ses lèvres.

— Je veux t'aimer.

Leurs bouches se rencontrèrent brièvement, les mettant tous deux au supplice.

— Alors aime-moi, Damien. Aime-moi.

Il l'aimait déjà. Son cœur en lambeaux avait déjà trouvé le moyen d'aimer Mandy de toutes ses faibles forces. D'une façon qu'il n'aurait jamais crue possible, dans un élan de désespoir douloureux mêlé d'une joie sereine.

— Je veux t'aimer. Je t'aime.

Il couvrit ses lèvres des siennes, l'embrassa doucement, encore et encore, en souhaitant que cet instant s'étire et dure éternellement.

Il la caressa fiévreusement – les bras, la taille, les épaules, le cou –, avide d'explorer ce corps qu'il adorait. Leurs langues se mêlèrent, et un éclair de désir brûlant le traversa de part en part.

— Je veux te sentir, souffla-t-elle en s'écartant pour se débarrasser de son T-shirt.

Ses seins pâles et opulents se détachèrent dans la pénombre.

Il avait été privé de la vision de ce buste splendide pendant plus de trois semaines, et n'avait profité de son corps que deux jours, mais il vit immédiatement qu'elle avait changé. Les sombres aréoles de ses seins s'étaient élargies et son ventre avait gagné en rondeur. Il la trouva incroyablement désirable. L'amour qu'elle éprouvait pour lui la rendait belle et vulnérable.

Qu'elle puisse voir en lui un être digne d'être aimé le stupéfiait.

— Mandy.

Elle se laissa aller contre les oreillers et lui tendit les bras.

— Tu ne dois pas t'allonger sur le dos, tu te souviens ? dit-il en ôtant sa chemise. Étends-toi sur le côté, et laisse-moi te prendre dans mes bras. Je veux juste te serrer contre moi.

Elle s'exécuta, et un doux sourire éclaira son visage quand elle posa la tête sur l'oreiller. Damien se leva pour retirer ses chaussures et son pantalon. Il garda son caleçon et s'allongea à côté d'elle. Le besoin qu'il avait d'elle n'était pas de nature sexuelle. Il voulait la sentir proche, et chérir l'idée qu'ils pouvaient être ensemble.

Que l'amour suffisait.

Mandy soupira de bien-être quand il l'enveloppa de ses bras, et se plaqua contre lui des épaules jusqu'aux orteils. Ses courbes voluptueuses se nichèrent instinctivement dans les creux de son corps musclé et son ventre trouva naturellement sa place au-dessus de ses hanches.

Leurs deux visages reposaient sur le même oreiller, à quelques centimètres de distance.

— Ça peut marcher, Damien, murmura-t-elle. C'est uniquement à toi de décider si tu as ou non envie d'essayer.

Il savait qu'elle ne parlait pas d'une quelconque position sexuelle, mais d'eux. De leur avenir. Il effleura son front de ses lèvres.

— Pourquoi serait-ce à moi de décider ? C'est toi qui attends un enfant. C'est ce qui compte plus que tout.

— En effet. Je sais que tu seras merveilleux avec mon enfant. Je n'ai aucun doute à ce sujet. Mais j'ai besoin de savoir si c'est temporaire ou à long terme. Si nous devons y aller doucement… ou si nous devons en rester là, ce soir.

Son souffle tandis qu'elle parlait lui chatouillait les oreilles. Il sentait le parfum fleuri de sa lotion et la moiteur de ses cheveux qu'il caressait.

— Je ne veux pas te forcer à quoi que ce soit, ni faire comme s'il ne t'était rien arrivé, mais je dois penser à mon bébé, et j'ai besoin de savoir ce que tu veux.

Ce qu'il voulait et ce qu'il devrait faire étaient deux choses fort différentes. Demander à Mandy d'attendre que ses blessures soient complètement guéries était injuste. Lui demander de le prendre tel qu'il était n'était pas correct non plus. Il ne pouvait pas décemment demander à faire partie de la vie de sa fille.

Il ferma les yeux. Peu lui importait la décence. S'il ne pouvait avoir Mandy là, tout de suite, l'aimer et sentir en retour l'amour qu'elle éprouvait pour lui, si sa vie devait se faire sans elle, alors son avenir lui semblait vide de sens, et il n'était pas certain d'avoir la force de l'affronter.

Égoïste ou pas, il avait besoin d'elle.

— Je te veux. Je veux ta fille. Je veux qu'on soit ensemble.

— Je souhaitais tellement te l'entendre dire, chuchota-t-elle.

Leurs lèvres s'unirent spontanément, et il serra son visage entre ses mains, fou de désir, submergé d'amour.

Il l'aimait. Elle l'aimait. Et elle lui avait assuré que c'était aussi simple que cela. Quand il la tenait dans ses bras, là, dans la pénombre de la chambre, il était prêt à la croire.

Mandy l'embrassa passionnément, fit passer dans son baiser tout l'amour, toute la tendresse qu'il lui inspirait. Il venait de traverser trois années de désert émotionnel et avait du mal à s'ouvrir à elle, elle le savait.

Leur amour lui semblait pourtant tellement évident qu'elle voulait lui transmettre son assurance.

Il interrompit leur baiser quand elle commença à retirer sa culotte.

— Tu veux de l'aide ?

Pas la moindre trace d'urgence dans sa voix, juste une inflexion sensuelle, délicieusement intime.

— S'il te plaît. Je veux être le plus près possible de toi. Si je le pouvais, je m'insinuerais sous ta peau.

Elle glissa les mains dans son caleçon, les posa sur ses fesses et l'attira contre elle tandis qu'il faisait glisser son sous-vêtement le long de ses jambes.

— Tu es si douce, souffla-t-il en promenant les lèvres sur son épaule.

Mandy finit de se débarrasser de son slip en frottant ses chevilles l'une contre l'autre. Leurs deux corps étaient brûlants. Elle prit une profonde inspiration.

— J'aime ton odeur. Tu as une odeur d'homme.

Damien rit doucement.

— Je ne suis pas certain que ce soit une bonne chose.

L'entendre rire lui procurait toujours un plaisir intense parce qu'elle devinait qu'il n'en avait pas eu souvent l'occasion avant de la rencontrer. Ce n'était pas grand-chose, mais chaque fois, elle ne pouvait pas s'empêcher de sourire.

— Oh, que si !

Elle donna un coup de langue sur son torse, et prit plaisir à le sentir tressaillir. Ses mains descendirent jusqu'à sa taille, firent glisser son caleçon sur ses hanches. Le feu du désir bouillonnait déjà entre ses cuisses, et quand il pressa son érection contre son intimité, elle gémit.

Damien se dépouilla de son caleçon en un tournemain, et s'empressa de se coller de nouveau contre Mandy pour déverser une pluie de baisers le long de son cou, sur l'arrondi de son épaule et sur sa gorge. Et tandis qu'elle ondulait contre lui, son sexe frottait doucement le petit bourgeon caché entre les replis veloutés de sa féminité.

Ils s'agacèrent, se caressèrent et s'embrassèrent jusqu'à ce que leur souffle devienne haletant. Mandy mourait d'envie de l'avoir en elle, de lui dire son amour avec son corps.

— Pose la jambe sur ma hanche, murmura-t-il en refermant les mains sur ses fesses.

Elle obéit, et son sexe la pénétra en même temps que sa langue prenait possession de sa bouche. Un long frisson la secoua de la tête aux pieds, et il étouffa d'un baiser le gémissement qui jaillit de ses lèvres. Jamais elle ne s'était sentie aussi proche d'un homme, jamais elle n'avait connu cette fusion totale du cœur, du corps et de l'esprit.

— Damien.

C'était presque trop. Elle interrompit leur baiser, enfouit le visage au creux de son cou, et se cramponna à ses épaules en tremblant tandis qu'il allait et venait en elle avec une ardeur croissante, ses mains la maintenant en place.

— Je t'aime, Mandy, chuchota-t-il.

— Moi aussi.

Elle laissa échapper un cri et se cambra brusquement comme l'orgasme l'emportait.

La retenant contre lui pour l'empêcher de lui échapper, il s'enfonça en elle encore et encore, jusqu'à ce qu'elle n'en puisse plus. Haletante, elle enfouit les mains dans ses cheveux, et chercha à reprendre son souffle, convaincue qu'elle allait mourir. Il s'immobilisa une fraction de seconde, avant d'exploser en elle.

Au comble du bonheur, Mandy contempla son beau visage transfiguré par le plaisir. Allégresse, plénitude, puissance et amour la submergèrent, et elle ne réalisa qu'elle pleurait que lorsqu'elle sentit le goût salé des larmes sur ses lèvres.

Comme les spasmes qui le traversaient s'apaisaient, Damien la regarda et s'écria :

— Mais tu pleures ! Oh, mon ange, que se passe-t-il ?

Elle renifla, et l'étreignit pour qu'il reste en elle.

— Je suis désolée. Ce sont des larmes de joie, je t'assure. Je ne parviens pas à croire à un tel bonheur.

Damien se détendit, et se laissa aller contre elle.

— Moi, j'y crois. Et je sais à quel point ça me plaît, maintenant. J'aimerais profiter pleinement de toi d'ici une minute, ajouta-t-il.

Elle lui sourit.

— Tu ne préfères pas attendre demain matin pour mettre ton projet à exécution ? J'ai du mal à garder les yeux ouverts. Le plaisir a sur moi le même effet qu'un verre de lait tiède.

Il posa la main sur son ventre et se mit à rire.

— Ce n'est pas une comparaison très flatteuse, Mandy. Mon amant me fait l'effet d'un verre de lait tiède – ça vous a un petit côté réfrigérant.

— Que dis-tu ? le taquina-t-elle en fermant les yeux. Je dors déjà.

Damien rabattit le drap sur eux en riant.

— Rien. Dors.

Sa main remonta vers sa poitrine, et il caressa tendrement la pointe d'un de ses seins.

— Rêve que je suis entre tes cuisses, que je te lèche et que je fourre la langue dans ta fente humide.

Il avait effectivement la langue bien pendue !

— Que tu me fais un cunnilingus, tu veux dire ?

Il laissa fuser un rire espiègle à son oreille.

— Oh, oui ! Dans tes rêves, imagine que je te fais le cunnilingus du siècle !

Mandy s'endormit, un sourire de plaisir anticipé flottant sur ses lèvres.

22

Damien était dans la cuisine en train de préparer le café quand on frappa à la porte. Il jeta un coup d'œil vers l'entrée, hésitant quant à la conduite à tenir. Mandy dormait encore. Caroline n'était plus sur le canapé, et la porte de l'autre chambre à coucher était fermée.

Il ne voulait pas déranger Mandy, ni prendre de décision à sa place, mais on frappa de nouveau, aussi alla-t-il ouvrir.

Un homme mince dont le visage reflétait un étonnement poli se tenait sur le seuil.

— Oh, bonjour. Je viens voir Mandy.

Mandy ? Damien fut immédiatement submergé par un flot de rage. C'était Ben, l'Anglais. Ben, le père du bébé de Mandy. Ben, l'ordure.

— Elle dort, lâcha-t-il du ton qui avait fait pleurer plus d'une assistante.

— Vraiment ? C'est étonnant, fit Ben en consultant sa montre. Il est 8 h 45, et elle travaille à 9 heures. Vous devez vous tromper. Vous ne voulez pas demander à Allison d'aller vérifier ?

Il tendit la main.

— Ben Hurst, se présenta-t-il. Vous êtes le petit ami d'Allison, je présume.

Il se montrait plutôt amical. Malheureusement pour lui, Damien le haïssait déjà. Il lui serra cependant brièvement, quoiqu'un peu trop vigoureusement, la main.

— Non, je ne me trompe pas, assura-t-il. Mandy dormait encore quand je suis sorti de la chambre il y a cinq minutes.

Le sourire de Ben se figea sur ses lèvres.

— Vous n'êtes pas le petit ami d'Allison ?

— Non.

Tout en s'effaçant pour le laisser entrer, Damien songea que c'était l'occasion rêvée de mettre les choses au clair. De faire savoir à Ben qu'il faudrait compter avec lui, désormais. Il remonta le pantalon froissé qu'il avait enfilé à la va-vite, par respect pour les colocataires de Mandy. Il ne s'était cependant pas donné la peine de mettre une chemise, et un chaume de barbe ombrait ses joues. Il savait qu'il avait tout de l'homme qui vient de quitter le lit d'une femme. Parfait.

— Je m'appelle Damien Sharpton. Je suis avec Mandy.

Ben haussa un sourcil.

— Êtes-vous en train de me dire que vous la... fréquentez ?

— En effet.

Damien lutta contre l'envie de croiser les bras sur le torse, à la façon d'un videur qui refuse l'entrée de la discothèque à un type dont la tête ne lui revient pas. Il préféra s'appuyer contre le canapé en s'efforçant de ne pas fusiller Ben du regard.

— Mais elle est enceinte !

Ben jeta un coup d'œil vers le couloir, visiblement choqué.

Damien décréta qu'il avait épuisé les réserves de patience dont il disposait avant sa première tasse de café.

— Les femmes enceintes ont aussi une vie sexuelle.

Ben ouvrit des yeux ronds.

— Vous voulez dire que...

— Ouais.

Il savait qu'il avait l'air satisfait, et n'en avait absolument pas honte. Mandy était à lui. Il l'aimait et il aimait le bébé qu'elle portait.

Au bout d'une seconde, Ben se mit à rire – ou plutôt à glousser.

— Mon ex-femme n'a jamais voulu en entendre parler. Domaine interdit pendant neuf mois.

Damien croisa les jambes.

— Eh bien, pas Mandy.

Il s'exhorta au silence de crainte de se lancer dans des vantardises dignes d'un adolescent dans les vestiaires du gymnase. Il fallait juste que Ben comprenne que sa relation avec Mandy n'avait rien d'une passade ; le reste relevait du domaine privé.

— Écoutez, je sais que vous êtes le père de son enfant, et que Mandy a l'intention de vous autoriser à participer à son éducation autant que vous le souhaiterez. Mais il faut que vous sachiez que c'est sérieux entre Mandy et moi, et que je ferai également partie de sa vie. De façon permanente.

Ben dévisagea Damien un instant. Sa déclaration ne semblait pas le perturber outre mesure.

— Damien Sharpton... Votre nom m'est familier... Vous êtes son patron, n'est-ce pas ?

Damien hocha la tête, sur le qui-vive. Ben aurait dû se mettre en colère. Cela lui aurait semblé normal, en tout cas. À sa place, si son ex avait été enceinte, il n'aurait pas apprécié qu'elle fréquente un autre homme.

— Vous avez dit que votre présence dans sa vie serait permanente ?

Damien hocha de nouveau la tête.

Ben le gratifia d'un sourire.

— Vous n'imaginez pas à quel point cela me soulage de l'apprendre.

Damien le scruta, perplexe. Ce type ne tournait pas rond.

— Pourquoi donc ?

— Écoutez, je vais être franc avec vous : je n'ai pas envie d'élever un autre enfant. Je n'en avais déjà pas tellement envie les deux premières fois, mais ma femme a insisté. Dans le cas de Mandy, c'était purement accidentel, mais j'imagine que vous le saviez.

À court de mots, Damien se contenta de hocher la tête une fois de plus.

— Je fais de gros efforts pour la soutenir parce que je sais qu'elle est seule à New York, et qu'elle n'est pas dans une situation financière très florissante, sans l'aide de ses parents. Mais je n'ai vraiment pas envie de m'investir dans la vie de cet enfant. Si vous avez l'intention de prendre soin d'elle, je pense que je pourrais peut-être me débarrasser définitivement de ce problème.

Damien inspira à fond et s'efforça de juguler sa colère. Cet abruti venait de traiter sa fille de *problème*. Il ne méritait pas d'être père. Il ne méritait pas une femme comme Mandy. Tout ce qu'il méritait, c'était un bon coup de pied aux fesses.

Il dut faire appel à toute sa volonté pour déclarer calmement :

— Estimez-vous débarrassé de toute responsabilité. Je m'occupe de tout.

— Bien entendu, je suis toujours prêt à offrir mon soutien sur le plan financier. Mais j'imagine que ce sera mieux pour ce petit que je n'apparaisse pas dans sa vie pour en ressortir aussitôt.

— Cette *petite*, rectifia Damien, qui ne put s'empêcher de serrer le poing.

— Pardon ?

— Le bébé. C'est une fille.

— Ah, oui, très juste. Quoi qu'il en soit, je devrais peut-être réveiller Mandy pour discuter de tout cela avec elle.

— Il vaut mieux pas, elle est épuisée. Je lui ferai savoir que vous êtes passé, et nous tâcherons de trouver une solution qui convienne à tout le monde.

— Parfait.

Ben lui tendit la main.

— Ravi que nous nous soyons compris, Damien.

Oh, Damien comprenait bien des choses, en effet.

Il comprenait que Ben était prêt à lui donner sa fille. Il pouvait vraiment avoir tout ce qu'il désirait.

Une femme. Une famille.

Cette idée lui coupa pratiquement les jambes.

— Je pense que ça ne nous regarde pas.

Jamie chercha du regard le soutien d'Allison, mais elle fronçait les sourcils aussi farouchement que Caroline.

— Je suis sérieuse, les filles. La vie de Mandy ne nous regarde pas.

Caroline posa son bâtonnet de carotte crue sur une assiette.

— L'organisme de Mandy est gorgé d'endorphines ou de phéromones ou de je ne sais trop quoi. Elle est enceinte et elle agit de façon complètement irrationnelle.

— Et pourquoi tomber amoureuse de son patron serait irrationnel ? objecta Jamie.

Elle trouvait au contraire cela merveilleusement romantique, digne d'un scénario hollywoodien.

— Parce qu'un homme ne tombe pas amoureux d'une femme enceinte ! répliqua Allison. Parce que Damien Sharpton est l'homme le plus glacial que j'aie jamais rencontré. Il ne peut pas avoir changé à ce point, ce n'est pas possible…

Caroline se tamponna les lèvres avec sa serviette, ce que Jamie trouva inutile vu qu'elle n'avait grignoté qu'un bâtonnet de carotte.

— Mais Beckwith a prédit que Mandy serait heureuse...

— Oh, non ! Pitié ! Pas cette histoire ! l'interrompit Allison.

Elle leva les yeux au ciel et fonça vers le frigo.

— Si on doit encore parler de ces prédictions fantaisistes, j'ai besoin d'une glace de toute urgence !

Jamie saliva à la vue du pot de glace à la menthe et aux pépites de chocolat. C'était injuste. Allison pouvait se permettre de manger ce qu'elle voulait sans prendre un gramme alors qu'il lui suffisait de regarder le pot pour faire craquer les coutures de son jean. Caroline poussa un long gémissement.

— Hors de ma vue ! glapit-elle. Je te rappelle que je me marie dans six semaines !

— Une petite cuillerée de glace n'a jamais fait grossir personne. À force de te priver de tout, tu vas finir par sauter sur le premier pot de Ben & Jerry's qui passera à ta portée tel un lion sur une carcasse de gazelle. Une cuillerée de temps en temps t'évitera d'en arriver à de telles extrémités.

Jamie songea que c'étaient là des propos pleins de bon sens. Elle se pencha par-dessus le comptoir de la cuisine pour tenter d'atteindre le tiroir, mais ses seins l'en empêchèrent.

— Zut, je n'y arrive pas. Depuis quatorze ans que je trimballe ces pare-chocs, je devrais pourtant m'y être habituée.

— J'aimerais avoir le même problème que toi.

Allison donna une petite tape avec la partie incurvée de sa cuiller à chacun de ses seins. Elle ne portait pas de soutien-gorge sous son petit top ultra-moulant.

— Rien. Je suis le rêve incarné d'un chirurgien plastique.

— Tu permets qu'on parle de ta poitrine une fois qu'on aura débattu du cas de Mandy ? intervint Caroline.

Elle plongea sa cuiller dans le pot de crème glacée et la contempla d'un regard avide.

— Je ne vois pas ce qu'on pourrait faire pour elle. Du reste, je trouve merveilleux qu'elle ait trouvé le bonheur après que l'autre imbécile l'a plaquée !

Jamie attrapa la cuiller qu'Allison lui tendait, et décida que ça ne changerait pas grand-chose si elle prenait deux ou trois kilos. De toute façon, personne ne la voyait nue ces temps-ci.

— C'est notre amie, déclara Allison, avant d'ajouter à l'adresse de Caroline : Moi, je dis que cette histoire finira mal.

Jamie éclata de rire.

— Ça me rappelle l'histoire d'une de mes tantes du Kentucky. Quand son ivrogne de mari l'a quittée, il ne lui a laissé que le lit conjugal, trois enfants en bas âge et un en route. Elle est allée à la banque pour les supplier de lui prêter de l'argent, et l'employé de banque est tombé amoureux d'elle au premier regard !

Caroline eut une moue méprisante.

— Je ne vois pas le rapport avec Mandy...

— Cela prouve juste que l'amour peut surgir quand on s'y attend le moins et qu'il ne faut jamais perdre espoir.

Jamie enfourna une énorme cuillerée de glace et s'autorisa un long soupir, les papilles gustatives au comble de l'extase.

— Ta tante n'aura pas eu longtemps le lit conjugal pour elle seule, commenta Allison en souriant.

— Certes ! Mais elle est aujourd'hui très heureuse, et je ne vois pas pourquoi il n'en serait pas de même pour Mandy.

— Parce que Damien n'est pas un mec normal, rétorqua Caroline en posant sa cuiller sans avoir touché à la glace.

Un acte d'héroïsme grandiose. Jamie replongea sa cuiller dans le pot. Elle n'avait pas de robe de mariée à enfiler dans six semaines, elle. Cela dit, elle devrait entrer dans sa robe de demoiselle d'honneur et avancer jusqu'à l'autel sous le regard de plus de cent personnes… Elle lâcha sa cuiller avec un soupir, de regret, cette fois.

Caroline les regarda tour à tour et lâcha :

— Je serais d'avis de faire une recherche Internet sur lui.

— Taper son nom dans Google ? Oui, c'est une bonne idée.

— Vous ne pouvez pas faire une chose pareille ! s'exclama Jamie, horrifiée. Ce n'est pas éthique.

Bien qu'elle sache que Mandy était sortie dîner avec Damien et qu'elle ne rentrerait pas avant au moins une heure, elle jeta un coup d'œil vers la porte d'entrée. Se mêler de la vie de Mandy derrière son dos ne lui plaisait pas du tout.

— Franchement, je ne vois rien d'anormal chez Damien. Il est un peu réservé, c'est tout. En tant qu'assistante sociale, j'ai rencontré pas mal de tordus, et je vous garantis que je sais reconnaître les signes.

Elle était également capable de repérer un cafard à cent mètres, mais c'était une autre histoire.

— Si tu cherches des tordus, travaille dans la vente, tu m'en diras des nouvelles ! lui opposa Allison. Seigneur, que je hais mon boulot !

Sans un mot, Caroline gagna le salon, et sortit son ordinateur portable de sa sacoche.

Jamie laissa tomber sa cuiller, et s'empressa de la rejoindre, se prenant au passage les pieds dans l'ourlet de sa jupe longue.

— Je ne pense pas que ce soit une bonne idée. Mandy n'appréciera pas.

— Mandy ne le saura jamais à moins qu'on ne découvre un truc louche. Et si c'est le cas, elle nous remerciera de l'avoir prévenue avant la naissance du bébé.

— Je ne vois rien de répréhensible à effectuer une telle recherche, déclara Allison en s'asseyant sur l'accoudoir du canapé, le pot de crème glacée à la main. Qui sait, Damien est peut-être un tueur d'enfants ?

Caroline cliqua sur la souris de son ordinateur en se mordillant la lèvre. Jamie essayait bien de suivre ce qui se passait à l'écran, mais l'informatique n'avait jamais été son fort, et Caroline ouvrait les fenêtres tellement vite qu'elle avait du mal à suivre.

Un article de journal s'afficha soudain, et Caroline interrompit sa recherche.

— Oh, merde ! marmonna Allison, la bouche pleine.

— Quoi ?

Plus qu'inquiète, Jamie lut le titre de l'article.

— *Arrestation de l'époux de la victime...* Qu'est-ce que c'est que ce truc ?

Mais elle le savait déjà, et elle eut l'impression que son cœur cessait de battre. Ce n'était pas possible !

Caroline déglutit avant de murmurer :

— La police a arrêté Damien pour le meurtre de sa femme. Ô mon Dieu !

Le portable, qui était en équilibre sur ses genoux, glissa et atterrit sur le sol dans un fracas épouvantable.

— Je n'aurais jamais pensé... je veux dire que je n'aurais jamais... Oh, merde ! Qu'est-ce qu'on va faire, maintenant ?

— Il n'était pas coupable, intervint Jamie en frissonnant. Autrement, il serait en prison à l'heure qu'il est, non ?

Elle attrapa un coussin et s'y cramponna.

— Non ? répéta-t-elle.

Allison ramassa son portable.

— C'est une sacrément bonne question. À laquelle nous devrions pouvoir répondre. Après quoi, il faudra s'assurer que Mandy est au courant du fascinant passé conjugal de Damien.

Jamie ne put s'empêcher de penser que ce n'était certainement pas ce que Beckwith avait en tête lorsqu'il avait prédit à Mandy que sa vie serait pleine de douceurs.

23

— Il faut que je te parle de ce qui s'est passé ce matin, commença Damien en rectifiant la disposition de ses couverts sur la nappe. Tu étais tellement pressée de filer au bureau que je n'ai pas eu le temps.

Il sourit à Mandy, qui était assise en face de lui, conscient de l'ironie de la situation. Les rôles s'étaient inversés. Elle avait fait passer son travail avant tout alors que lui aurait bien aimé, pour une fois, traîner un peu au lit.

— Personne ne s'attendait à te voir puisque tu avais annulé tous tes rendez-vous. En revanche, si je ne m'étais pas montrée, ça aurait fait mauvais effet. Comme si je profitais de ton absence pour sécher le bureau.

Mandy portait un haut moulant noir et une jupe à motif floral noir et blanc. Son décolleté était somptueux, et son pendentif incrusté de diamants le mettait joliment en valeur. Lorsqu'elle s'adossait à sa chaise, son ventre pointait en avant, et Damien songea qu'il n'avait jamais vu femme plus désirable.

— Tu aurais pu prendre un jour de congé.

Il savait qu'elle avait raison, mais il n'avait pas apprécié de devoir rentrer chez lui pour se changer. D'autant qu'ensuite, au bureau, elle s'était arrangée pour lui échapper. La journée lui avait paru interminable ; une véritable torture. Il aimait Mandy et Mandy l'aimait. Un tel événement aurait justifié un jour de congé, et il avait arpenté sans relâche le dix-huitième étage de *NY Computing* jusqu'à ce que Rob lui fasse savoir que son comportement effrayait les employés, et qu'il vaudrait mieux qu'il se retire dans son bureau.

Comme il n'avait vu Mandy nulle part, Damien en était arrivé à se demander si elle ne s'était pas installé un bureau annexe dans les toilettes pour femmes.

Il avait faim d'elle et était tellement heureux de la retrouver enfin.

— Damien, les cadres peuvent agir comme bon leur semble, pas les assistantes. Mes collègues ont déjà trouvé bizarre que tu m'emmènes à Punta Cana, autant éviter d'alimenter les ragots. D'autant que tout le monde a remarqué que ma silhouette s'arrondissait.

— Et joliment, même.

Il ne put s'empêcher de plonger à nouveau les yeux dans son décolleté.

— Vas-tu cesser, espèce de voyeur ! s'exclama-t-elle en riant. Tu sais, il va falloir que je change de travail. Enfin, si on doit se voir régulièrement.

— Ce sera le cas.

Il était ferme sur ce point. Plus que ferme. Sa détermination était aussi solide que du béton.

— Ce serait trop inconfortable. Je n'ai pas envie d'être le sujet de conversation favori au bureau.

— Rien ne te force à partir. Nous ferons simplement un échange de poste avec une autre assistante.

Il ne voulait pas être la cause de son départ. Dans son état, elle devait éviter le stress et les soucis.

— Je ne t'abandonnerai pas à un autre de gaieté de cœur, mais je suis d'accord avec toi. Il vaut mieux éviter de travailler ensemble.

Elle éclata de rire.

— Quel geste admirable ! Tu vas repartir à la chasse aux assistantes uniquement pour me rendre service ? Comme c'est gentil !

— *Gentil* n'est pas un mot qu'on utilise d'ordinaire à mon sujet, lui rappela-t-il. Mais, oui, je suis prêt à subir l'incompétence d'une autre Lanie pour toi.

À vrai dire, il était prêt à tous les sacrifices pour Mandy.

— Pour en revenir à nos moutons, je voulais te parler d'autre chose.

— Je t'écoute, fit-elle avant d'avaler une gorgée de Diet Coke.

Damien fronça les sourcils. Il avait été si absorbé par la contemplation de son décolleté qu'il n'avait pas fait attention à ce qu'elle commandait.

— Tu ne crois pas que tu devrais éviter de boire ce genre de trucs ? Les effets secondaires de l'aspartame ne sont pas encore totalement connus.

Le sourire de Mandy demeura inchangé, mais son regard se durcit légèrement.

— Je vais faire comme si tu n'avais rien dit.

— Quoi ? Mais tu as lu comme moi ce qu'en dit le guide ?

Il n'avait pas rêvé, tout de même !

— Je ne supprimerai pas le Diet Coke, décréta-t-elle en serrant le verre entre ses doigts. J'ai arrêté le café, les plats en sauce, les sushis, l'aspirine et de dormir sur le dos. J'ai laissé tomber toute velléité d'élégance, mon magasin, le vin et toutes les boissons alcoolisées, mais je n'abandonnerai pas le Diet Coke tant que la preuve de sa toxicité n'aura pas été officiellement établie.

Bon. Il ne fallait pas la chatouiller sur ce point. Damien lui proposa un compromis.

— Bois du Coca normal, dans ce cas. Mieux vaut du sucre que de l'aspartame.

— À cinq mille calories la gorgée, c'est effectivement tout ce qu'il y a d'indiqué pour mon postérieur qui grossit à vue d'œil.

Cette évocation lui tira un grand sourire, mais le regard de Mandy l'incita à adopter une expression neutre.

Elle ne se calma pas pour autant.

— Tu avais quelque chose à me dire, je crois. Ce sera toujours plus intéressant que de parler de mes fesses.

Elle jeta un coup d'œil dans la salle climatisée et aseptisée.

— Quand vont-ils se décider à apporter les plats ? Je meurs de faim !

Elle se montrait râleuse, elle en était consciente. Mais elle avait faim et elle était fatiguée, leur nuit d'amour ayant sapé ce qui lui restait d'énergie. Elle préférait ne pas penser à l'état dans lequel elle serait quand elle se lèverait toutes les deux heures pour nourrir son bébé…

Damien lui causait également du souci. Il l'aimait. Elle savait qu'il était sincère. Mais il n'avait pas évoqué leur avenir commun. Si elle ne l'en blâmait certes pas – après tout leur histoire n'en était qu'à ses débuts –, elle ressentait cependant une sorte d'urgence. Sa situation n'était en rien comparable à celle de Damien.

D'une certaine façon, il revenait lentement à la vie, et avait probablement besoin que les choses évoluent en douceur.

Il lui fallait s'adapter à la situation, tandis que, de son côté, Mandy voulait savoir à quoi s'en tenir. Elle avait son lot de soucis, de craintes et de bouleversements, et n'avait pas envie d'attendre de voir comment les choses se passaient.

Elle voulait un engagement ferme de sa part. C'était ça ou rien. Elle ne supporterait pas de le fréquenter indéfiniment jusqu'à ce qu'il soit en mesure de déterminer ce qu'il souhaitait vraiment. L'enfant qu'elle portait passait au premier plan.

Sa fille.

Penser à son bébé la fit rosir de joie.

— On peut commander des hors-d'œuvre. Je vais appeler la serveuse pour lui demander dans combien de temps ce sera prêt.

Il se mettait en quatre pour elle. Il se souciait d'elle, et en retour, elle se montrait odieuse.

— Je peux patienter encore un peu…

— Ben est passé à l'appartement ce matin, pendant que tu dormais, débita-t-il d'une traite avant qu'elle ait achevé sa phrase.

— Quoi ?

Elle en oublia subitement son estomac.

— Qu'est-ce qu'il voulait ?

— Il n'a pas songé à me le dire une fois qu'il a compris que toi et moi… que nous…

Damien se racla la gorge.

— Mon Dieu ! Tu lui as fait comprendre qu'on couchait ensemble ?

Elle imaginait sans peine ce que Ben avait pensé d'elle. *Traînée* fut le premier mot qui lui vint à l'esprit.

— C'était assez évident.

Elle se représentait aisément la scène. Damien torse nu, sexy en diable, gratifiant Ben de son regard *je maîtrise la situation*.

— Et au lieu de me réveiller, tu lui as dit de repasser plus tard ?

— C'est-à-dire que…

Damien tambourina sur la table. Il avait du mal à conserver l'attitude calme et posée qu'il affichait d'ordinaire. Il ne tenait pas en place. À le voir ainsi, nul ne se serait douté qu'il avait passé une bonne partie de la nuit à dépenser de l'énergie au lieu de la reconstituer en dormant.

— Tu devrais peut-être discuter avec Ben de ce qu'il a dit.

Voilà qui semblait prometteur. Et distrayant. Et agaçant. Elle avait fini par se rendre compte qu'elle ne connaissait absolument pas Ben, et n'était donc pas en mesure d'imaginer ce qu'il avait bien pu raconter à Damien. Or, elle tenait à le savoir.

— Dis-le-moi. Je te promets d'épargner le messager.

— Il a avoué qu'il était soulagé d'apprendre que tu avais rencontré quelqu'un.

Elle n'aurait effectivement jamais prévu qu'il puisse dire une chose pareille.

— Vraiment ? Et je peux savoir pourquoi ?

Impossible de déchiffrer le regard de Damien.

— Parce que ça ne l'intéressait pas du tout d'être père une troisième fois, mais qu'il répugnait à t'abandonner à ton sort. Il a estimé que si mes intentions étaient sérieuses vis-à-vis de toi – ce qui est le cas –, il préférait se retirer et te laisser entre, heu, de bonnes mains.

Mandy eut l'impression de recevoir un coup de poing dans l'estomac.

— Ah bon, il a dit ça ? fit-elle d'une voix chevrotante en clignant des yeux pour retenir ses larmes.

Quelle importance cela avait-il, au fond ? N'empêche, cela faisait mal. Oui, cela faisait un mal de chien d'apprendre que Ben pouvait parler d'elle avec un tel cynisme. Comme si elle était le bâton que se passent les coureurs dans une course de relais. *Attrape, merci, à toi de jouer*.

Damien posa sa main sur la sienne.

— Excuse-moi. Je ne voulais pas te raconter tout cela ici. Je voulais juste t'avertir qu'il était passé et qu'il fallait que tu l'appelles.

— Ce n'est pas à toi de t'excuser.

Était-elle si peu clairvoyante, qu'elle n'ait jamais remarqué à quel point Ben était veule ? C'était à se demander si elle avait correctement interprété les sentiments de Damien. Était-il possible qu'elle refuse de voir certaines choses ?

Elle sentit qu'elle allait fondre en larmes et préféra se lever avant de se couvrir de ridicule. Damien l'imita, inquiet.

— Je vais aux toilettes. Je reviens tout de suite.

Elle attrapa son sac.

— Et si mon plat n'est pas sur la table à mon retour, j'irai faire un scandale en cuisine.

Sur ce, elle s'éloigna avant qu'il puisse la retenir.

Il la suivit du regard tandis qu'elle se dirigeait d'un pas rapide vers les toilettes, sa jupe ondulant autour de ses jambes.

Dieu qu'il avait été maladroit ! Il n'avait pas eu l'intention de lui résumer la situation aussi froidement, mais Ben lui-même s'était montré si froid. Difficile de faire passer un pareil message en douceur. Il savait que Mandy n'éprouvait plus aucun sentiment pour Ben, mais il n'en demeurait pas moins que l'attitude de celui-ci était blessante, et qu'elle avait de quoi être bouleversée.

Il rectifia la position des couverts pour la troisième fois, but une gorgée de Coca, jeta un coup d'œil au verre de Mandy… et intervertit leurs verres. Elle n'avait aucun problème de poids.

Avait-il le droit de s'immiscer autant dans sa vie ?

Avait-il le droit d'être le père de son enfant ?

Père… Il s'en étrangla sur un glaçon.

La question des enfants ne s'était jamais vraiment posée. Jess n'en désirait pas, et comme il n'était pas habitué à vivre entouré d'enfants, il n'avait pas accordé beaucoup de réflexion à la chose. Ils étaient encore jeunes tous les deux, il s'était dit qu'elle changerait peut-être d'avis, et qu'ils en discuteraient le moment venu. Il pensait être heureux avec ou sans enfants, mais avait secrètement espéré que Jess finirait par en vouloir.

Il conservait de bons souvenirs de sa propre enfance, beaucoup même, et il avait envie qu'ils se renouvellent.

Mais Jessica avait été assassinée, et il n'avait plus pensé à rien, excepté tenter de survivre, misérablement, jour après jour. Les enfants étaient devenus une impossibilité. Un concept étranger à l'existence minimaliste qu'il menait.

Seulement, les émotions qu'il s'était appliqué à refouler trois années durant rejaillissaient avec plus de force que jamais, et ses désirs enfouis refaisaient surface.

Il voulait Mandy. Il voulait son bébé. Il voulait oublier son passé, et se donner une chance de vivre de nouveau, une vie normale, pleine d'amour et de rires, avec quelqu'un à ses côtés.

Était-il prêt ? Non, il était certain de ne *pas* l'être. Il était certain qu'il ferait des erreurs, qu'il ennuierait Mandy avec ses besoins, ses désirs et ses névroses. Certain que se remarier lui flanquerait des sueurs froides. Certain enfin qu'il ne fallait pas s'attendre que tout vous soit servi sur un plateau.

Mandy revint, pâle, mais calme. Leurs plats n'étaient toujours pas arrivés.

— Si je demandais qu'ils nous emballent les plats pour qu'on les emporte ? suggéra-t-il.

L'endroit ne convenait pas pour ce qu'ils avaient à se dire.

— C'est une bonne idée. On est loin de chez toi ?

Damien fit signe à la serveuse.

— À peine un pâté de maisons.

C'était pour cette raison qu'il avait choisi ce restaurant. Il avait l'espoir de l'attirer chez lui. Il avait un grand lit, l'air conditionné et les murs de l'appartement étaient assez épais pour étouffer les cris et gémissements de Mandy.

— Très bien.

Il tendit sa carte de crédit à la serveuse qui promit d'accélérer la préparation de leurs paquets quand il lui expliqua que Mandy ne se sentait pas bien.

Mandy toucha son ventre.

— C'est bizarre. Elle a tout de suite su que j'étais enceinte. Les gens me voient comme une femme enceinte à présent, fit-elle en rosissant.

Ne sachant trop que répondre à une telle remarque, Damien se contenta de hocher la tête. Mandy but une gorgée de Coca, et fit la grimace. Elle examina le contenu de son verre en plissant les yeux, prit une autre gorgée.

— Tu as interverti nos verres ? s'enquit-elle, outrée.

Et zut !

Elle tendit la main vers le verre de Damien, mais il l'écarta, ce qui était stupide puisqu'il avait été percé à jour.

— Tu as peut-être pris le mien par erreur.

Mandy leva les yeux au ciel, mais elle souriait. Dieu merci !

— Tu as de la chance que je t'aime, autrement tu te serais retrouvé avec le contenu de ce verre sur les genoux.

Cette menace le laissa de marbre, tout occupé qu'il était à la contempler, émerveillé de constater quel impact ces simples mots avaient sur sa façon d'envisager sa vie entière.

— J'ai de la chance que tu m'aimes, en effet. Je ne mérite pas une telle chance.

La bouche de Mandy s'arrondit de surprise, puis elle se passa la langue sur les lèvres et attrapa son sac en laissant échapper un soupir on ne peut plus sensuel.

— Emmène-moi chez toi, Damien. Je te montrerai ce que tu mérites.

24

Mandy marchait d'un pas tranquille au bras de Damien. La circulation n'était pas très dense dans ce quartier, il y avait des arbres aux coins des rues et des fleurs aux balcons. Bien qu'elle ait vécu toute son enfance dans la campagne anglaise, elle se plaisait en ville, et ce quartier était particulièrement agréable.

Son passage dans les toilettes du restaurant lui avait permis de se rafraîchir et de se ressaisir. Elle se sentait à présent en paix avec le monde et avec elle-même. Ainsi, Ben ne voulait pas d'enfants. Ce n'était pas vraiment une nouveauté, et plus vite il disparaîtrait du tableau, mieux ce serait pour tout le monde.

Tout cela était sans importance. Tout se passerait bien. Elle en était certaine, à présent.

— Attends un peu avant de t'évanouir, on est arrivés, l'avertit Damien.

Il poussa la porte du hall et l'invita à pénétrer à l'intérieur. Notant son expression soucieuse, elle sourit pour le rassurer.

— Quand j'avais des nausées, au premier trimestre, le médecin m'avait conseillé de ne pas me tourmenter au sujet du bébé. Si besoin est, mon organisme lui donnera en priorité ce qui lui est nécessaire en puisant dans mes réserves de graisse, avant de s'attaquer à mes muscles.

— La manifestation biologique de l'instinct maternel, en quelque sorte ?

Damien appuya sur le bouton de l'ascenseur, puis ouvrit le sac de nourriture qu'il avait à la main et en sortit un rouleau de printemps.

— Mange ça. Je ne veux pas que tes muscles soient victimes d'une petite cannibale.

Mandy s'esclaffa en pénétrant dans la cabine de l'ascenseur.

— Ne t'inquiète pas, j'ai suffisamment de réserves de graisse pour que mes muscles ne courent aucun danger !

Elle croqua cependant dans l'appétissant rouleau de printemps.

— Ascenseur, estomac perturbé… Si j'avais un gobelet de café à la main, cela me rappellerait des souvenirs, observa Damien.

— Dois-je me pencher en avant, histoire de te remettre dans l'ambiance ? Voilà qui serait vraiment romantique.

Il haussa les sourcils d'un air suggestif, et ses pupilles se dilatèrent.

— Plus sexy que romantique, selon moi.

— Je plaisantais ! s'exclama Mandy. Je voulais dire que ça n'aurait rien de romantique, justement, comme le jour où… Oh, et puis zut ! Je sais très bien à quoi tu pensais, espèce de pervers !

Il se contenta de rire.

Après le repas, Damien fit visiter son appartement à Mandy. Il datait des années soixante, et comportait plusieurs petites pièces dépourvues de moulures et basses de plafond. Il avait commencé à remédier à ces défauts en ajoutant des moulures autour des fenêtres et en revoyant le plan avec un architecte afin de supprimer certaines cloisons. Au final, il ne resterait plus que trois pièces spacieuses au lieu des cinq minuscules dont il disposait actuellement.

Mais il envisageait déjà de nouvelles modifications.

— C'est un très bel appartement, commenta Mandy. Étonnamment calme.

— C'est ce qui m'a incité à l'acheter.

Il s'arrêta sur le seuil de sa chambre.

— J'avais l'intention de supprimer la cloison avec la pièce contiguë afin d'agrandir la chambre et d'y intégrer un dressing, mais je suis en train de revoir tout cela.

— Pourquoi ? s'enquit Mandy en entrant dans la chambre.

Elle pivota sur elle-même pour évaluer l'espace, puis effleura de la main les oreillers immaculés.

— Pourquoi ne suis-je absolument pas surprise que cette chambre soit si propre qu'on mangerait par terre ?

Parce qu'il était gentiment névrosé. Il savait qu'il ne pouvait pas contrôler grand-chose dans le monde, ni même dans sa vie, mais du moins pouvait-il exercer un certain contrôle sur son environnement personnel. Il s'appliquait donc à faire régner l'ordre et la tranquillité dans son appartement.

— Je suis un maniaque de l'ordre, reconnut-il. J'en suis parfaitement conscient. Songes-y. Est-ce que tu supporteras de vivre avec cela ?

Il parlait au sens propre. Il voulait qu'elle vienne vivre avec lui.

— Je suis en train de revoir mes plans, enchaîna-t-il, parce que j'espère bien avoir à installer une chambre d'enfant.

Mandy tourna brutalement la tête dans sa direction.

Mince, il s'y était mal pris ! Il avait l'intention de commencer par lui avouer combien il l'aimait, avant de la demander en mariage. Après, au cours du week-end, ils auraient discuté de la vie à deux, et du bébé.

Mais il ne se sentait pas dans son assiette, et ce n'était pas à cause de ce qu'il avait mangé. Il voulait ces changements. Il voulait vivre avec Mandy. Mais il était terrifié à l'idée qu'elle refuse. Et il l'était tout autant à l'idée qu'elle accepte.

Il ne voulait pas la blesser, et ne voulait pas commettre les mêmes erreurs qu'avec Jessica.

Mandy scruta Damien, cherchant sur son visage un signe qui lui révélerait la véritable signification de ses paroles. Les mots qu'il prononçait étaient comme des paravents dissimulant un sens caché.

Il voulait installer une chambre d'enfant dans son appartement. Que fallait-il comprendre ? Mariage ? Vie commune ? Chambre pour sa fille quand elle viendrait en visite chez oncle Damien ?

Le cœur battant, Mandy s'apprêtait à lui demander des éclaircissements quand la sonnerie de son téléphone portable retentit. Elle avait son sac avec elle, car elle comptait se remaquiller dans la salle de bains. Elle y jeta un coup d'œil d'un air absent.

— Laisse sonner, fit-il d'un ton pressant, presque rude.

— C'est peut-être ma mère. Ou Ben. Je vérifie…

Mandy sortit son portable. Le numéro de téléphone de son appartement figurait sur l'écran. Ses colocataires savaient qu'elle était avec Damien, elles devaient donc l'appeler pour un motif urgent. Elle répondit.

— Allô !

— Mandy ? C'est nous !

C'était la voix de Caroline, aussi Mandy n'était-elle pas certaine de ce que recouvrait ce « nous ». Toutes ses colocataires, supposa-t-elle.

— Salut, Caroline. Écoute, je suis un peu occupée. Je peux te rappeler ?

Damien lui décocha un regard noir en fronçant les sourcils.

— Non ! J'ai quelque chose d'important à te dire à propos de Damien… Tu vas sans doute avoir un choc, mais il faut que tu le saches.

Mandy l'écoutait d'une oreille distraite, guettant le moment propice pour l'interrompre et lui assurer que ça pouvait attendre.

— La femme de Damien est morte assassinée.

Mandy sursauta et se tourna vers la fenêtre.

— Je le sais, Caroline. Mais comment se fait-il que toi, tu le saches ?

— Je l'ai lu dans un article du *Chicago Tribune*, sur Internet. Damien a été accusé du meurtre. La police était sûre que c'était lui l'assassin, mais il a été acquitté.

Mandy faillit lâcher le téléphone. Damien avait été arrêté ? Mon Dieu ! Elle sentit une onde de chaleur remonter le long de sa nuque.

— Pourquoi me racontes-tu cela ? demanda-t-elle.

— Parce qu'il ne faut pas que tu restes avec un tel homme. Dis-lui que tu dois aller aux toilettes et éclipse-toi discrètement, la pressa Caroline.

Mandy déglutit, le cœur serré.

— Je suis chez Damien en ce moment. Je te rappellerai plus tard.

Elle coupa la communication.

Jamie n'avait jamais vu Caroline dans cet état. Elle secoua la tête.

— On n'aurait pas dû faire une chose pareille.

— Qu'a-t-elle dit ? voulut savoir Allison. Elle était horrifiée ? Dans quel restaurant est-elle ? Allons la chercher immédiatement.

Caroline se mordillait la lèvre inférieure – signe d'une agitation extrême.

— Elle n'est pas au restaurant. Elle est chez Damien.

Jamie plaqua la main sur sa bouche.

— Quoi ? Elle est chez lui, et tu lui as dit que c'était un assassin ?

— Je ne savais pas qu'elle y était quand je le lui ai dit! répliqua-t-elle, rouge de colère.

— La situation est grave, déclara Allison en arpentant nerveusement le salon. Qu'est-ce qu'elle a dit?

— Rien. Elle m'a raccroché au nez.

— Bien. Elle doit donc penser qu'il n'est pas coupable, remarqua Jamie. Et elle le connaît mieux que nous. Elle a sans doute raison.

Jamie les observa tour à tour.

— Non? insista-t-elle.

Elle avait du mal à croire que l'homme qui s'était tellement soucié de Mandy puisse avoir commis un meurtre de sang-froid.

— Il a été acquitté, après tout.

— Faute de preuves! Ce qui ne fait pas de lui un innocent, objecta Caroline en laissant tomber le téléphone sur le canapé. Je m'y suis prise comme un pied. Imagine qu'elle lui en parle, et qu'il... lui fasse quelque chose...

Jamie ne pensait pas que ce fût possible. Non, vraiment pas. Mais si elle se trompait?

— Il faut qu'on la rappelle! Tout de suite!

Le téléphone de Mandy sonna au moment où elle se laissait lourdement tomber sur le lit de Damien. Un simple coup d'œil lui apprit que c'était encore Caroline. Elle mit la sonnerie en mode vibreur et ignora l'appel.

Damien ne la quittait pas des yeux.

— Que se passe-t-il? Tu as l'air bouleversé. C'est parce que j'ai parlé de cette chambre d'enfant? Tu penses que je mets la charrue avant les bœufs?

— Pourquoi tu ne me l'as pas dit? murmura-t-elle, bien qu'elle crût connaître la réponse.

Cela tenait pratiquement du miracle qu'il ait réussi à lui faire tant de confidences. Mais elle aurait voulu qu'il lui dise toute la vérité sur Jessica dès le début, car cela expliquait bien des choses.

— Pourquoi je ne t'ai pas dit quoi ?

Son expression était passée de l'inquiétude à la prudence.

— Qu'on t'a accusé du meurtre de Jessica.

Il accusa le coup.

— Qui diable t'a raconté cela ?

— Caroline. À l'instant. Elle est tombée sur un article de journal.

Il se détourna, et se mit à aller et venir dans la pièce.

— Et tu penses que je l'ai fait ? demanda-t-il d'un ton amer.

Elle tressaillit.

— Non ! Bien sûr que non. Absolument pas ! Mais pourquoi ne pas me l'avoir dit quand tu t'es confié à moi, la nuit dernière ? Tu as dû tellement souffrir... C'est abominable d'être accusé d'une chose pareille.

Elle pouvait à peine imaginer ce qu'il avait enduré. Il avait aimé sa femme, elle s'était fait assassiner après qu'ils s'étaient disputés, et alors qu'il nageait en plein désespoir, on l'avait accusé d'avoir commis ce crime odieux.

— Abominable ? Oh, oui, c'était abominable. C'est pourquoi que je ne t'ai rien dit, Mandy. Comment trouver les mots pour te dire que la police avait cru que j'avais suivi ma femme, que je l'avais violée et que j'avais serré les doigts autour de son cou pour lui ôter la vie ?

Sa voix se brisa.

— Damien... commença-t-elle, consciente de la pitié qui transparaissait dans sa voix.

— Non, l'interrompit-il en levant la main. Ne me dis pas que tu es désolée. Je l'ai entendu si souvent que je ne le supporte plus. Je savais que ça partait d'une bonne intention, mais c'était épouvantable de contempler ces visages attristés et de ne jamais se sentir normal, d'être conscient que personne ne comprenait que ma vie s'était achevée en même temps que celle de Jessica. J'ai aussi eu droit à la suspicion, aux questions. On m'a rappelé toutes nos disputes, les reproches qu'elle me faisait, le fait qu'elle sortait avec d'autres hommes, on m'a dit qu'on pouvait comprendre qu'un tel comportement suscite la colère... mais en venir au meurtre. C'était là, dans le regard froid que les inspecteurs et les magistrats posaient sur moi. Ils pensaient tous que je l'avais fait.

Damien se tut. Il n'avait pas eu l'intention de lui dire tout cela. Jamais. Mais maintenant qu'il avait commencé à parler, il ne pouvait plus s'arrêter.

— Je ne te l'ai pas dit parce qu'il n'y a rien à dire. C'est moche, sale et pétri de haine, et Dieu merci, c'est terminé. Si tu y tiens, je te parlerai des prétendues preuves qu'ils avaient contre moi et des raisons de mon acquittement. Je te parlerai des preuves relevées lors de l'examen médico-légal, de mon sperme dans son vagin et de ma peau sous ses ongles parce qu'on avait fait l'amour avant de se disputer – c'est dingue, non ? Tu te rends compte : des gens mariés qui ont des rapports sexuels ?

Ça lui restait sur le cœur qu'on ait pu utiliser son désir et son amour pour Jessica contre lui. Seul le manque de preuves concluantes, des fibres de tissu qui ne correspondaient à rien, et un excellent avocat l'avaient sauvé de la prison.

— Je n'ai pas besoin de connaître tous ces détails, dit-elle d'un ton posé. J'ai juste besoin d'entendre ce que tu es disposé à me dire, ce que tu es prêt à partager avec moi. Mais si l'on doit passer le restant de nos jours ensemble, ce que je souhaite sincèrement, alors tu dois me faire confiance pour supporter avec toi les laideurs de la vie comme les beautés.

Sa dignité et son calme le réduisirent au silence. Ses épaules s'affaissèrent, son dos chercha l'appui du mur et il se laissa glisser sur le sol. C'était aussi épuisant que ce qu'il avait enduré trois ans auparavant. Il n'était toujours pas sorti de cet enfer.

— Je ne voulais pas t'entraîner là-dedans, Mandy. Tu mérites mieux que ça.

— Mieux que quoi ? Mieux qu'un homme qui m'aime ? Un homme qui aime mon enfant ?

Elle se leva, et vint s'asseoir en face de lui.

— Ce n'est pas ta faute, nom de Dieu. Tu n'as rien fait. Tu n'as pas tué Jessica, et peu importe ce que la police a pensé. Tu connais la vérité, ici.

Elle pointa le doigt sur son torse, au niveau du cœur.

— Et *moi aussi*, je connais la vérité.

— Alors pourquoi est-ce que je n'arrive pas à m'en sortir ? demanda-t-il en lui caressant la joue. Tout ce que je veux, c'est être avec toi. Avoir droit à un peu de bonheur. Qu'est-ce qui m'en empêche ?

— Rien.

Elle tourna la tête pour lui embrasser la paume.

— Tu peux avoir tout ce que tu veux.

Il ferma les paupières.

— Aux yeux de certains, je demeurerai éternellement coupable. L'affaire n'a pas connu un trop grand retentissement parce qu'elle a eu lieu après la tragédie du 11 septembre et que les gens avaient d'autres sujets de préoccupation. Mais le doute persistera dans la tête de certains. C'est ce que tu veux, pour ta fille et toi ?

— Je me contrefiche de ce que les gens pensent.

Il la crut. Sa détermination était visible, palpable. La force de sa conviction, la foi qu'elle avait en lui le bouleversèrent. Il luttait contre ses démons intérieurs, et ces derniers ne cessaient de gagner, et il ne savait comment s'en débarrasser.

— Pardonne-moi mon silence, murmura-t-il. Je ne cherchais pas à te dissimuler quoi que ce soit, mais c'est si difficile d'évoquer tout ça…

Elle posa le doigt sur ses lèvres.

— Un jour, quand tu te sentiras prêt, tu pourras m'en parler si tu le souhaites. Tu pourras aussi me parler de Jessica. Pour le moment, j'ai seulement besoin de t'entendre dire que tu m'aimes.

Cela ne faisait aucun doute. S'il y avait bien une chose dont il fût certain, c'était qu'il aimait Mandy.

Il lui embrassa le bout du doigt.

— Je t'aime tellement, souffla-t-il. Je ne pensais plus pouvoir aimer de cette façon-là. Mes sentiments pour toi sont plus forts, plus adultes que ceux que je ressentais pour Jessica.

Il avait besoin de l'exprimer à voix haute, de l'admettre. Ce n'était ni sa faute ni celle de Jessica si leur mariage avait été un échec. Ils avaient été aussi égoïstes l'un que l'autre dans cette histoire, et n'avaient pas voulu ou pas pu faire l'effort de changer.

— Jess et moi avons eu notre content de problème, mais elle ne méritait pas de mourir ainsi.

— Personne ne le mérite.

Mandy lui caressa le front, les joues, et il en éprouva un profond réconfort. Elle s'était glissée entre ses genoux repliés et s'appuyait contre sa jambe gauche, mais il avait l'impression que c'était elle qui le soutenait.

Tirant doucement sur une mèche qui retombait sur son épaule, il ne put s'empêcher de lui demander :

— Qu'est-ce que tu vois, Mandy, quand tu songes à l'avenir ? Qu'est-ce que tu vois vraiment ?

Elle lui sourit tendrement.

— Je me vois t'épouser très vite, avant que je ressemble à une montgolfière. Je vois une chambre d'enfant de l'autre côté de ce mur. Je vois un berceau rose avec des rideaux blancs. Je vois une petite Rebecca Sharpton qui grandit en aimant son papa autant que je l'aime.

Douleur, désir et amour se mêlèrent en lui, si intenses que sa vision se troubla.

— C'est ce que tu veux vraiment ? En dépit de ce que tu sais de moi ? J'ai des cicatrices, Mandy, et elles ne disparaîtront jamais complètement.

Mandy ne s'était pas souvent sentie sûre d'elle dans sa vie. Elle ne trouvait jamais les mots qui convenaient quand elle était en société, avait le don de tacher ses vêtements en moins de temps qu'il n'en faut pour le dire, et son compte bancaire était perpétuellement à découvert.

Mais de ceci, elle était sûre : Damien et elle étaient faits l'un pour l'autre. Ils se complétaient à merveille, chacun révélant à l'autre le meilleur de lui-même. Une seconde chance s'offrait à eux, et elle était bien décidée à ne pas laisser passer la sienne.

— Tu sembles te considérer comme une mauvaise affaire, mais je te rappelle que je n'ai pas que des qualités. J'oublie toujours tout, je suis brouillonne, incapable de gérer un budget et franchement pas terrible au lit.

— Tu veux rire ? s'esclaffa-t-il.

— Non, je cherche les compliments.

Elle se blottit dans ses bras.

— Mais pour répondre à ta question, oui, c'est ce que je veux vraiment. Je le veux parce que je sais tout ce qu'il y a d'important à savoir à ton sujet. Tu es quelqu'un de bien. Les cicatrices s'estompent avec le temps. Et celles qui demeurent forgent le caractère, et permettent de mûrir.

— Tu es la femme la plus merveilleuse que je connaisse, dit-il en déposant un baiser au coin de ses lèvres. Et une véritable affaire au lit.

La façon dont il lui caressait le dos, et la tendresse de ses baisers firent naître en elle un désir d'intimité physique. Elle avait besoin de le sentir en elle, de le voir s'abandonner, succomber à leur amour. Qu'il lui fasse confiance, à elle et à ses sentiments.

— Je veux bien tester mes performances dans ce domaine, histoire d'être sûre que tu ne te trompes pas.

Mandy entendit son souffle se modifier. Noué par l'anxiété, il se ralentit, et devint haletant quand elle passa la langue sur sa lèvre inférieure.

— Mais d'abord, tu dois me demander de t'épouser.

Damien respira son parfum léger et fleuri. Jamais il n'avait imaginé qu'il prononcerait de nouveau ces mots, pourtant, ils se formèrent aisément. Fermes et pleins d'espoir.

— Mandy Keeling, veux-tu m'épouser ? Je t'aime de tout mon cœur.

Elle le contempla de ses beaux yeux bruns si caressants.

— Il a beau avoir été malmené, ton cœur est bon, Damien. Il l'a toujours été, voilà pourquoi il a été aisé de le meurtrir. Un autre que toi aurait moins souffert. Alors, oui, je veux bien t'épouser. Et cet enfant…

Elle lui prit la main et la posa sur son ventre.

— Cet enfant est déjà notre fille.

Il l'embrassa, parce que les mots étaient impuissants à exprimer ce qu'il ressentait. Elle venait de le ramener à la vie. Et de lui offrir ce dont il n'aurait jamais osé rêver.

— Baisse les jambes, chuchota-t-elle.

— Pourquoi ? demanda-t-il, le sachant parfaitement, et lui obéissant cependant.

Leurs mains s'activaient, tiraient sur les vêtements, les boutons et les fermetures.

— Parce que je ne peux pas attendre qu'on aille au lit. Aime-moi, Damien.

— Tout de suite.

Il la débarrassa de son slip, lui releva sa jupe jusqu'à la taille. Elle avait déjà déboutonné sa braguette, et il l'attira sur lui avec un gémissement désespéré.

Tout de suite. Il la voulait tout de suite. Mandy lui appartenait et lui appartiendrait toujours. Elle était sa femme, et son enfant serait le sien. Il fallait qu'il s'immerge en elle, qu'ils ne fassent plus qu'un.

Il l'empala sur lui, et sa chair brûlante l'enveloppa. Elle s'accrocha à ses épaules, et ils commencèrent à se mouvoir ensemble, dans une union parfaite du corps et de l'âme.

Mandy perçut vaguement la vibration de son téléphone portable.

— Tu devrais peut-être répondre. Ton téléphone a vibré au moins dix fois en une heure.

Mandy leva la tête.

— Ce sont mes colocataires, grommela-t-elle. Elles se font du souci pour moi.

C'était adorable, mais empoisonnant.

— Je vais répondre.

Il tendit la main vers la table de chevet sur laquelle il avait posé le portable quand ils avaient regagné le lit.

Mandy reposa la tête sur l'oreiller avec un soupir de satisfaction. Elle tendit la main et traça du doigt le contour du tatouage de Damien. Il avait fait transformer le prénom de Jess en une sorte de dragon dont la langue léchait les flammes qu'il produisait. C'était très sexy. À l'image de Damien. L'homme qu'elle allait épouser.

Le simple fait d'y penser la rendait folle de joie.

— Allô ! fit-il d'une voix que leur démonstration amoureuse avait rendue rauque.

Un hurlement suraigu vrilla les tympans de Mandy qui se trouvait pourtant à près d'un mètre du portable. L'oreille de Damien venait probablement de subir un grave traumatisme.

— Qu'est-ce que…

Il écarta vivement la tête et lâcha le téléphone.

Mandy s'en empara.

— Jamie ? Qu'est-ce qui se passe ?

— Mandy ?

— Oui ?

Elle aurait dû répondre plus tôt. Il y avait peut-être un problème. Jamie laissa échapper un soupir de soulagement.

— Quand j'ai entendu sa voix et non la tienne, j'ai pensé qu'il t'avait tuée. Il m'a fait une peur de tous les diables !

Mandy mit quelques secondes à comprendre ce qu'elle voulait dire, puis leva les yeux au ciel.

— Je vais bien. Merveilleusement bien, même. Damien m'a demandée en mariage, et j'ai accepté.

— Vraiment ? s'exclama Jamie, complètement éberluée. Mais c'est génial, Mandy ! Je leur avais dit que c'était un type bien !

— Merci, Jamie ! Bon, écoute, on est au lit, alors je vais raccrocher...

— Oh ! Bien sûr. À plus tard, ma belle.

Mandy lâcha le téléphone et son regard croisa celui de Damien.

— Elles étaient un peu inquiètes parce qu'elles avaient lu cet article et que je ne répondais pas au téléphone.

Elle n'y était pas allée par quatre chemins.

Ses paroles demeurèrent suspendues entre eux un long moment.

Damien sourit brièvement, puis se frotta le menton.

— Je suppose qu'elles tiennent à toi.

— Oui, répondit Mandy. Ce sont de vraies amies.

— J'ai hâte de faire leur connaissance, et de rectifier l'impression qu'elles ont dû avoir à la lecture de cet article.

Mandy craignait qu'il ne s'écarte d'elle, mais il posa la main sur ses fesses et l'attira contre lui.

— Cette rencontre n'aura cependant pas lieu ce soir. Ni demain. Ni dimanche.

— Pourquoi donc ? demanda-t-elle d'un ton faussement détaché.

— Parce que nous serons en train de nous marier, voilà pourquoi. À Punta Cana.

— Oh, Damien ! Quelle idée merveilleuse !

25

— Tu me trouves comment ?

Mandy lissa sa robe en songeant qu'elle aurait mieux fait de choisir le modèle uni plutôt que celui à fleurs jaunes. Dieu savait à quoi elle ressemblait, de dos...

Il déposa un baiser sur sa tempe, déplaçant du même coup la mèche qu'elle avait disciplinée à grand-peine dans le taxi.

— Tu es superbe. Pourquoi te mets-tu dans un état pareil ? Il ne s'agit que de ma famille.

— Les hommes ne comprennent rien à rien.

Tandis qu'ils remontaient l'allée, Mandy glissa un coup d'œil à la pelouse impeccablement tondue, aux parterres de fleurs savamment agencés et au canard en pierre posté près de la porte. C'était dans cette grande maison victorienne que Damien avait grandi, et elle l'imagina en train de courir, vêtu d'une irréprochable tenue de base-ball.

— Je vais rencontrer ma belle-mère pour la première fois, et les soixante premières secondes sont d'une importance capitale. Or, les choses se présentent mal.

— Comment ça ?

— On est partis aux Caraïbes comme des voleurs, et tu n'as informé tes parents de ton mariage que deux jours plus tard. Tu étais à Chicago il y a deux semaines, et tu n'as même pas évoqué mon existence. Et ils ne savent pas que je suis enceinte.

Elle avait beau faire, elle n'arrivait pas à se calmer.

Heureusement, ses parents avaient accueilli la nouvelle avec un remarquable sang-froid.

— Merveilleux, avait dit son père.

Sa mère avait interrompu sa prière de remerciements au Seigneur quand Mandy lui avait assuré que Damien était propriétaire de son appartement et qu'il jouissait de revenus conséquents.

— On leur fera la surprise, déclara Damien. Ce sera drôle.

Non. On pouvait trouver un clown rigolo. Pas une belle-fille enceinte de cinq mois. Mandy consulta sa montre.

— Pour couronner le tout, on est en retard ! Et on arrive les mains vides.

— Ils organisent un barbecue tous les ans pour le 4 juillet. C'est l'occasion de réunir la famille et les amis. On leur avait dit qu'on arriverait vers 17 heures.

— Et il est 17 h 07 !

Mandy se mordit la lèvre. Elle avait chaud, elle se sentait mal dans sa peau, enflée et moche.

— C'est ta faute, Damien ! C'est parce que tu avais oublié ton portefeuille qu'on est remontés dans la chambre, et que tu as soudain eu envie de faire l'amour.

— Tu n'as pas émis la moindre objection, si je me souviens bien, fit-il observer en lui pinçant les fesses.

Elle lui donna une tape sur la main.

— Arrête immédiatement ! Tu es complètement obsédé ! On est sur le perron de tes parents, je te signale !

Elle lui décocha un coup d'œil furibond, et découvrit qu'en dépit de son grand sourire, son regard était assombri par l'anxiété. Pour lui non plus, ça ne devait pas être facile.

— Je n'ai pas dit que je n'avais pas apprécié, se radoucit-elle. J'ai même trouvé cela très agréable…

Les narines de Damien frémirent. Dieu qu'il était sexy ! Mandy sentit son corps s'échauffer dans la chaleur estivale et ses craintes quant à l'impression qu'elle allait produire s'estompèrent.

Damien contempla sa femme. *Sa femme*. Il adorait prononcer ces mots. Elle était splendide, elle l'aimait et elle était incapable de gérer un budget.

Et elle lui appartenait.

— Ma mère va t'adorer autant que moi.

— Je l'espère, répondit-elle en lui prenant la main. Je t'aime, Damien.

Il la gratifia d'un baiser brûlant et caressa l'anneau de platine qu'il lui avait glissé au doigt sur la plage de Punta Cana.

Après quoi, il ouvrit la porte et la guida dans le grand hall où régnait une délicieuse fraîcheur. La maison était vide, silencieuse. Il s'attendait à être assailli par une bouffée de nostalgie, comme chaque fois que le souvenir de sa famille et de la maison où il avait grandi affleurait à sa conscience, ces dernières années. Il avait toujours su qu'il ne pourrait jamais revenir en arrière, qu'il ne serait plus jamais le gamin innocent qui savait où était sa place et qui tenait pour certain d'être aimé.

Il ne ressentit pourtant rien de tout cela. Revenir chez lui était agréable, excitant, chargé d'heureuses promesses. Il avait envie de voir sa famille, de partager rires et sourires avec eux au lieu de rester à l'écart, en spectateur.

Pressant la main de Mandy, il traversa le hall, impatient de la présenter, de faire savoir à tous ceux qu'il aimait qu'il avait rencontré une femme adorable et qu'ils allaient avoir un bébé.

— Tout le monde doit être dans le jardin, devina-t-il.

De mieux en mieux. Mandy allait devoir descendre des marches sous le regard d'une trentaine d'inconnus. Dans une robe à fleurs jaunes.

Par chance, ils traversèrent d'abord la cuisine – qui n'était pas vide. Une femme inspectait le contenu du réfrigérateur.

— Maman.

La femme se redressa si prestement qu'elle faillit lâcher le saladier qu'elle avait entre les mains.

— Damien !

Quand elle se tourna vers eux, toutes les craintes de Mandy s'envolèrent. La mère de Damien était un peu plus grande qu'elle. Ses cheveux légèrement poivre et sel étaient coupés court, et ses yeux n'étaient pas bleus comme ceux de Damien, mais brun foncé, presque noirs. Ces yeux reflétaient une vive inquiétude mêlée d'espoir.

— Bonjour, maman.

Damien se pencha, déposa un baiser sur sa joue, lui prit le saladier des mains et le posa sur le plan de travail.

— Maman, je te présente ma femme, Mandy.

Mais sa mère s'était déjà avancée vers elle pour l'étreindre. Elle se figea presque aussitôt, recula, baissa les yeux sur le ventre de Mandy, lança un regard ébahi à son fils, puis regarda Mandy droit dans les yeux.

En dépit du nœud qui s'était formé dans sa gorge, Mandy sourit.

— Damien voulait vous faire la surprise.

— Eh bien, c'est réussi !

La mère de Damien battit des cils pour lutter contre ses larmes. Sa main flotta au-dessus du ventre de Mandy, le toucha brièvement, puis se retira.

— C'est une merveilleuse surprise, reprit-elle. C'est pour quand ?

— Le 21 octobre, répondit Damien en se rengorgeant.

Sa mère s'essuya les yeux, renifla, ayant visiblement du mal à maîtriser son émotion. Cela fit chaud au cœur de Mandy. Elle avait un lien fort avec cette femme. Toutes deux aimaient Damien et voulaient son bonheur.

Submergée à son tour par l'émotion, elle serra sa belle-mère dans ses bras.

— Je suis tellement heureuse de vous connaître, madame Sharpton.

— Oh, je vous en prie, ma chérie, appelez-moi Rebecca.

Mandy tressaillit et regarda Damien par-dessus son épaule. Il lui décocha un clin d'œil.

Décidément, cet homme avait le don de la faire fondre !

La prédiction de Beckwith s'était réalisée.

8202

Composition
CHESTEROC LTD

Achevé d'imprimer en Italie
par GRAFICA VENETA
le 29 juillet 2011.

Dépôt légal juillet 2011. EAN 9782290037324

1er dépôt légal dans la collection : octobre 2006

ÉDITIONS J'AI LU
87, quai Panhard-et-Levassor, 75013 Paris

Diffusion France et étranger : Flammarion